我做错了什么？

一个产后精神疾病康复者的自白

[英] 劳拉·多克里尔——著
李小霞——译

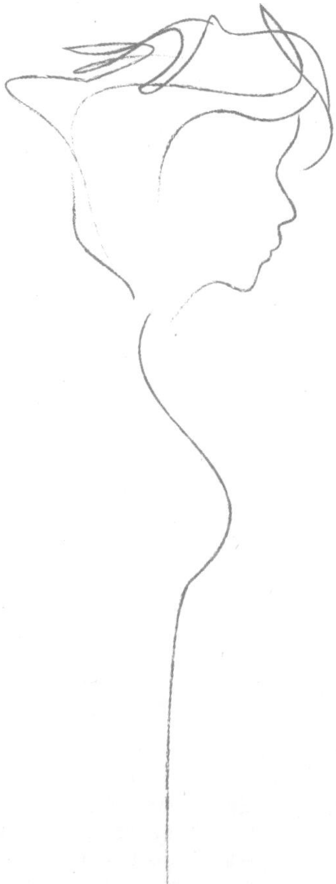

中信出版集团 | 北京

图书在版编目（CIP）数据

我做错了什么? /（英）劳拉·多克里尔著；李小霞译. -- 北京：中信出版社，2021.7
书名原文：What Have I Done
ISBN 978-7-5217-2867-5

I. ①我… II. ①劳…②李… III. ①散文集 – 英国 – 现代 IV. ① I561.65

中国版本图书馆 CIP 数据核字（2021）第 035947 号

我做错了什么?

著　　者：[英] 劳拉·多克里尔
译　　者：李小霞
出版发行：中信出版集团股份有限公司
（北京市朝阳区惠新东街甲 4 号富盛大厦 2 座　邮编　100029）
承 印 者：天津丰富彩艺印刷有限公司

开　　本：880mm × 1230mm　1/32　　印　　张：11　　字　　数：215 千字
版　　次：2021 年 7 月第 1 版　　印　　次：2021 年 7 月第 1 次印刷
京权图字：01–2020–5193
书　　号：ISBN 978–7–5217–2867–5
定　　价：58.00 元

这本书是为我们这种不相信童话故事的人写的。关键是要知道，即使事情并不总是按部就班，也不意味着你就不是超级英雄或超级妈妈。谢谢你，劳拉，你让我们所有人了解了自己的价值。这是新手妈妈们的必读书。

——帕洛玛·费斯（Paloma Faith）

这本书证明，尽管劳拉的那些疯狂念头是她得病的祸根，但这也是一笔不可思议的财富，无疑会帮助到很多人。

——克莱米·特尔福德（Clemmie Telford）@TheMotherofAllLists

一次不可思议的阅读体验。这本书对那些产后精神疾病康复的女性来说实在是一种抚慰，她们会意识到，那些疯狂的念头都是因为疾病，而不是因为她们自己。

——菲奥纳·特尔福德（Fiona Telford），产后精神病康复者

劳拉的这本书朴实无华，触及产后精神病的核心。行文直率、生动，像日记一般娓娓道来，她毫不畏惧地剖析自我——她的文字有时十分口语化，让我们觉得早

就认识她，或者因为她写这本书的勇气、她真挚的人性、她的姐妹情谊而想认识她。她的经历让她对自己有了更深的认识，对那些遭受精神疾病折磨的人也有了更深的同情，并决心大声说出心里话，战胜耻辱和无知。我希望这本书能让女性和她们的家人坚信，大脑和身体最终会痊愈。由衷希望这能鼓励其他女性说出自己的故事。

——杰西卡·赫伦博士（Dr Jessica Heron），

产后精神病防治行动（Action on Postpartum Psychosis）首席执行官

很多女性在这段精神紧张、不堪重负的时期一直和精神疾病做斗争。这本书将给她们和她们的伴侣带来希望。

——@AMotherPlace

这本书原汁原味、充满力量，是作者发自肺腑的感言。无论你是孕妇、新晋母亲、伴侣、助产士，还是刚从精神疾病中恢复的人，都可以从这本书中获益良多。听劳拉讲述这段经历，对我们而言在很多层面上都非常重要，这能加深我们对这些问题及其影响的理解。

——伊莎贝尔·鲍尔顿（Isabelle Bourton），助产士

这本书真是不可思议，充满力量。劳拉非常勇敢，才华横溢，这本书意义重大。

——杰西·韦尔（Jessie Ware）

这本书让我哭了又笑，笑了又哭。仅仅阅读它就是一种治疗，真是太神奇了。这本书有助于唤醒对产后精神病的认识，帮助人们理解经历这些是什么感觉，帮助人们看到隧道尽头的光明，帮助人们明白，你不会一直有这种感觉。

——杰西·亨特（Jessie Hunt），产后抑郁症康复者

我只想说："哇，真是太棒了。"每一位产科医护人员都必须读读这本书。你教给了我在任何课程里都学不到的东西。

——产科医护公司（the Maternity Nurse）[①]

我太喜欢这本书了。它是那么诚实，那么原汁原味。书中的很多内容，我都特别认同。

——海伦·格兰姆斯（Helen Grimes），产后精神病康复者

本色表达，鼓舞人心。我觉得简直就像和劳拉一起经历了这趟旅途；她说出了我的感受，让我倍感荣幸。

——@PNDandMe

① 这是英国的一家私营育婴护士服务公司，有点类似中国的月子中心，提供产前辅导、产后母婴照顾服务。——译者注

这是一本开创性的著作，会帮助到全球所有与劳拉感同身受的人。

——凯伦·李维（Karen Levi），精神治疗医师

这本书会拯救生命。劳拉坦诚地告诉了我们她的经历，她对自己当时的想法和感受表现出令人难以置信的洞察力。这绝对是每个人必读的好书。

——@CigarettesandCalpol

很多人会从这本书中受益良多。

——凯瑟琳·格兰特（Kathryn Grant），产后精神病康复者

这本书催人泪下。我会向所有新晋妈妈推荐。

——助产士

整本书意义重大，我相信它会影响深远。

——奇奇·欧布阿亚博士（Dr Chi-Chi Obuaya），精神科医生

本书献给雨果（Hugo）和杰特（Jet）

序言

差一点，这本书就不会问世。

我简直吓破了胆。回想那场混乱带来的痛苦，我的大脑问了一万次："这到底是怎么回事？"同时心里也不止一万次地想："哇！真是只差一点点！"有过亲身体验，我再也不能视若无睹。创伤会让人变得脆弱，不堪一击，羞耻感也总会紧随其后。然后你就变成了某种专门监督心理健康的警察，试图识别、评估可能让你发病的各种蛛丝马迹。你会一丝不苟地排查日常生活的细节，生怕好不容易恢复的脆弱平衡会被再次打破。把自己的产后精神病经历写下来，那滋味就像蒙着眼睛走进布满地雷的田野。

也许你做母亲的第一年事事顺利、称心如意，对我而言却完全不是这样，生孩子差点毁了我的生活。但我很快意识到，我的情况并非个案，很多女性多多少少都有过类似的体验。许多母亲觉得生孩子的时候，似乎是把自己的个性和宝宝一起从身体里排了出去，这让她们倍感失落，总想用某种方式把旧日的自己找回来。

可惜没有人警告过我们。

做母亲的故事远比我的经历更复杂：流产、死胎、因医疗原因终止妊娠、领养、代孕、不孕、试管婴儿——成为母亲的道路真是有千万条。我承认，我是幸运的。能有一个孩子，就是一种幸运。我承认，我是站在这种幸运的立场上写这本书的。我并不想误导大家，我是个典型的“健康的中产阶级白人女性”，有贴心的伴侣，家人就住在附近。我在英国居住，这里的医疗保健系统比世界上大部分地区都要完善，在这里怀孕和分娩通常都很安全。我想用这些事实唤起人们对产后心理健康问题的关注。是什么使你成为一位母亲？我可以告诉你，这并不仅仅是因为生孩子这一件事。我真的过了很久很久才理解了做母亲的含义——事实上，我至今仍在努力理解中。

产后心理健康问题往往被看成是耻辱的烙印。很多人对此闭口不谈。我讲述自己的亲身经历，就是想为女性健康问题发声，希望引起更多的关注。

为了能恢复健康，我用尽了一切办法：药物治疗、心理医生、心理治疗师、助产士、国家医疗服务体系，还有来自家人和朋友的支持。我的丈夫雨果说，如果能从我们的经历中找出一条建议分享给他人，那就是：大声说出来，把你的感受和经历说出来。很多心理健康疾病的症结都在于找不到合适的词汇去描述病人正在经历的事情。所以，要相信那些爱你的人，去和他们交谈。他们比任何人都了解你，他们知道你是谁。

这本书中有些内容可能会触及一些读者的痛点。正如我所说，到处都是地雷！在我的儿子出生之前，我从未经历过任何心理健康问题或疾病，所以我深知，这种事可能会发生在任何人身上，不该怀有偏见。任何人都可能会遭遇精神疾病的困扰。大千世界，姿态万千，我们都生活在其中。

如果你觉得这本书有些地方读起来令你不适，那么请开口寻求帮助，要对自己的健康负责，不要软弱。

一个人能做的最勇敢的事，就是开口寻求帮助。

目录 CONTENTS

我做错了什么?

这是我的第一个母亲节。

我醒了,独自一人,身上盖着浆过的白被单,身下的床并不是我的。我感到困惑。房间看上去像个办公室,却刻意营造出“家”的感觉,有点像酒店客房与医院病房的混合体。奶油色的墙壁、海军蓝的地毯、一个盥洗台、一面镜子、一个衣柜、一张桌子、一把椅子、一台电视机、一只小五斗橱、一间浴室,还有一张加了镜框的照片,照片上有只热气球飘浮在蓝天与沃野之间。

雨果不在。

房间的门半开着。有只眼睛隔着门缝向里面窥探,注视着我。但我认不出那是谁的脸。

我在流血,伤口生疼,乳房在涨奶。

这是什么地狱酒店吗?我是不是犯了什么大错?恐怕是这样。这不会是间豪华监狱吧?还是收容所?

这种感觉就好像从深度昏迷中苏醒——仿佛我酩酊大醉一个月，终于恢复了神志，记忆完全断片儿了，所以一遍遍问自己“我昨晚到底做了什么”。我觉得自己需要联系手机通讯录里的每个人，为曾经做过的一切向大家致歉，内心无比恐慌。然而，没等意识清醒，先前那股苦苦挣扎的感觉又如潮水般涌上心头。依靠镇静剂入睡几个小时之后醒来，那些纷扰的思绪又扑了回来，我能做的就是躺在那里，盯着天花板，一遍一遍地说：“哦，不。哦，上帝。哦，上帝。哦，上帝。”

我知道，我非自杀不可。

而我真的不想这么做。

即便我想，似乎也无计可施。这个房间的设计完全是出于防止自杀的考虑。三层玻璃窗，还用工业级窗锁牢牢锁死。电视机用螺丝固定在墙上。手机充电器、电灯……所有的线缆都被绑住了。这简直像是醒来的时候刚好看到的某部拙劣僵尸片的开头，而我恰恰是电影里的主角。

看着那些绑在一起的电线，我不禁想：哈！你们可真会开玩笑。不管怎么说，我可不打算用那个。

所以我才会在这儿，在这个房间里，还有人偷偷窥视我。因为，我的确有过这些念头。

事实上，我相当确定那天晚上有人就坐在这个房间里，看着我睡觉。那个人唯一的工作就是坐在黑暗中，看着我。我也确实请了人看护我，因为我也害怕自己会干出什么出格的事。我需要安全感。

一个护士走进了我的房间。我知道她是护士，因为她穿了护士服。我甚至不敢看她，我觉得自己就像个孩子。不，我就像只野生动物，被人从草原上抓来，丢进黑魆魆的集装箱里，漂洋过海，最后来到了动物园，然后被人告知：你要在这儿继续生活。

“你想吃点早餐吗，劳拉？”我一点胃口都没有，但我要了炒鸡蛋加吐司面包。我在医院里一直吃这个，这能让我想到家。我是那么迫切、拼命地想要记得我是谁——或者说，我曾经是谁。

不过，我只说了“谢谢”。我必须要有礼貌。在这里，必须要配合。

炒鸡蛋端来了，放在米色的轻质木托盘上，旁边还有塑料刀叉。我感到虚弱、迟钝、极度麻木。我爬向椅子，用被子裹着我的头。我的手在颤抖。我不想让护士看到我的脸，因为我感到羞耻、罪孽深重、令人厌恶、浑身无力。我连吃东西都觉得恶心，好像我根本不配吃这些东西似的。鸡蛋哽在了喉咙里，像一团黏土。

一个月前，我是世上最幸福的人，而现在，我只剩下一具空壳，而且有自杀倾向。又进来一个护士，给我发药。我吓坏了，但我体内仍然叫“劳拉”的那一部分却想哈哈大笑。这不可能是真的。这简直就是一场平庸至极的噩梦。你在精神病院醒来，不知自己身在何处，这时走来一个好心的护士，温柔地叫出你的名字：“××，该吃药了。”

哦，上帝。哦，上帝。哦，上帝。

我做错了什么？

我生了一个孩子。

然后，我疯了。

孩子出生就意味着原来的自己死去

如果说，生孩子和做母亲是世界上最自然、最普通、最常见的事，是从开天辟地起女人就一直在做的事，那为什么没人告诉我们：生完孩子后，你很可能会觉得不像原来的自己了。你甚至可能失去理智。原来的你可能再也不会回来了！

我们对怀孕和分娩带来的身体变化和痛苦都有深刻的认识。当我们还是少女的时候，就开始每个月流血。自那以后，我们女人就一直在忍受疼痛，我们当中有些人甚至活在羞耻之中。这种事不是什么秘密。然而，我们对自己的思想又了解多少呢？

不久前，我的一位朋友说："孩子出生就意味着原来的自己死去。"

她说出了大实话，我真想亲吻她。

我当妈妈了！

2018 年 3 月 3 日，在儿子出生大约三周后，我在社交媒体上发布了一张自己的照片：我在一家餐馆里，面带微笑，涂着亮粉色的口红，自豪地举着一杯香槟庆祝。标题写着："致全世界！你猜怎么着？……我当妈妈了！"

那张照片是彻头彻尾的谎言。我心知肚明，我是在假扮原来的自己，我是在骗自己。那张照片并没有展现出我的害怕。其实我害怕全世界，稍有风吹草动都会吓得心惊肉跳。我甚至害怕自己、害怕宝宝，总之做什么都害怕。那张照片并没有告诉世人：私下里，我真想跳上火车，躲开雨果，有多远躲多远，永远不回来。

在发布了那张照片六天后，我被送进了医院的精神科。

为什么从来没人告诉我？

你这辈子最糟糕的时候就是宝宝降临人世的时候。承认这一点可真不容易。

生龙活虎的母亲随处可见。照片墙上的时尚宝妈裹着炫酷的豹纹紧身裤，足蹬耐克气垫跑鞋，烈焰红唇，露齿微笑。还涂了指甲油？天哪，她可真淡定！超人妈妈站在笔记本电脑前展示自己的强大，七个月大的胖宝宝用雅痞包巾裹着抱在怀里，满足地吮吸着妈妈的乳房（顺便提一句，用雅痞包巾当襁褓简直就是场噩梦），配文是："一切照旧，只不过这次是带着宝宝上场！"

还有一位妈妈在健身课上直接拿宝宝当负重，好像宝宝根本不会动似的；另一位妈妈则在操场上绕着秋千做立卧撑，六周大的宝宝躺在汽车座椅里看着她，一脸担忧地皱着小眉头，好像在说：“妈妈，你还好吧？”

还有位新晋妈妈晒自己和闺密们喝香槟、吃蛋糕的场景；还有一位甚至在六周产检前的两周大搞“约会之夜”，说什么“没错，我们仍能做爱”！妈妈们晒的还不止这些！妈妈重回魔鬼身材，给宝宝织毛线帽，读睡前故事，去看现场演出，和宝宝玩躲猫猫；妈妈追最心爱的电视节目，读布克奖长名单推荐的书籍，和闺密聚会，烹饪健康美味的素食大餐；妈妈爱环保，回收再利用，给小宝宝做按摩，不忘消毒餐具。还有更多花样！妈妈丢掉了孕妇短裤，不保留过去的回忆；妈妈在报税；妈妈在遛狗；妈妈去慈善机构捐赠；妈妈做香蕉奶昔；妈妈在学习日语，能学为什么不学呢？……哦，看哪！妈妈竟然去游乐场玩速降，居然还能挤出时间抒发感受，写上一篇博客描述全过程呢！

是啊，有些妈妈的确能做到这一切，她们真的精于此道。可是，为什么我们觉得自己也非要做到这些不可呢？社交媒体并没有起到好作用，因为——**社交媒体会撒谎**……我是怎么知道的？因为我就是这么撒谎的。对不起。

但有的时候，如果仔细观察那些看起来很普通的照片，你会发现显而易见的真相。在那些粉嘟嘟的宝宝连体服和圆眼睛毛绒玩具的后面，往往埋伏着另一种家庭惨状：四处弥漫着洗衣粉的味道，恐怖的摇篮曲永远响个没完。而我深陷其中，抓狂凌乱：“我到底该怎么应付这些不得不做的事？”“我连自己都顾不上，哪里顾得了这些？”

我是谁？我这是怎么了？为什么从来没人告诉我，事情会是这样？

可是，没时间思考这些了。宝宝需要你。宝宝需要的是你。他不要你的妈妈，不要仁慈万能的天使。他只要你。

如果你自己都不是原来的你了，怎么办？如果你已经迷失了自我，怎么办？

我回想起怀孕的那段日子，坐地铁时，胸前骄傲地别着那枚“孕妈在此”的徽章。在火车上，我总会对推着婴儿车的妈妈们微笑，可她们从来不回应。有一次，我在维多利亚车站看到一位女士抱着婴儿车走下停用的自动扶梯，她对我说：“孩子在肚子里可比生出来更省心哟。”现在，我终于明白为什么了。

如今，我就像个“产后警察”，在公园里来回巡逻，注视着每一位家长的眼睛，观察他们的行为。

“是的，我看到了，宝宝很好。可你呢？你还好吗？”

怀孕前的浪漫时光

我和丈夫雨果在14岁时成了最要好的朋友。学校放暑假的时候，我们时不时会在旺兹沃斯公园碰面。在那些炎热、慵懒的日子里，我们要么躺在草坪上喝啤酒，要么就在海边散步。我们卖力地取悦对方。晚上抱着电话聊天，走路时肩并肩手牵手，整天形影不离。

他参加了我妈妈和继父的婚礼，我出席了他妈妈的葬礼。雨果是我见过的最英俊帅气的人。看到他那么痛苦，我也心如刀割，却无能为力。雨果的悲伤总是藏在心里，优雅而内敛。我们可以一连好几个小时趴在他的床上听音乐、吃东西，逗弄那只叫“卷毛头”的猫咪。我们还互相给对方写信。

我们会开玩笑说，要是找不到其他人（其实我们也不想找其他人），那我们俩就结婚生子。我们给未来的孩子取了各种名字，设计我们未来的家。但在二十岁的时候，我们分手了。

十年后，我们重逢，就像两股旋风，旋转着再次找到了对方。我们相爱了。天哪，那是真正的爱情。白白浪费了十年光阴，现在得迎头赶上。我们彻夜长谈，一起喝酒、跳舞、唱歌，给对方读书，看我们钟爱的每一部电影，去我们喜欢的每一家餐馆，给对方讲一个又一个愚蠢的故事。我们不停地聊天、大笑、亲吻，填补那十年的空白。这一切是那么荒谬，却又那么合理。我们成了两只夜行动物。肾上腺素在体内燃烧，我们整夜在城市里漫步、嬉闹，和彼此的朋友见面、喝酒、畅聊。我们会半夜去公园跑步，凌晨三点吃晚饭，然后白天相拥着一起睡大觉。

我们仿佛踩中了这个世界的一块翻板，掉了下去。没人能找到我们。雨果会弹吉他，我会给他读诗。是呀，听起来真酸。就是这么浪漫，浪漫到牙齿酸软。我们换着穿对方的衣服，我们共用一把牙刷，我们有同样的想法，关心同样的事，嘲笑同样的事。我们甚至剪同样的发型！真的。这就好像，有双鞋我差不多穿了一辈子，突然换了另一双，脚一落地，就惊叫道：“哇！这才是鞋子穿在脚上该有的感觉呀！”

我们再度启航，重新开始。睡觉的床是借来的，我们连电视机都没有；房间里放的是好友的旧沙发，用一块烫衣板和两把椅子凑成了临时餐桌。但我们很开心，非常非常开心。

六个月后，我们一起去摩洛哥度假。回来后，我怀孕了。

我知道这似乎太草率了，但我一点也不害怕。这完全正常。不，应该说，这简直再正常不过了。

如果我和雨果不曾相知这么久，我想我们不可能从后面发生的事情中挣扎出来。

如今，我们仍然共用一把牙刷。

怀孕简直是一场梦

我感到踌躇满志，莫名兴奋，我觉得自己美丽而强大，觉得自己在开拓一片新天地。

我准备好了迎接一切意外。我没有费尽心思去阅读各种指南或做研究，但该知道的我都知道，所以并不会措手不及。我们没有去采购许多婴儿用品。我也不想开什么派对庆祝。我没有进行备孕，尽管很多夫妇觉得备孕让人安心、很有必要、用处很大，但我更喜欢计划外的惊喜。我读过不少书，完全知道分娩的过程往往和你想象或希望的不一样。所以，我们决定敞开胸怀，相信直觉，照顾好自己就行，然后静静等候那一刻的到来。

我们攒了一笔钱，这样宝宝一出生，我们就能暂时放下工作，抽出时间专心享受照顾新生宝宝的日子。我拜访了朋友们。有生以来，我第一次完全放松下来，觉得自己是如此珍贵，如此重要，如此不可或缺。每天一睁眼，我都感到目标清晰，从容愉快，就好像有一圈特殊的土星环包围着我，保护着我，没有什么能伤害到我。我不会感冒，朋友们也不会和我闹翻。杀人犯根本不存在，坏事与我绝缘。我觉得没有什么能影响到我。当我感到宝宝在我的肚子里蠕动时，我真是迫不及待地想要见到他。

和宝宝第一次通过超声波扫描“见面”时，我们怎么都找不到他。超声医生在我那光溜溜的肚子上蹭来蹭去，试图找到腹中小宝宝的蛛丝马迹。那简直就像在追踪大脚怪——就是没办法凑近了拍下照片。我突然意识到，那是一个活生生的人，是个生命。

超声医生又试了一次，这一次调整成内腔扫描，突然，找到了。屏幕上出现了一小片黑白像素点，就像一只来自另一个星球的小虾。还有他的心脏，心跳声很大。就连一旁的护士也说：“哇！这小家伙的心脏真强壮。”他被包裹在一大团海绵状的物体中。我觉得可怜的小家伙的脸都被挤扁了。

“那是什么？”我问。

“呃……你是不是刚好有点便秘？”护士问道，脸涨得通红。

“哦……”我的脸涨得更红了。

真滑稽。生活中的大事，比如第一次看到宝宝的超声波影像，永远和你心里想象的不一样。

我曾经痛恨黑暗，现在我却盼着能在午夜醒来，只有我和我肚子里的宝宝。来几碗加了枫糖浆的麦片粥，吃几块抹了花生酱的百吉饼，看一会儿电视，再轻轻爬回床上。然后，我依偎在温暖的小窝里，柔软的毯子裹着我。还有雨果，手臂沉甸甸地搭在我日渐隆起的肚子上。

我人生第一次觉得自己擅长某件事。那滋味就好像，我不用费劲心机，不用即兴发挥，不用等着别人许可，不用说服某人认同我的能力，不用苦苦等着别人发现我的天分，我清楚地知道，这件事非我不可。没人能告诉我该怎么做，因为我的身体知道怎么做。

回想起那些夜晚，那个天真的我坐在沙发上吃着碗里的麦片粥，自在而笃定。我真想拥抱自己。只要一想到这些，我就忍不住泪如雨下。怀孕的我完全不知道接下来会发生什么。

开始怀疑自己

准妈妈们总是心气很高。你会觉得腹中天生藏着一粒特殊的种子，一旦怀孕就会发芽、开花：你的本性会接管你的身体，母性会本能地开始发挥作用。你相信自己完全知道该怎么做。

我想象着自己一如大自然之母，光着脚款款走来，裙摆摇曳，手臂上的镯子叮当作响，飘逸的长发如美人鱼一般，发丝间点缀着从草坪摘来的花朵。我的脚踝也戴着镯子，连脚趾上都戴着趾环。我会把洗好的衣服挂在晾衣绳上，用天然木衣夹固定好。我就像一件文艺复兴时期的艺术品：丰饶而幸福，在丝绸之间慵懒地舒展四肢；我的“宝宝”则是个胖乎乎的裸体小天使，吮吸着我的乳房。突然间，我就能烤出完美的面包、煮出松软的米饭了，简直理所当然。我会在商店里对别人高声叫嚷，大家都得老老实实听我抱怨，因为，我可是一位母亲呀。

我会成为点子大师。当我听到别的妈妈认为某件事很难或无法应付时，我就会想，哈，你觉得这很难，我可不觉得。因为我天生就是干这个的。我的本领可是和南丁格尔、鹅妈妈、贝茜阿姨[①]不相上下的。我的皮肤都能上凯茜·琦丝敦[②]的居家用品广告了。都交给我吧。毕竟，我现在的年龄可是比我妈妈当初生我的时候大了十岁。什么都难不倒我！

我向你保证，我并不是那种不切实际的人。我这个人很现实。我多多少少知道有了孩子后会发生什么。我的朋友们有不少人已经有孩子了。我经常帮忙照顾孩子赚些外快，干过不少保姆的工作，我还在一家儿童游戏中心工作过。我有一个弟弟和一个

---

① 弗洛伦斯·南丁格尔（Florence Nightingale），英国护士，护理事业创始人和现代护理教育奠基人；为了便于理解，我只写了“南丁格尔”。“鹅妈妈”（Mother Goose）是英国童谣《鹅妈妈童谣》中会说故事的鹅。贝茜阿姨（Aunt Bessie）是英国冷冻食品生产商品牌。作者在这里说了这三个名字，是在比喻自己又会照顾护理，又会讲故事，又能做得一手好菜。——译者注

② 凯茜·琦丝敦（Cath Kidston），英国家喻户晓的配饰、家居用品品牌，风格以朴素自然、甜美、怀旧、英国乡村、复古为主。作者认为自己容光焕发，符合英国人眼中完美主妇的形象。——译者注

妹妹。我的工作就是撰写儿童读物。我完全知道照顾孩子很难，绝对没有心存幻想。

我早就做好了各种心理准备，还听了很多第三方的建议。比如，你可能会得痔疮。在医院里，他们可能会刮掉你的阴毛。自然分娩比有医疗干预的分娩更有利于建立和宝宝的感情。是的，是的，我打算自然分娩，最多只用笑气[①]缓解疼痛，没错，没错，当然啦。分娩时，你还可能会大便，可能会造成会阴撕裂。还有人开玩笑地提醒雨果："千万别看，老兄。那场面，简直就像亲眼看着心爱的酒吧被人一把火烧掉！"

呵呵。

"劳拉，现在一定要天天睡懒觉。孩子一出生，就没觉可睡啦。""记住，宝宝睡觉的时候你也要睡觉。""母乳喂养最好。""千万别把宝宝抱到你的床上，劳拉，那就是自找麻烦。""宝宝最多半岁大时，就要待在自己的房间里，越早越好。""你会没有自己的时间。""你的伴侣会经常和你吵架。""宝宝总会哭个不停。""你的乳头会很疼。""你的乳房再也不会和以前一样了。""赶紧向牛仔裤挥手告别吧。"……

这些听起来令人心焦的建议会从四面八方涌来。人们超爱给别人提建议，就那么管不住自己的嘴。他们的本意是好的，可造成的结果却是让你这个准妈妈的焦虑仿佛坐上了过山车，哐啷、哐啷、哐啷……越爬越高，等着从高处冲下的恐惧感也越来越

① 原文 gas and air 指的是笑气，是一种无痛分娩的方式。——译者注

强烈。

生孩子、把他们抚养长大不再是一种经历，而是危机四伏的历险，哪怕是最微小的错误也会对孩子的未来产生负面影响。

人们把我怀孕的肚子拿来和所有人对比；甚至有人告诉我，他老婆的祖母在玉米地里，没有任何止痛措施，一个人英勇无畏地生下了三胞胎，自己用牙齿咬断了三根脐带。

恐慌袭上心头。要是我分娩时真的需要医疗干预，大家会怎么想？我怎么才能做到天天睡懒觉呢？那是昏过去了吧？我是不是运动太多了？要么就是运动不够？我还应该继续工作吗？我是不是不小心吃了蛋黄酱里的生鸡蛋？我是不是洗错了泡泡浴？怀孕期间洗泡泡浴安全吗？浴缸里的水温是不是太高了？我的房间里有温度计吗？说我自找麻烦到底是什么意思？

我开始怀疑自己能否胜任母亲的工作，于是，我开始尽力准备，准备迎战一切意外。

产后抑郁症会遗传吗？

自从发现怀孕后，我就经常想起我的妈妈。

我和妹妹对妈妈的变化记得不太清楚。我们的大部分记忆都是关于爸爸的。至于妈妈，我记得的就是，她似乎永远在移动，根本抓不到她，脑海里的那些记忆，就好像在播放八毫米胶片小电影，图像模糊，像水中的墨汁一般飘忽不定，又像轻盈的羽毛一般如梦似幻。她那一头金色的长发纠缠在一起，笼罩在一团炫目、狂野的色彩里，好像站在迪斯科舞厅的旋转灯球下。她就像一团烟花，发出刺耳、放肆的大笑声。

我记忆里的她性格张扬、浑身带电、说话火爆、形象狂野，还有——乳房高耸。那是个强壮有力的女人，面对爸爸那些朋友们的揶揄笑话和虚张声势，会毫不客气地回击。她对一切都兴致勃勃。她喜欢幽灵火车和魔术戏法，喜欢汽车后备厢旧货市场[①]，喜欢动物和昆虫，喜欢辛辣的食物、大杯啤酒，喜欢和人侃侃而谈。在众人眼里，她机智灵敏、无所不能、自信幽默、慷慨大方、离经叛道，而且求胜心切。

我们都很喜欢她，但她并不是传统意义上的妈妈，我小时候为此饱受折磨。在我的孩童时期，她大部分时间都在工作，非常敬业。她是个自由的思想家，谁也别想给她贴标签，用条条框框定义她。我觉得自己总在后面不停地追赶，试图赶上这个蝴蝶般的人，这样才能凑近了观察她。但我从来都没有成功过。坐在汽车后座上，我会静静地注视着她，看着她拉下汽车遮阳板对着镜子化妆。我会在心里默默地问：你是谁？

我是那么渴望了解她。我希望有个普通的妈妈，会亲手为我在校服上缝我的名字；亲手为我打包午餐盒子；亲自来接我放学回家。我希望她也有个急救药箱，为我磕破的膝盖贴上创可贴，

---

① 幽灵火车是英国现代鬼故事 / 犯罪故事中的常见主题；后备厢旧货市场是英国常见的二手市场方式，一般是把自己的旧货放在汽车后备厢里出售。——译者注

再印上一个吻，让伤口快快好起来。我希望她在门框上刻下我的身高变化，为我读睡前故事，为我编辫子，为我哼唱歌曲。但她并不是那种女人。她没有教过我们月经和性的事，却教我们如何烹饪咖喱和辣椒，通过以身作则教我们如何做一个女权主义者，教我们如何变得有创造力，教我们谈话的技巧，教我们什么是道德和原则，教我们如何维护自己、如何勇往直前、如何正视自己的个性。

后来，到我二十出头的时候，我才发现她在生我最小的弟弟赫克托的时候得了产后抑郁症。不知怎的，我对此并不感到惊讶。这解释了一些事，也填补了我童年时期的空白。直到今天，我仍然觉得自己就像个侦探，试图把线索归拢起来，弄懂我那神秘的母亲，因为她就是一个美丽而复杂的谜团，而且，独一无二。

对于她的这段经历，我只有零星的记忆：妈妈躺在床上，躲在黑暗的房间里，常常这样。我还记得总是爸爸在照顾我们（我的父母从那时起就分开住了），就像单亲爸爸那样。他总是不停地沏茶，吩咐我们把茶端过走廊给妈妈送去。我总是小心翼翼地端着杯子保持平衡，生怕弄洒一滴。我那个聪明的、魔力十足的妈妈变得那么遥远疏离、形象模糊。我记得她经常穿着脏兮兮的家居服捧着电话听筒痛哭。她会一连几个小时玩电脑游戏。我记得她有一次高声尖叫，像摔跤手那样扯下睡衣，扣子崩飞到空中。左邻右舍非常照顾我们。我还记得她和赫克托之间有一种不可思议的关系。他在她的床上一直睡到七岁。

她以一种严厉的方式爱着我们，我曾经对此耿耿于怀，但现在我知道她就像一头母狮子。这种爱培养了我们坚韧不拔的性格。我一度埋怨她，怨她只顾着工作，但现在我明白了，她是想给我们更好的生活。她负责养家糊口，爸爸负责照顾孩子。她想以此激励我们，但同时，这或许是她的生存之道：她之所以工作，是因为她擅长工作。

有一次吃晚饭的时候，我想起了这件事，就告诉妈妈，我小时候关于她的记忆不多，这让她很难过。那时我还没有当妈妈，还没有意识到这话对她的打击有多大。我不想告诉她，我记得她和我们在一起的唯一证据就是那些照片。她说，她并不喜欢我们小时候的样子，但现在我们长大了，她很爱我们，我们是她的朋友。我们确实是。现在，我知道她是最棒的妈妈。

但我妈妈并不认为自己是英雄，她很少谈论赫克托出生后她的那些经历。直到我自己病了，才有那么多人告诉我，她当年的产后抑郁症有多么严重。她会四肢着地爬过走廊，每时每刻都困在自己的思绪里无法自拔。但医生并没有诊断出她的病症。我可怜的妈妈就那样苦苦熬了整整一年，有两个女儿要照顾，没什么钱，又没有亲戚帮衬。她说，她还记得最终走出那段黑暗，第一次去剪头发时，她心里不住地想：哦，天哪，我不觉得焦虑了，不觉得沮丧了，这简直难以置信。事情就是那样，病突然全好了。

我问爸爸当时的情景，他说："我不记得了，我把那些事都忘了。但我知道，她不是原来的杰恩了。"

我们母女之间似乎存在某种微弱的生物学联系，使得产后抑郁症可能会遗传。有趣的是，我妈妈是被领养的。她对此颇感自豪，说那是发生在她身上最好的事情，因为恰恰是领养这件事造就了后来的她。我们曾经开玩笑说，没准她的亲生父母是霸王龙和鲨鱼[①]。她从未见过亲生母亲，这一点似乎对她毫无影响。当然，我们也就无从得知我的亲外祖母是否也患有产后抑郁症（或者她会不会真的是霸王龙）。

母亲和养母的关系并不亲密，所以她身上并没有母亲这一形象的印记，也没有传统意义上的慈母榜样可以效仿，她的行事方式一点也不循规蹈矩。不过……这些和我妈妈是领养的有关吗？我妈妈的生母患过产后抑郁症吗？那会不会刚好是导致我妈妈被领养的原因呢？

我害怕把孩子生下来

在怀孕后不久，我就告诉助产士我妈妈得过产后抑郁症。她似乎并不担心。

我说："我真害怕把孩子生下来。"

助产士一再安慰我："相信我吧，到四十周的时候，你会不顾一切地想把这孩子从肚子里弄出来的！"

一切都很正常。我非常健康。我验了尿，笨拙、忙乱地瞄准

① *T-Rex and Shark* 是英国一部儿童动画片，主角就是霸王龙和鲨鱼。——译者注

护士给我的那个带螺旋盖的透明塑料杯。接着是抽血化验。化验结果显示我的妊娠风险很低。没有理由会出问题，没有理由会出现并发症。

但随着孕期发展，我的血压越来越高。到了后来发展到每当血压计的尼龙带缠住我的手臂时，我就开始焦虑。我完全是因为这个原因，开始害怕定期见助产士。

怀孕将近四十周的时候，不断有人告诉我，我的肚子看起来特别小。大家似乎都不相信我快要足月了。我告诉助产士，我很担心这事儿，但她给我量了尺寸，说一切都很正常：我的肚子完全健康。

但她的确担心我那不断升高的血压，让我去医院检查一下。

“去的时候带点零食。”她特地嘱咐，“可能要等很久。”

果然，雨果和我在医院的走廊里等了很久。我们遇到了一个可爱的小女孩，两岁大，在雨果的手上贴满了贴纸。想到我肚子里那个快要见面的小朋友，我们俩兴奋得头晕目眩。小女孩的大肚子妈妈坐在等候区的另一边，朝我们疲倦地笑了笑，十分感激我们逗她那蹒跚学步的孩子开心。我真喜欢看雨果和小孩子在一起的样子。他是那么自然、风趣、热情、温柔。尽管那个两岁的小女孩还不怎么会说话，但他们却似乎很有共同语言。看到他们在一起，真让我感到高兴。我这个当妈妈的做了个很棒的决定：选择雨果做我孩子的爸爸。

我不由自主地盯着走廊里其他和我们一样等候的女人，一个个挺着大肚子，乳房被肚子直顶到下巴，双手撑着后腰，像茶壶一样深吸气，走路摇摇摆摆。看着她们，我竟然有些嫉妒：我怎么不像她们那样呢？我暗暗提醒自己，每个人的情况不一样。我是不是想得太多了？

终于到我了。我的各项指标都呈现在显示器上。心跳——我和宝宝两个人的心跳——好像野马一般狂奔。护士鼓励我放松（她们都这么说！）。雨果跑去医院的商店给我买饮料，把我留在这里，只有我和肚子里的宝宝，心跳如鼓，硬着头皮和护士打招呼。

那天伦敦的天气很好。我注视着波光粼粼的河水，注视着医院大楼下渺小的行人。阳光透过玻璃窗亲吻着我的肚子，一切似乎归于平静。野马停止了狂奔，我和宝宝的心脏终于安顿了下来。护士向我们保证，一切都很正常，然后我们就回家了。

怀孕四十周后，一切正常。虽然已经足月，但第一胎出现晚产的情况并不少见。我妈妈怀我的时候超过预产期差不多三个星期。

医生提议给我做个“人工剥膜”催产。到了这个节骨眼儿，只要能让宝宝平安生下来，我什么都会答应。于是，他们拉上了床周围的帘子，把我的打底裤拉了下来。

“人工剥膜”可不像听起来那么靠谱——产科医生看上去红光满面，见怪不怪，胸有成竹，可千万别被他那副模样骗了。医生给你那里涂上润滑油，探入手指，试图将羊膜囊（宝宝就在里面）从子宫颈中分离，以刺激分娩开始。整个过程让人很不舒服，有侵入感，比做宫颈涂片检查还要疼。

医生道歉："对不起，不过我的手算是很小了。"

我这算不算已经接受医疗干预了呢？让医生伸着手指按来按去，这是不是就算"非自然分娩"了呢？我试图把这件事抛在脑后，专心呼吸。

要做五次人工剥膜，这才是第一次。

分娩恐慌

我妈妈对我怀孕的事很兴奋，也很支持。她专门买了一辆豪华婴儿车和一个高级婴儿汽车座椅，又送给我一大盒奶白色的婴儿背心。她还为宝宝买了一顶纯羊毛帽子和一套宝宝连体衣，灰色布料上点缀着白色的小星星，可爱极了，专为宝宝从医院回家而准备的。她说："生孩子最痛苦的不是分娩的时候，而是你对他们爱到心碎的时候，那简直难以承受。"

一天，门铃响了，原来又是一盒盒尿布，还有一大桶婴儿屁屁霜和湿巾。妈妈的短信随后跟来："你小时候我们常常买不起尿布，我可不想你再为这事儿操心。"

她还给我寄来了我这辈子见过的最大袋的调味盐，告诉我生完孩子后应该泡个盐水浴。到今天为止，提出这条建议的唯有她一人。我知道她有点像个巫医，"往伤口上撒盐"不正是大家都想竭力避免的吗？

不管怎么说，我还是把盐留下了。可以烤薯片用。

那天是情人节，我一边在粉色大瑜伽球上做回弹练习，一边看电视剧《办公室风云》。我已经过了预产期快两周了，睡得很少。

我突然接到一个朋友的妈妈打来的电话，告诉我在分娩过程中可能达到性高潮。“好吧，”我说，“我研究研究。”心里却不为所动。

我已经开始忙着“筑巢”了，这倒不是因为我真的感到有必要尽快做产前准备，而是因为我觉得似乎该体验一番那种众所周知的紧迫感。脑海里有个声音不停地说话，口气好像精力充沛的橄榄球教练，提醒我一旦孩子出生，可就没有自己的时间了（那方面的事……暂时还顾不上操心）。我在冰箱里囤了无数包蔬菜土豆馅饼和芝士通心粉，给水壶除了水垢，清洗了烤箱（我这辈子还没干过这事儿呢），一遍遍地整理住院用的行李袋。

雨果组装了婴儿床，给家里买了电视机，粉刷了婴儿房，又新买了一台滚筒烘干机外加一台微波炉，他还反复演练怎么给汽车后座装上婴儿汽车座椅，迫不及待地把“车内有宝宝”的徽标贴在了车后窗。现在，一切准备就绪，剩下的就是安心睡觉，耐心等待。但说实话，那时我并不知道自己在等什么。

我的身体已经熟悉了假宫缩[①]和各种假警报，所以我猜，到

① 全称为“布拉克斯通·希克斯宫缩”（Braxton Hicks），也叫迁延宫缩。在妊娠中后期，由于增大的子宫开始下降，另外胎头下降使骨盆受到的压力增加，孕妇常常会出现“感觉肚子往下掉，背都伸不直”的症状，这就是假宫缩。但在国内较少使用全称，故译为“假宫缩”。——译者注

羊水破了的时候，才是分娩真正开始——透明的液体意外地溅到地板上，那才是提醒你：时间到了。没人希望这种事发生在超市里，或者直接泡湿朋友的汽车座椅，所以我待在家里不敢出去，说服自己认定，每一次阵痛、每一次腹部隆隆作响都是宫缩的表现。

我一连几个小时泡在怀孕论坛上，从无数关于准备分娩的免费建议中寻找有用的信息，研究所有的迹象。“觉得屁股上似乎长出羽毛，想要像母鸡似的咯咯叫？”啊——没错！这就是要分娩的症状！

我郑重其事地努力遵循各种语气专横的行动准则。这一条说：“使劲吃！使劲吃！要像饿死鬼投胎似的吃！你要积蓄能量，多吃才能鼓励宝宝动起来！”可那一条又说：“重要的事情说三遍——千万别吃任何东西！千万别吃任何东西！千万别吃任何东西！因为那样会让你恶心，分娩的时候一用力就会大便。”

这一条是：“泡个热水澡好好放松一下——这可是你最后一次安安静静地泡澡，尽情享受吧！”下一条又是：“千万不要泡热水澡——你脑子里想什么呢？难道想把宝宝氽熟吗？想水煮胚胎吗？”

这一条建议：“用布涂上精油按摩，可以帮助你放松。”刚点到下一条，居然就是：“你是什么情况？女巫吗？赶紧把那什么破布拿下来，吃碗冰激凌凉快凉快！”

渐渐地，我开始觉得，这些可能全是小题大做。

为了能刺激分娩，我真是出尽百宝——又做了几次“人工剥膜”、吃辣咖喱喝啤酒、喝花草茶、做足底经络按摩、涂抹精油、在瑜伽球上做回弹练习、做孕妇瑜伽、游泳、亲吻爱抚（显然，这是为了促进荷尔蒙刺激分娩吧）。雨果一直在用葵花籽油给我做会阴按摩（顺便检查——老天爷，我真没开玩笑），他甚至还为我剃了阴毛。真是个新时代好男人啊！

当那团黏糊糊、形态扭曲、好像章鱼似的大名鼎鼎的“黏液栓”[1]终于“噗”的一声排了出来时，我心里暗想：哦，上帝。终于开始了。

然而，并没有。什么都没有发生。

我的助产士建议我们去医院植入一个阴道药栓。那是一种样子像卫生棉条，但含有激素的东西，可以刺激分娩。听起来不错，而且不太有侵入感。我做完后回到家，暗暗盼着一夜之间就能产生神奇的效果。晚上，我特地在身下垫了一条毛巾睡觉，生怕汹涌的羊水弄湿了床。

我们打电话给产科病房，请他们安排换阴道药栓，得到的答复却是他们忙得要命，因为“今天是情人节，人人都想在情人节这天生孩子”（无语）。

我不禁愤愤不平：是是，我知道你们很忙。但是，其他孕妇难道都超过预产期两周了？还是说她们就是想要个情人节这天出生的孩子？这和在巴黎订酒店不是一回事儿吧。

① 黏液栓，也叫“宫颈黏液栓”或者“黏液栓塞”。预产期快到的时候，如果出现黏液栓塞，是指快要生产了。因为随着分娩的临近，子宫颈张开，可能会排出少量黏稠的液体，它会密封子宫颈管，导致黏液栓塞。——译者注

他们一直说晚些时候再回复，漫长的等待搞得我们很紧张。我的确没觉得自己快要生了。我并没有感到心慌、疲倦或身子沉重，我的鼻子没有浮肿，没有出现怀孕论坛上说的那些快要分娩时就会有的感觉。

终于，我们接到医院的电话，说他们已经为我们做好了准备。我们都没顾得上梳洗一下，关了灯就出门了。以防万一，我们带上了住院用的行李袋，把所有东西匆匆丢进汽车后备厢，然后跳上了车。

"但愿回来时这个车位还在，"开车出发时，雨果说，"我最近都把车停在前门，就是以防万一，如果你在晚上突然分娩，我们就能尽快冲出去。"

结果，我们五天后才回家。

我们再次在孕妇聚集的走廊里等候，只不过这次走廊空了一些。天色已晚，似乎是因为忙碌的一天即将结束，医院里到处都是昏沉沉的。"也许妇产科就是需要光线昏暗的环境，这样才能让新生宝宝的眼睛适应？"我暗暗猜测。

助产士的声音中带着一丝疲惫。在我们眼中人命关天的大事，在他们眼中不过是又一天的日常工作而已。这种看法既让我感到有些泄气，又让我觉得安心（我其实喜欢看到一个浑身放松、有些烦不胜烦的护士，这就好比我喜欢看到飞机遇到气流时满不在乎的空姐一样）。

最后，助产士终于迎了出来。"很抱歉，我们今天太忙了。因为大家都想要个情人节宝宝。"她摇了摇头，"说句老实话，我从来不庆祝什么情人节。”

我们也一样。

“你真走运，还有个单间。”她领着我们来到一间病房。

我望向雨果。

“我想，我们不需要病房。”我说，“我们只是来换阴道药栓的。”

她带我们去的那间病房面积不小，但墙壁刷成了深紫色，看着有点凄凉。里面有一张床，一张迷你人造革沙发，一间浴室，还有为新生儿准备的透明塑料盆。分娩池在哪里呢？柔和的灯光、随意散落四处的分娩球和豆袋沙发在哪里呢？

倒不是说我对分娩这事儿计划得太多，但我也不希望是现在这个样子。我愿意尝试笑气无痛分娩。我也不反对使用止痛药——如果有必要，我会服用的。我还想象过水中分娩，因为我的朋友们很“享受”这种过程。而且很显然，你向下用力的时候万一大便，他们也可以用个渔网把大便捞出来。我带了一件比基尼上装，当然我也很乐意像河马一样光着身子在水里打滚。

可我还没到分娩的时候。我甚至没有感到轻微的不适，相反，我现在的感觉就像能去酒吧。助产士突然不见了。

“我去找她。”雨果说着出去了，把我一个人留在了小沙发上。还没等我意识到，我就出现了第一次恐慌的症状。

和后来恐慌发作的记录相比，我认为这一次算是非常温和的，但在当时那种情况下，我没有任何参照经历可以做对比。我的心怦怦直跳，脸涨得通红，胸口起了一层皮疹。我感到呼吸困难，拼命寻找氧气，好像一条浮到水面喘息的鱼。

我走进浴室，往脸颊和手腕内侧泼了些凉水。这还是在一次聚会上一个朋友告诉我的醒酒小妙招。

凉水没起作用。肾上腺素在不停分泌，涌入血液，我感觉全身像过电一般。

雨果回来了。“助产士马上来。你还好吗？”我的脸湿漉漉的，神情慌张，皮肤之下仿佛藏着愤怒的蜜蜂，嗡嗡抖个不停。

“挺好！”我轻快地应了一声，不想让他担心。

又来了另一位助产士，她居然带着那该死的、令人一见就焦虑万分的血压计。我有些语无伦次：“现在不行，血压会飙升的。我的心脏病要发作了。”

我看着空荡荡的塑料盆。

我怎么才能把孩子生在那里面呢？

我的助产士之前说，怀孕四十周的时候，我会不顾一切地想把孩子从肚子里弄出来。可现在，生孩子对我而言似乎就像让我把肺吐出来一样不可能。怎么办？我是说，我要怎么做才能把孩子从肚子里弄出来呢？

我的血压读数高得吓人。

“放松些，”她微笑着说，“从这个房间看到的伦敦风景很美，尽情享受好啦。”

我向窗外望去。泰晤士河漆黑一片，仿佛泛着微光的柏油，闪耀着点点波光。夜空。议会大厦，正如新闻里形容的那样，高大而自豪。那上面的小小窗户金碧辉煌，仿佛从童话故事里走出来似的，在点燃的烛光下熠熠生辉。如果我和雨果现在住在豪华酒店，穿着蓬松的白色晨衣懒洋洋地躺着，看着电视，吃着送到客房的美食，我也许会更愿意欣赏这里的风景。但眼下的情形完全无法唤起我的“享受”情绪。

“就在这儿等着，你的助产士马上就来了。”她吩咐完就离开了。

这滋味简直就像等着相亲对象第一次露面。

老天保佑，但愿是个好人，但愿是个好人。

我想起了三十年前我在同一家医院出生时的照片。妈妈抱着我，一脸微笑，一头朋克风的头发染成了金色，漂亮而惬意。我爸爸的样子有点像朋克乐手乔·斯特鲁默，留着二十世纪八十年代风靡的发型，下颚轮廓分明，泪光盈盈，不知所措。他们俩看起来那么酷。雄伟的大本钟就在我们一家的身后，用它的荣耀为那个场景定下了基调：它巨人般俯视着我们，欢迎我们到来，光鲜而隆重。我的爸爸妈妈设法离开了奇切斯特，重写了人生剧本，让我成了一个“伦敦佬”。我爸爸说，他们一到家就调了金汤力鸡尾酒，庆祝了一番。我简直等不及了。我打算来上一大杯更奢侈的金汤力：探戈雷金酒加冰和柠檬，兑豪华的芬味树印度汤力水[①]，最后再配上一大碗烟熏杏仁。

然后，她来了。3 号助产士。大家梦想中的助产士。

① 这里说的其实也是金汤力，只不过其中的金酒、汤力水都改用了更豪华、更高级的品种。——译者注

她看起来就像个面包师，或者维多利亚时代家庭的厨娘。她面颊红润，声音热情，既实事求是，又温言软语。她安抚着我，把枕头放在我脑后，告诉我她打记事起就一直在干这个工作。这话听起来总是那么与众不同、情感真挚、积极快乐。她自己也生过好几个孩子。“告诉你吧，一个个都壮实着呢。”她说。

我感到紧绷的胸口松了下来，如骏马般狂奔的心跳也渐渐放缓。

然后她问：“好吧，要我给你拿点吃的吗？”

“不，不，我只是来换阴道药栓的。”我又说了一遍，“我打算回家再吃。”

“回家？哦，你没有必要回家！你已经过预产期两周了，亲爱的。我想是时候把这孩子弄出来了！”

我立刻感到被困住了。

“那我们可以去车里把住院用的行李包拿来吗？”我问。我其实心里想的是：“我能找个机会逃走吗？”

“好主意。”3号助产士说，“也许刚好能让宝宝动起来呢！”

我觉得宝宝简直是毫不动摇。他就像《查理和巧克力工厂》里贪吃的小奥古斯塔斯·格卢普，被吸进了我的身体里，再也出不来，或者像只黑猩猩，爬到我的胸腔高处藏了起来，两腿紧紧缠绕着我的器官。

我们沿着走廊走了出去。我浑身发抖，但我拼命忍住，努力表现得像个正常人。我还讲了几句笑话，试图保持乐观。我听到一个女人在尖叫，发出惨绝人寰、撕心裂肺的声音。雨果和我都害怕地笑了起来。

到了一楼，我们试图忙起来，但那里安静得要命，大多数商店都关门了。我们各自买了一本杂志。我买了一本烹饪杂志，试图让自己分心。我还买了些补充能量的食品：一些坚果、一只香蕉、几块黑巧克力。哦，对了，再来盒佳发蛋糕，我爸爸总说橄榄球运动员爱吃这个。雨果买了些口香糖。

我们走到车前，它就停在世界上最昂贵的停车场里，静静地等着我们。我们决定在车里坐一会儿，于是打开收音机，试着借助柔和的灯光和车内的暖气让自己恢复镇定。我们埋头看杂志，我开始吃蛋糕。

我真希望我们发动汽车，一走了之。

高危妊娠

我们忐忑不安地回到病房，回到那间暗紫色的小房间。雨果获准把那张人造革沙发改造成临时床铺。

助产士让我往一个罐子里撒尿。我努力挤了一些出来，但在这个过程中淋湿了我的手。拧上瓶盖时，我看到罐子表面浮着一道虫子似的线。

“尿里有蛋白质。这可不是个好迹象。”

3 号助产士又给我做了一次人工剥膜。这一次雨果几乎晕倒了。我握着他的手时，感到他的手变得软弱无力。听助产士这么说，他脸上的血色都没了，人往后踉跄了几步。但我无能为力，我没法照顾他。

助产士欢快地插入阴道药栓："老天保佑，但愿这一次能有效果！"

这么个小卫生棉条又怎么会引起宫缩呢？

她决定再次给我接上心率监测器，测量我和宝宝的心跳，还在纸巾上蘸了些乳香精油让我吸入。我想起来了，在保健品商店里时那位女士说过，乳香精油有"接地"的功效。

"好了，乳香精油，该是你大显神通的时候了。"我喃喃地说。

我又一次听到我和宝宝两个人怦怦的心跳，但这次一点也不舒服。这一次更像是恐怖片里鲨鱼突袭时的伴奏。

突然，警报声响起，恐慌节奏进入高潮。原来是心率监测器的打印纸没了。一群惊慌失措的助产士夸张地冲了进来，重新装好打印机，主题伴奏又恢复成鲨鱼突袭的阵仗。

但3号助产士说，宝宝的心率暂时到了刻度范围之外：他可能在拉拽脐带。

"这正常吗？"我问。

"没事，他很快会恢复原样的。没什么好担心的，亲爱的。"她捏了捏我的脚，调暗了灯光，然后又说："我建议你休息一下，马上就要跑马拉松啦。"

黑暗中，雨果在沙发上辗转反侧，我感到非常害怕。我以前从没进过医院，没像现在这样。我能改主意，在家生孩子吗？我能离开吗？这么做算违法吗？

我就这样捧着肚子，看着外面的天空从海军蓝渐渐变成粉红色。我的背很痛。现在是星期四的清晨，伦敦正在慢慢苏醒。我感到一阵轻微的抽筋，但仅此而已。包里的坚果包装袋裂开了，坚果掉在地上，散落得到处都是。我起身去小便，光着脚站在冰冷的塑胶地板上，看到阴道药栓无助地躺在短裤里。我还没来得及抓住药栓再塞回去，那东西就像只死老鼠似的扑通一声掉进了马桶里。我按下蜂鸣器求助。

又来了一位新的助产士：4 号助产士。那位胖厨娘去哪儿了？“我的阴道药栓夜里滑出来了，刚才掉进了马桶里。”我告诉她。

“没事。别担心，这是常有的事。要来点烤吐司吗？”

我真不想吃什么吐司。雨果也不想，他现在看起来好像要吐了。我试着吃了一点点，突然肚子里翻江倒海。我拉得昏天黑地！

这一次来的是 5 号助产士。她的样子看上去很酷：一头漂染的金发，耳朵上戴了很多耳钉。她看着挺风趣，是那种你愿意和她一起泡酒吧的人。我告诉她腹泻的事，她大笑起来，说这很正常，我想怎么拉就怎么拉。我挺喜欢 5 号助产士。但她随后又检查了心脏监测器上的读数，对看到的情况不甚满意。

“嗯，你的血压太高了，劳拉。你的肚子看上去太小，又过了预产期两周，而且尿液里还有蛋白质。宝宝正在努力跟上生长节奏。有人跟你提过子痫前期[①]吗？”她问我。

---

① 子痫前期（preeclampsia），指妊娠二十周以后，出现血压升高和蛋白尿，伴随出现头痛、眼花、恶心、呕吐、上腹不适等症状。——译者注

我对子痫前期不怎么了解，不过，它听起来像是种妊娠并发症，包括了她上面提到的所有症状。

“怎么没人发现这事呢？”她皱起了眉头，“你难道没多做两次扫描吗？你这种情况应该属于高危妊娠。”

没等我和雨果反应过来，我们俩就被送到了高危病房。

“这里的风景没那么好，但离医护工作站更近。”5号助产士解释道。

突然，事情变得凶险起来。房间里越来越忙碌，我总是忍不住要大便。他们脱去我的衣服，脱下我那巨大的马莎牌平角短裤，给我套上了一件病号服。

我看着拉链大开的住院行李袋，里面的东西仿佛被掏出的内脏，都掉落在地上：薰衣草喷雾、发带、保湿喷水壶、iPod音箱、比基尼上衣……这一切看起来显得那么野心勃勃，又混乱不堪。

我有种感觉，这些东西我都用不上了。

来了一位男医生，匆匆忙忙但坚决果断。我听到他说没必要再做一次扫描，而且再插入一个阴道药栓也没有意义，因为一个要33英镑[①]呢（很高兴得知这一点，不然我差点想自己买一个）。

我真的属于高危妊娠。感谢上帝送来了5号助产士，可下一秒，她就投来一颗重磅炸弹。

“真是很抱歉，我该下班了。”她说。

---

① 1英镑约等于9元人民币。——编者注

不!!!

“很高兴见到你，祝你好运！”

那 3 号助产士在哪里？下一个轮班的是哪一位？

然后我们见到了下一个助产士：6 号助产士。

6 号助产士身材矮小、表情愤懑，不是愿意亲吻你汗流浃背的脑袋，尖叫着鼓励你“你能办到！”的那种人。

那种凌晨一点泡在酒吧里愤愤不平地一杯接一杯灌下龙舌兰酒的人，能干好这份工作吗？

也许吧。好吧。

她当不了我的啦啦队队长。她也不想那么做。我的宝宝往我的身体里躲得更深了。

我想起了那句忠告：“如果你不喜欢你助产士的做法，就必须说出来。这是你的主观体验。她们不会觉得受到冒犯：某个助产士不适合你，并不意味着她就不适合其他人。”

“请再找一位助产士，给我们平时的那位助产士打电话，或者到街上随便找一个。但不要这一位。求求你！”在房间里的嘈杂声中，我抓狂地向雨果小声求助。

雨果立刻就出去办了，但我看得出来，病房人手不足，而且超负荷运转。

6 号助产士用她那双深黑色玛瑙般的眼睛看着我。她能猜出来，我想换人。

我们不是在一起合作，我们完全没有团队精神。我们是拳击场上的对手，她占了上风。

我又想大便了。哦，上帝。更糟糕的是，现在我的屁股完全暴露在病号服外面。我不停地安慰自己："别多心了，他们什么没见识过呀。"

从厕所回来，我感到轻微的宫缩。有点像痛经，腹部隐隐作痛。我的双腿在打战，膝盖软得像煎饼面糊。又一波宫缩紧接着到来，我紧紧攥住了床栏杆。

哦，上帝，哦，上帝。后面会不会越来越糟糕？

好像有把老虎钳正在分开我的身体。我的髋骨被撑开，就像一台机器。我觉得自己像个变形金刚，整个人正在变形，但比变形金刚要柔软，更像个小妖精！

我艰难地爬上了床，6号助产士用手指咄咄逼人地戳了戳，告诉我子宫口才开了一厘米。

怎么办？

她问我记不记得羊水破了这回事。

"不记得！"我答。这让我有些兴奋。真的是这样吗？也不是不可能。会不会是淋浴的时候？要么是上厕所的时候？或者是在浴缸里的时候？

6号助产士似乎很不理解："你自己不知道羊水破了没有？"

她翻了个白眼。问题这么刁钻，我完全没法接招！

老天爷，请给我换个新助产士吧。

我又想上厕所了。我让雨果去打几个电话。看得出来，他根本不想待在这里，而且也有好一阵没怎么好好吃东西了。我总是大便，气味浓烈，让人难以忍受——病房里太热，我把整个房间都弄得臭烘烘的。这让我无比尴尬。

我突然冒出个奇怪的念头，想让大家都出去，让我一个人待着，让我原形毕露，彻底放飞自我：被那股原始冲动恣意牵引着，赤身裸体，四肢着地，像头残忍的犀牛那么咆哮、出汗、尖叫，然后屎尿横流、血水四溅、涕泪交加、满嘴脏话，哭号着把我的小宝贝排出体外。

现在我完全理解为什么怀孕的母猫生崽时总是躲进一个通风、舒适的柜子里了，它要独自行动。

"现在我们要试着弄破你的羊水。"6号助产士说着，"啪"的一声戴上了橡胶手套。

求你了，别用你的手指，我暗暗祈祷。

6号助产士拿出一样工具，看上去像个特大号的钩针，就像是古埃及人制作木乃伊时用来从尸体鼻孔里把大脑掏出来的家伙。

好吧……还是用你的手指吧。

那股疼痛简直不像是真的。我惊叫着从床上弹了起来："停下，求你了，快停下。我能吃点止痛药吗？"

正当我暗自庆幸还好雨果没在这里目睹这一切时，他回来了。

"你没离开多久，"我尽量让自己的声音听起来不生气，"他们正要弄破我的羊水！"我解释道，声音里几乎带着兴高采烈。我努力让自己保持热情，努力显得很勇敢。

"要么你先试试笑气？"6号助产士建议道，"不过这要多吸几次才有效果。"

我这辈子从未吸过毒。用几片茶叶泡杯茶都能让我兴奋。我吸了一口。我的声音听起来立刻变得低沉而缓慢，我感到恍恍惚惚、倦意浓浓。

才吸一口，我就讨厌它了。但我试着跟着感觉走。

“有福同享！”雨果厚着脸皮咧嘴一笑，轻描淡写地说。我笑了，从这段离奇的经历中找到了一丝正常的感觉。我把吸嘴递给他，觉得自己的手轻飘飘的，就好像以为是满满一听可乐，举起来却是空罐子。

“哇！劲儿可真大。”他惊讶地说。他研究了一会儿笑气，又看向我。

“一开始会觉得怪怪的，但过一会儿就习惯了。”6号助产士对我说，那口气就好像我是个坏学生，放学后她正教我抽第一根烟似的。“准备好了吗？”

我用力吸进了一大口笑气，在她插入钩针时拼命咬住了吸嘴。我完全不记得那东西是如何展开的，但接着我就赤身裸体，两腿分开，尖叫着想从床上跳起来，就好像在举行什么驱魔仪式似的。另外两个助产士牢牢控制着我，我浑身抽搐，尖叫不止（我可以发誓，说到疼痛，我可不是个弱者。有一次我摔断了手腕，三天后才意识到，那时候我的手基本上完全和骨头分了家，就像一个软塌塌的布袋木偶）。整个过程就像是灵魂出窍一般。那股痛苦，几乎是精神上的。这大概是整个分娩过程中最糟糕的记忆了。

我的羊水仍然不肯破开。我把笑气管子甩了出去，再也受不了那种难受的滋味。

宝宝的心跳再一次从监视器上消失了。

雨果看上去痛苦不堪。

“宝宝不喜欢这样。我不知道他对宫缩是什么反应。”6号助产士说，“这还是我第一次遇到没能把羊水破开的情况。”

6号助产士一脸抱歉地看着我：“很抱歉，我抓伤了宝宝的头。”什么？很抱歉？你到底干了什么？怎么干的？“看来你的羊水已经破了，宝宝可能有感染的危险。我们必须尽快把他弄出来。”

突然之间，一切变得无比真实。我身体里有什么东西，我必须保护他。

他们建议打催产针。幸运的是，前一晚我刚刚看了一集《忙碌的产房》[①]：一位孕妇接受了催产针，助产士会建议同时进行硬膜外麻醉（无痛分娩）[②]，因为催产针会迅速导致极度强烈的宫缩，疼痛程度足以使母亲和婴儿休克。

硬膜外麻醉。医疗干预。这是大富翁游戏里的“免费出狱卡”[③]吗？就此摆脱痛苦？麻醉了还能有感觉吗？我的脑海中快速闪过这么做的诸多风险因素：使用硬膜外麻醉时，你必须绝对信

---

① 英国关于产房分娩的系列纪录片。——译者注

② 硬膜外麻醉，即国内俗称的“局部麻醉”。将局部麻醉药注射于硬脊膜外间隙阻滞及神经根部，使其支配的区域产生暂时性麻痹，称为硬膜外间隙阻滞麻醉，简称硬膜外阻滞。——译者注

③ “免费出狱卡”是大富翁游戏中的一个游戏关卡设置，如果得到这张卡，游戏中万一被关进监狱，可以出示这张卡立即获释。——译者注

任助产士，因为她要负责引导和控制宝宝分娩出来。而且，因为你毫无知觉，也感觉不到疼痛，所以造成会阴撕裂的可能性更大。

我要求进行硬膜外麻醉。先前那些自然分娩的念头已统统抛在了脑后，为了我的阴道，我开始拼命讨好起6号助产士来。

我想快点回家

麻醉师到了。他先是做了一番自我介绍，接着介绍那根巨大的针头。他必须一一阐明实施硬膜外麻醉的各种危险因素：我腰部以下截瘫的可能性很小……接着他又絮絮叨叨地声明他最近才获得了麻醉师资格。

哎呀，太棒了。恭喜恭喜。干得不错。

幸运的是，到了这个时候，我已经完全不知所措了，如果说我刚刚还残存一丝尊严的话，那现在也已消失殆尽了。我就像只对虾一样躬身蜷曲着坐在床沿，整个屁股都暴露在外。这儿没我什么事了。我把自己完全交出去了，一针下去，我就算是和自己彻底失去了联系。再见，劳拉。

我把这具肉身留在了产房里，我的灵魂从房间里飘浮出来，就像二十世纪八十年代的恐怖电影里的一幕。

6号助产士似乎对我的勇敢印象深刻。就改善我们俩的关系而言，置身事外不失为一种明智之举。

硬膜外麻醉就像是给器官来了个泡泡浴。我觉得温暖、舒适，浑身放松，其他什么感觉都没有。

后来我问雨果当时我怎么样，他说："太放松了，让我很不安。"

6号助产士看了看监视器，告诉我宫缩就要来了，但我只觉得腰部微微有些收紧。我们开始聊天，她告诉我她男朋友的名字。看来我们的关系发展得不错。好的，这我能办到。

又一阵"哔哔"的警报声响了起来，雨果惊慌失措，6号助产士很不高兴。医生来了，用宣布"坏消息"的语气告诉我们，宝宝出生后恐怕个头会很小。他说我的胎盘可能出了问题，当雨果问他那是什么意思时，他一板一眼地回答说："就是说，他生下来会很小。"

随着药力渐渐发挥作用，我的思绪躲到了一边，只剩一个模模糊糊的概念：我会生下一个非常非常小的东西，差不多就是"大拇指汤姆"[①]那样。我开始喋喋不休地说着正能量的话，安慰雨果说，不管宝宝有多小，只要平安生下来就是幸事一件，无论怎样，我们都会好好爱他。

"是呀，那自然是不用说的。"雨果附和道。但他心里明白，也知道我现在被药物控制着，言不由衷。我才不会欣然接受这些，更别提我们的儿子可能会有并发症，以及这一切对我们意味着什么。

"我们当然会好好爱他，但你能详细讲述一下这个'小'到底是什么意思吗？超声波扫描时什么都没有看出来呀。"他问医生。

---

① 大拇指汤姆，格林童话中的人物，个头只有自己父亲的拇指大小。——译者注

医生先是摆出一大堆令人困惑的术语来迷惑和吓唬我们，然后又简单地总结道：“就是说，他的个头会很小。有可能是，长期性的。”

长期性的？

6号助产士显然挺同情我们，冷若冰霜的脸上解冻出一丝同情的微笑，她解释道：“劳拉，每次宫缩时，你的宝宝都在挣扎。在这台机器上，你的心率每升高一点，宝宝的心率就下降一点。他太小了，所以才这么挣扎着要生存。”

“这是什么意思？难道说我正在杀死我的宝宝？”我叫道。一阵可怕的恐慌扑面而来。我正在扼杀我本想悉心养大的宝贝。

“我以前遇到过这种情况。他很可能会没事，只不过个头会非常小。我认为眼下最好的办法就是密切关注事态发展，看看催生的情况如何。”她回答道。

6号助产士要暂时休息一阵儿。我能感觉到，她并不想丢下我们，但眼下这个时候，换了谁都无济于事。

7号助产士来了。她看上去相当可靠。她为我盖上了毯子，并为人手不足的事向我道歉：“这都是因为——”

“情人节，我知道。”

7号助产士很会安慰人。她说宝宝“很小”就意味着他一生下来就饥肠辘辘。她认为这是因为我的宝宝在子宫里时一直在挨饿。很可能刚到预产期的时候，他的体重是正常的，但过了预产期之后，他在我体内消耗了太多的身体储备能量。

我内疚极了。我还以为多了两个星期，他的个头准会像南瓜大赛的获奖南瓜那么大呢。我真该在两周前就催产。我真该选择剖宫产。

“让我们来看看宫缩的情况怎么样，看看宝宝应付得如何。”

雨果和我开始哭泣。我们完全没料到会这么困难。我们一直以为自己做得很对呢。

我们的小宝贝，就像涅槃乐队那张《没关系》专辑唱片封面上的宝宝[①]，迷茫、孤独，不停地游，试图游到我们的怀中。

6号助产士回来了。事态在加速发展，甚至进一步恶化。我的床单上有胎粪。宝宝在子宫里大便了，这很危险：他可能会吸入粪便。我知道，这可不好。

于是我说：“我要做剖宫产。我觉得我的身体正在杀死他。我要把他尽快弄出来。”

6号助产士表示同意：“恐怕不得不做剖宫产。我们认为这是最安全的法子。”

我吓坏了。真怕接下来还会发生什么。真怕生下一个死婴。

我觉得我又在大便了。是真的吗？还是在出汗？或者在出血？还是我的羊水终于破了？是孩子要出生了吗？天哪，让这一切尽快结束吧。现在我只想看到宝宝装在那只塑料盆里，只要是活的就行。

手术室里更是格外忙碌——我只能排队等候。

我抓起手机给妈妈发短信。我吓坏了，迫切需要安慰。“会

① 涅槃乐队的专辑《没关系》封面是一个在蓝色水中游泳的裸体宝宝。——译者注

没事的，对不对，妈妈？”

外面的天仍然是黑的，可我想要妹妹，我想要妈妈。我突然意识到我已经很久没有小便了，这时我才看到一根导管，深黄色的尿液正滴进旁边一个小袋子里。我甚至都没注意到。按理说这挺尴尬的，但我的感受实际上已经远远超过了尴尬二字可以描绘的程度。

6号助产士调暗了灯光。她把监视器上我和宝宝的心跳声调低了，因为它让我感到害怕。她看着宝宝的心脏在屏幕上跳动，我则看着她，生怕她漏掉一次心跳。

监视器投下柔和的银色光线，雨果和我就在那片柔光之下彼此紧握着手。

传来几下轻轻的敲门声。6号助产士像个保安似的跳了起来，上前开了门。

是我妈妈。

妈妈走进病房，带来了妈妈的味道、家的味道、壁炉柴火的味道、她身上香水的味道，青葱鲜活，芬芳轻盈，浓郁深沉，舒爽宜人。还带来了狗狗的味道。

带我回家吧。

我哭了。号啕大哭。

进手术室

妈妈到达后没多久，6号助产士就来了，暗示手术就要开始了，妈妈不得不离开。

我们紧紧抱在一起，我哭得更厉害了。妈妈这次像个真正的妈妈那样，给我们留下了一袋袋薯片、三明治、土豆沙拉和鹰嘴豆泥，都是应急食物。

鹰嘴豆泥是我最不想吃的东西。

6号助产士下班了。我真不想离开她，我们刚变得亲密起来。我真想拽住她的衣服苦苦哀求她留下："请别离开我。到目前为止，你虽然不是最热情的助产士，也不是我心目中那种和我们一起大干一场的助产士，你这个人其实有点刻薄，但我真的越来越喜欢你了。你就是我的助产士。求你了，别离开我。"

然而，我开口说的只是："谢谢你做的一切。"

她紧紧握住我的手，补充了一句："我会看着你进手术室。你不进去，我哪儿也不去。"

她那颗冰冷的心终于解冻了。我终于理解她为什么是那种工作方式。

8号助产士来了。我又哭了起来。

"见到你我也很高兴。"她开玩笑道。8号助产士更年长些，身宽体胖，显然还很有幽默感。

又进来另一位医生，这次是位女医生。她进来解释了紧急剖宫产手术会如何进行。他们找不到我的分娩记录。雨果再也忍不住了，泪水夺眶而出，我又跟着哭了。我们俩都哭个不停。8号助产士咯咯地笑着，抚摸着我的头发。然后她开始唱歌。那是我听过的最动听的歌。

“是我们教堂的颂歌。它会给你力量。”

我们哭得更厉害了。

雨果换上了蓝色外科手术服，还套上了发网。他看上去就像在奶酪柜台工作的员工。我拍了张照片。是时候带我去手术室了。

一种可怕的感觉冒了出来，我觉得真会有坏事发生，不禁用力抓住 8 号助产士的胳膊。“宝宝叫杰特。”我说，“万一你需要对着宝宝说话，叫他杰特。”

8 号助产士把我推向手术室，耳边传来柔软的橡胶鞋底踩在塑胶地板上的“吱吱”声，还有 8 号助产士哼唱的教堂颂歌。

和我不同，手术室的几位外科医生好像管弦乐队一样，步调一致、精神焕发、充满活力。

一块布高举在我的腰间，好像一张屏风，所以我什么也看不见。我突然高兴起来，庆幸雨果之前给我刮了阴毛。

外科医生捏了捏我的大腿。“能感觉到吗？”她问。

“能。”我答。我撒了谎，其实我什么也感觉不到，但我生怕会感到刀割。那可是活生生的恐惧呀。所以我决定一直撒谎，直到身体彻底麻木为止。

“好吧，那现在呢？”

“是的。”我接着撒谎。

“现在怎么样？”

“是的！能感觉到。”

“我压根没碰你！”她朝我眨了眨眼。被识破了。“我想，我们准备好了。”

真该死。

我必须使出全身力气才不至于惊慌到崩溃。一位做过剖宫产手术的朋友告诉我，她当时已经全麻了，可还是能感觉到他们在她的肚子里翻找，就好像在翻手提包似的。还有一位朋友说，那感觉就像被重量级拳手在肚子上狠狠来了一拳。我直勾勾地瞪着上方的无影灯，注意力全放在雨果紧握着我的手上。那位外科医生说，她自己也怀孕了，也打算剖宫产。“他们可是最好的医生。”她说，“这位就会负责我的手术。”旁边那个外科医生微笑着向我挥了挥手，好像在说：“你完啦！”

“我等不及要赶紧卸货，然后好好喝上一罐雪碧呢。”我回答，大家都笑了。

我真是这么想的吗？我是不是要死了？我是不是已经死了？

我似乎还没来得及眨眼睛，雨果就捏住了我的胳膊。

“劳拉！劳拉！看呀！看呀！”

整个世界仿佛刚刚被洪水淹没过，我那瘦骨嶙峋、浑身是血、尖叫不止、赤身裸体的宝宝被高高地举在我面前，好像《狮子王》里的经典画面，只不过眼前这一位并不是小狮子辛巴，而是个浑身皱巴巴、饱受摧残、痛苦不堪的小妖精。

哦。上帝。

他们临时把他带走做了些检查，同时把他身上清理干净。雨果忙乱地在两头来来回回，一头是张牙舞爪的小恐龙，另一头是我，四仰八叉、鲜血淋漓、肚皮张开，完全就是女画家弗里达·卡罗[1]那张自画像的真人版。

结果，他们发现我除了胎盘衰竭以外，胎儿的胎位也不对，导致脐带绕颈两圈。医生认为，我每次宫缩的时候，其实是宝宝在拉扯脐带，这么做会勒死他自己。

子宫本该是胎儿的避难所，是一座漂浮的、滋养的天堂，是生生不息和让宝宝茁壮成长的地方。而我的子宫却像一座充满饥饿和窒息的地牢，一个让胎儿在黑暗中孤独挣扎、慢慢死去的地方。真对不起。

雨果不停地跑回我身边汇报，一双蓝眼睛瞪得大大的："劳拉，他太棒了。他漂亮极了。他并不小，只是很瘦。哎呀，真是很瘦。"

整个过程在十五分钟内就结束了。我躺在那里，肚肠外露，脑子里懵成一片：这他妈算是怎么回事？

已经是晚上十点钟了。他们为我缝合了伤口，我说："大家辛苦了！"那口气就好像我们刚刚杀青了一部电影的拍摄。

我自己都忍不住讨厌起自己来了。

欢迎来到母婴世界

生宝宝的过程和我想象的完全不一样。我先是被人切开，现

---

① 弗里达·卡罗，墨西哥知名女画家。童年患小儿麻痹症，少年时期遭遇严重车祸，这一切导致她多次流产。这里"我"想到的画面应该是弗里达的那幅《亨利·福特医院》。——译者注

在，一个饥肠辘辘、皮肤青白、哭号不止的新生儿趴在我的胸口。雨果吻着我的脸，一遍又一遍地说："劳拉，劳拉，看呀，看他呀。"我惊吓过度，哭了起来。接着宝宝抓住我的鼻头开始吮吸，好像把它当成了乳头。哎呀，他已经自动解锁觅食本能，开始找奶喝了。

"个头小的宝宝总是饥肠辘辘的！"外科医生说。

我吻了吻宝宝的头。

他那柔软的头皮上留了几道带血的抓痕，那是捅破羊水时留下的。伤痕那么刺眼，无声地提醒着我这一切带给我和他的创伤。我们两个都没能幸免。

他是我的宝宝。他安全了。我也活着。一切都好。

"嗨，杰特。"我说，"我是你的妈妈，我爱你。"

我们被推进了一间温暖、昏暗的病房。我彻底失去了方向感，麻醉的药力还没过，我疲惫不堪、情绪激动，而且嗓子渴得冒烟。8 号助产士在一旁娴熟地工作。她在我们周围拉上帘子，不停地聊天、哼歌，似乎事情还没完。出了什么问题吗？宝宝不是好好的吗？难道我们不能放松下来，让我好好睡一觉？

显然不能。有一个抓狂的新生宝宝等着我照料，他拼命想要活下来。欢迎来到母婴世界。这个世界才不管现实情况如何，一旦进来，再苦也得扛下去。助产士迅捷而平静地在床周围走动，把氧气管塞进我的鼻子。氧气管弄得鼻子又刺激又痒，还不停地往下掉，真搞不懂我为什么需要这个。她命令雨果在一旁扶着氧气管，确保它们一直待在我的鼻孔里。

护士终于让我抿了一点点水，但我实在太渴了，不停地向她乞求再多给我一些——出于某种原因，她们就是不让我喝太多。接着，她把一顶红色绒线帽子戴在了杰特的脑袋上，这表示他需要特别关照。这样的宝宝叫“红帽子宝宝”。我一点也不喜欢他戴着这顶帽子的模样，但他不得不一直戴着。

然后，她把宝宝抱给了我。

杰特。

我开始让他吮吸母乳。我感到浑身麻痹，手臂松软，完全没力气也没有精力把他抱在胸前。他那么瘦，简直骨瘦如柴，而且娇嫩脆弱，总是从我的怀里滑下来。

我的乳房里空空的，什么都没流出来。

“你必须得加把劲儿。”8号助产士指导道，“做了剖宫产手术的妈妈有时候需要更长的时间才能出奶。一定要不停尝试才会出来。你必须那么做，你怀里的宝宝在饿肚子。”

杰特在吸吮。他是怎么知道该这么做的？可是，并没有奶。他开始啼哭。空空的牙床在啃咬，蜥蜴似的小舌头在舔食。一脸不满地渴求着。

我昏昏欲睡。8号助产士不停地把我喊醒，将我的乳头重新塞进杰特的嘴里，给我人工泵奶。氧气管不停地从我的鼻孔里掉出来。雨果一边把氧气管重新插回去，一边忙着给我的家人发短信，告诉他们一切都好。

可是，并非一切都好。

“把手机放下！”8号助产士命令道，突然变得严肃起来。“你需要集中精力！”她厉声喝道，把杰特递给雨果，指导他尝试让杰特在我的左边乳房上吮吸。

“你抱着他。”她命令道，然后用一个小小的塑料泵从我的右侧乳头里泵出一团黏稠的黄色乳膏。是初乳。

“听我说。醒醒！”她拍拍我的脸颊，“这就是液体黄金，是甘露花蜜。宝宝需要这个。这非常重要，一滴都不能浪费。”

那情景就好像我从服药过量的昏迷中刚刚苏醒一样。

“还有你。”8号助产士指着雨果，“宝宝的衣服在你们的住院包里吗？我要你把所有的衣服都拿来。”

雨果马上立正、遵命。那样子就像在军营里。

8号助产士把杰特放在一盏温暖的灯下，好像孵小鸡一样。她不停地按摩着杰特的皮肤和肌肉，像是在钻木取火。

“他的血糖很低。”她一边给他裹上襁褓一边说。襁褓从他瘦小的身体上垂了下来。

8号助产士正在努力工作。我看到她背对着我，手肘来回摆动，在宝宝面前吹气，用注射器把那神奇的初乳喂进宝宝的嘴里。

一圈光晕晃动，房间暗了下来，好像魔法仙女飞出了房间。

狼狈不堪

第二天一大早，我们母子俩被推进一间新的大病房里，里面已经住了大约七对父母和他们的宝宝。大家来到这间母婴“监狱”的原因各不相同，这里简直就像个大炖锅。

我们肯定只是在这里暂时待上几个小时而已，我暗暗安慰自己。

昨夜我呼呼大睡时，8号助产士用她的双手为杰特保暖了一整夜。她给雨果一张小宣传单，上面一条一条针针见血地列出了低血糖对新生儿的可怕危害，第一条就是永久性脑损伤。雨果告诉我，他抱着杰特趴在我的乳房上吃了三小时奶，然后8号助产士接了他的班。要是没有她的坚持，杰特恐怕不得不被送进重症监护室。每当我回想起8号助产士时，她在我的记忆中都像个穿着蓝色制服的天使。我将永远感激她。

我感觉自己大脑的一部分已经关闭了。这里所有的助产士，所有提供食物、打扫卫生的护工都是女人。这简直让我看花了眼，我拼命想记得谁是谁。有人拿着当天的菜单走过来，我甚至都不愿意看一眼，满心笃定地认为自己很快就会回家了。

“我还要在这儿待多久？”我问。

“我去叫助产士来。”那个女人回答，又告诉我必须把帘子拉开。我不想让帘子开着。房间里坐满了人，四周还有其他的新手爸爸和男人，我想自己再试试母乳喂养，这真的不像看起来那么容易。而且，我差不多是光着身子，加上刚刚开过刀，连小便都要靠导尿管流进一只袋子里。

我从床上坐了起来。雨果帮我盖好被单，我终于在日光下看到了我的杰特。

九个月来，他对我而言一直是个秘密，一条装在瓶子里的信息，一只封在窑里的陶罐，一个在发酵的面包。现在，他终于出来了。

好吧。让我们好好瞧瞧你，我的小家伙。

有那么一刻，他吃饱了，安详而宁静，我终于看到了他那张美丽的小脸，深陷的眼睛，完美的粉红色嘴巴，笔挺的乳白色小鼻子。但他看起来一点也不像想象中的“迷你版的我们”。他骨瘦如柴，模样脱了形，身上穿的那件宝宝连体衣，两只脚的部分空荡荡地耷拉着，好像死兔子的耳朵。我往他的衣服下面偷偷瞥了一眼。他的皮肤薄得几乎半透明，肤色青紫，满是污点。皮肤下布满了蓝色的血管，好像蜘蛛网似的盘根错节。他那细小的肋骨凸起，胸膛起伏不定。没过一会儿，那张皱巴巴的红脸蠕动了一下，小家伙发出了痛苦的哭叫声。

戴着小红帽的杰特扭来扭去，好像变成了一个邪恶的小妖精，忙不迭地开始一项紧急任务，目标明确：快喂我！快喂我！简直就像科幻喜剧电影《奇异形花》里那株叫作奥黛丽的异形吸血植物。

我完全不认识他。他一下子变成了陌生人，把我吓坏了。我赶紧把他重新按在我的乳房上，让他吮吸。吃奶时似乎是他唯一安静的时候。

我的脚上套着一双厚厚的、丑陋的白色医用长袜，样子就像我奶奶以前穿的款式。我甚至都不记得是什么时候套上的。

“真够性感的！”我开玩笑说。

我不敢往自己的病号服下面看，我知道那里肯定是一大堆乱七八糟的东西。我想象自己的骨盆一度是一场恐怖而放纵的饕餮盛宴的桌上装饰，一只血淋淋的容器，里面盛着被人吃了一半的海鲜，各种触须、鱼鳍、鱼鳞四溢出来……恶臭扑鼻，汁水横流。

我让雨果看看我的伤疤。“伤口很糟吗？”我问。

“上面裹着敷料呢。我看不见。”他回答。

我是那种和任何人都能搭上话的人，但是在这里，尽管这里完全像个“妈妈沙龙”，可我们这些做妈妈的没有一个想聊天说话。所有人只想用小帘子把自己隔在里面，在帘子后面搭起一个临时的家。拜托，让我们清静清静吧。

杰特需要不停地吃奶，他似乎只想这一件事。时间一点点过去，病房里的宝宝们哭得越来越厉害。哭泣的宝宝轮流叫醒刚熟睡的宝宝，又吵醒打盹儿的妈妈。病房里的父母开始互相生气。这就像一座残酷的露天游乐场。没人弄得清到底是怎么回事，每个人都又累又热，推推搡搡，沮丧挫败，情绪不稳，而且高度紧张。

只要我试图把杰特从我的乳房上抱开，一秒钟之后他就会大哭，所以我没有那么做。我不想惹恼任何人，也不想吵醒其他宝宝，显然杰特也需要吃奶。

我试着用一只手吃了点医院提供的炒鸡蛋——炒得太老了。雨果在旁边尝试和杰特“肌肤相亲”，好让我安心吃几口。可是杰特号哭不止，只想回到我的胸脯上。他的需要是那么无情，那么令人筋疲力尽。

“请问，”我问一个助产士，“我的宝宝不停地要吃奶。这正常吗？”

“因为他太小了，所以总是很饿。”她安慰我说。

我刚刚生下了世界上最饥饿的宝宝，而我的乳汁还是没有出来。杰特饿极了，初乳无法满足他的需要，所以他无法入睡。没门儿，这也就意味着我也无法入睡。没门儿，给他喂奶的时候我不能睡觉，因为他太小了，如果我不抱紧他，他可能会滚下床去。即使我有机会睡一秒钟，我也办不到，因为房间里总有孩子哭个不停。

有时候，我的大脑会完全放空一两分钟，然后才慢慢回想起那些可怕的声音还在房间里，我的脑袋又再次回来忍受折磨。一位爸爸不停地向大家道歉："对不起，对不起，我真不知道该怎么办。我不知道她为什么哭成这样。"

接着，发痒开始了。这是硬膜外麻醉的一种副作用，很少见，好巧不巧，又让我赶上了，真倒霉。

我从未有过这种感觉。简直像中了奇毒一般，毒液在皮肤下爬行，比任何蚊子叮咬的痒都要严重一百万倍。房间里很热，婴儿的哭声让人心烦意乱，堪称世上最令人不安的声音（这简直是故意设计成这样的，就像救护车的警报声），令人难以忍受。我没法不去抓痒。当我抓挠的时候，只不过是一秒钟的缓解，接着就变成一种炽热的灼痛，痛得我恨不得砍掉我的四肢。但我停不下来。娇弱的杰特趴在我的胸口，我身上还插着各式各样的管子，只能用脚趾不停地搔着双腿（这副尊荣简直不需要摆拍就很生动，呵呵）。

越痒越抓，越抓越痒。我的皮肤被抓破，每个脚指甲里都有鲜血，脚上、脚踝布满了血痂；真的，一点不开玩笑。要是能起床冲个冷水澡就好了。要是能走出病房，冲进户外的冬季寒风里，让冷风灌满胸膛就好了。要是能……

医院一次只允许来三名访客。我让雨果去请我们俩的家人来探望；他贴心地把我们这个病房小角落收拾得干干净净，还从走廊里借了把椅子。

最先来的是我妹妹、我妈妈和我的继父。我都不记得他们来过。我完全不记得自己当时是笑还是哭。那段记忆完全模糊了。但我的确记得他们进来时带来了风的味道、雪的味道、雨的味道。那是户外的味道，是真实世界的味道。我妈妈又给我们带了许多袋装的快餐食品，给雨果买了庆祝的啤酒，还给我买了一只非常奢侈的玻璃杯、一些汤力水和金酒，甚至还有冰块，以及用箔纸包好的柠檬片。那是给我的犒赏——我的金汤力。我现在最不想要的就是金汤力，不过，我还是呷了一小口。妈妈那么贴心，我不忍心拂她的好意。也许酒精能让我麻木一分钟？能帮我逃离这个地方？房间里太热，冰块立刻融化了。啤酒也很快变温了，快餐食物似乎在冒热气。

他们还给我带来了一袋袋日用品，显然都是我发短信要他们带来的——非常非常小号的新生儿衣服，为早产婴儿做的特别特别小号的纸尿裤。我甚至都不记得给他们发过短信（说来也怪，你体内那部分作为母亲的理性本能会让你下意识地做这些事情）。同样，我也不记得他们告别离开时的样子。

然后来的是雨果的家人。他的爸爸，他爸爸的伴侣，还有他的兄弟。

我的床边放着啤酒瓶和喝了一半的金汤力。真尴尬。我看起来就像个粗心大意的酒鬼妈妈，但我实在太累了，根本不想动。我本想趁他们抱着杰特的时候闭上眼睛休息一会儿，但我做不到。我就像只被车灯照到的兔子，一团苍白，面目狰狞，身上布满了发痒的红色伤痕。那天之后的事情，我什么都不记得了。

照片里的确有我，但我完全不记得。

那些分娩后可能会发生却没人告诉过你的事

- 你可能会哭得像这辈子从未哭过一样。
- 你可能会感到混乱，完全与世界脱钩。总觉得不对劲儿，就好像：那是什么鬼？这种情况在有医疗干预后格外明显。
- 你可能会像来月经时那样流血。即使不是顺产也如此。这会让你的内裤看上去就像是发生了一场大屠杀，用什么清洁巾都擦不干净。你需要带能垫卫生巾的经期内裤。
- 你可能会完全忘了自己也喜欢吃东西。
- 你会渴得要命。
- 你可能会便秘。
- 你睡不了觉，根本没法睡。即使有机会，你也可能无法入睡。
- 你的宝宝会哭个不停，似乎是在对你哭诉，而且只是在对你，就好像你的名字已经被混音到了那刺耳的旋律中似的。

- 你可能会很疼，痛不欲生。
- 你的奶水并不会马上来——首先是初乳，然后通常在第二到第五天之间才会有乳汁出来。
- 母乳喂养可能会非常艰难。
- 你可能并不会为自己感到骄傲。
- 你可能会觉得你的伴侣怪怪的。
- 你小便和大便的方式和以前完全不同。
- 你大概最不想考虑的就是怎么才能重新穿上原来的牛仔裤。
- 你可能觉得这是你这辈子最困顿的一次。你可能会不停地问自己：我为什么要毁了自己的人生呢？我做错了什么？

- 你可能想叫辆出租车，远远地逃开。
- 但即使你能那么做，你也没办法动弹。
- 你可能并不会立刻爱上你的宝宝。

我太累了！

那是星期六的早晨。杰特出生三天了。我醒来时，只见一个助产士正在往我的臀部打针。她给我注射了止痛针和一种叫“拉贝洛尔”的药来治疗我不断升高的血压。她为我取出导尿管，扶我下床站了起来。

伸直双腿的感觉很奇妙，但我的伤口似乎绷得很紧，就像要撕裂一样。我又坐了下来。床单上一大片刺眼的猩红。

从来没有人警告过我出血的事。

“可以的话，就每天试着走几步。上厕所的时候，小便到这里面。”她说着递给我一个尿盆，好像一顶倒扣过来的硬纸板圆顶礼帽。“你要不要吃些治疗便秘的药？”

这么说，我还便秘了？

“尽量别抓挠。”她又补了一句。

我妈妈给雨果带来了一床羽绒被。他嘴上说太费心，没必要这么麻烦，但我看得出来，他心里很感激。我的脑袋一直昏昏沉沉，如坠云雾，总做些奇怪而清晰的梦，然后又痉挛着醒过来。

杰特躺在床边，差点要掉下床去，但仍然戴着那顶红帽子，两只小手好像小海星一样攀在我的胸口，嘴巴仍然在吮吸。他就像粘在鲸鱼身上的藤壶，牢牢地附在我身上。

我要求和助产士谈一谈："请问，我能给他喂一些配方奶吗？我太累了。如果他能吃点东西，我们俩就都能睡觉了，对不对？"

"说真的，你做得很好，"她鼓励我道，"奶水很快就要来了。"

我哭了起来："我太累了。求你了，只要睡一会儿就行。"

我的身体陷入了困惑。他已经在我肚子里饿了两周。我落入了一大堆消极念头的旋涡中：我知道发生了什么。我的乳房没有奶水，是因为我的身体以为我的宝宝死了！它以为我已经把宝宝从身上扯走了。

为什么就不能给他喂些配方奶呢？

"我们不建议这么做，那样他会过度依赖奶瓶，就不想喝母乳了。母乳是最好的。他需要母乳里的抗体。"

也许这就是我情绪低落的原因？因为我陷入了悲痛，因为我的身体认定我的宝宝已经死了？

而且，雨果似乎并没有高兴得跳起来。这里没有人开心。

这就是我当时的心情，简直比守丧还难熬。我们在脑子里想象出来了幸福，想象上天赐予了"许诺"，现在我们都在为这个许诺悲痛万分。

不……我们是在为自己感到悲伤。

这太令人沮丧了。怎么会有人想在这里工作呢？然而，正当我以为自己再也撑不下去的时候，我的乳汁终于来了！

我的奶水很充足，简直够整个病房的宝宝喝！我终于眉开眼笑。哦！我知道为什么会有人想在这里工作了，就是为了这样美妙的时刻啊！

“雨果，雨果，醒醒，看呀，我有奶了，奶水终于来了！”我挤了挤自己的乳房，乳汁喷了出来，洁白而明亮。我做到了。我是一个母亲！正牌的母亲！

助产士们都很高兴。她们说我做得很好，我的奶水比她们预期的来得更早。杰特也很满意，小家伙快乐地狼吞虎咽着，小脸紧紧地贴在我身上，发出一种类似贪婪的豚鼠的声音，还不停抽着鼻子。我的肾上腺素飙升，欣快感爆棚，整个人兴奋不已。我立刻感到自己非常能干，母性十足。我很高兴我没有半途而废，改用配方奶粉。就算是在野外，只要有乳房在，宝宝也不会饿死哦！

一切都会好起来的。

世上最饥饿的婴儿

我不记得我是从什么时候开始害怕缝合线破裂的。那种对伤口化脓、溃烂的担忧一直在我脑海中徘徊，怎么都无法摆脱。

“我想我的肚子要裂开了，我是说缝合线。”我对一位助产士说，“它们是不是要绽开了？”

助产士对此深表怀疑，但还是检查了我的腹部。“不，看起来很正常。你瞧，绷带包扎得很结实——那些只是干了的血。”

我鼓起勇气往下看，情况并不像我想象的那么糟糕。我的伤口上覆盖着一层半透明的凝胶状膏药。膏药下是干涸发黑的血迹。

“你瞧，我在这里画一条线……”她用圆珠笔在敷料上做了个记号，“如果出血超过了这条标记，就通知我。”

我的奶水很充足，我十分期待杰特吃饱了以后好好睡一大觉，哪怕睡一小时也好。然而，他的小嘴努来努去，似乎并没有停下的意思。

“我不知道这是怎么回事。”我告诉助产士，“我一直喂他喂个不停，但他似乎一直吃不饱似的，是我的奶水干了吗？”

助产士拿起一只枕头。

“试试换个姿势，换成橄榄球式……”她把杰特紧紧地贴在我的乳房上，“这样……他就该……”她突然停住，“啊哈，原来他的舌系带过短。”

“舌系带过短？”

“是的。这可能会让他在吮奶时比较困难。”

“好吧，那我们该怎么解决这个舌系带过短的问题呢？”

雨果坐了起来，脸上的表情似乎在说：“又怎么啦？”

“只是个小手术，把舌系带切开就好。这很常见。”助产士安慰我们。

不。不。不。难道说，我们生下了这世上最饥饿的婴儿，而他却没法进食？这也太讽刺了吧！

我不禁想到神话中的饿鬼，民间传说中作恶的人会转世投胎为长颈小嘴的野兽，所以总在挨饿，永远吃不饱。

这是报应吗？是我的错吗？

对不起，杰特。

“啊，你瞧，如果这么做，他就能裹住奶头吸奶了。”助产士一边说，一边把他重新放进我的怀里。

杰特开始吮吸，吞咽。我又能呼吸了。

“我有没有舌系带太短？”我问雨果，张开嘴巴让他细看。

“看起来有点像。”

“但我吃东西没有问题呀。”

除非真的有必要，否则我是不会让杰特做手术的。他已经够受罪的了。于是我坐起来，把杰特摆成橄榄球式的姿势，让他吸奶。

他就那么吸啊，吸啊，吸啊。

总算能睡一小时

病房里的其他家庭陆陆续续开始出院，他们把新生儿固定在干净的汽车座椅上，离开了令人煎熬的炼狱；他们脸上那快乐的表情让我十分怨恨。似乎没有人像我们一样在这里待那么久。我感到很内疚，好像是我把雨果逼进了一个退无可退的境地。就好像是我诱骗他生了个孩子似的。就好像，这都是我的错。

助产士不愿意让我们出院。杰特和我现在都是病人，在各项体征的警报解除之前，她们是不会让我们回家的。

因为我们已经在大病房里住了好几天了，还要每天面对哭个不停的宝宝，助产士好心地把我们换到了另一个更好的房间……等等……是风景更好的房间。

从那里看到的景色的确更好些，国会大厦让我感觉自己是多么的渺小。但病房里的气氛却阴郁而低沉，和之前的喧闹形成了鲜明的对比。

突然间，我变得非常实际。我打算充分利用眼下这个机会。我打发雨果回家去拿些补给回来：干净的衣服、内衣、我们的枕头，还有那个会发红光、会发出“子宫里的声音”、用来安抚宝宝入睡的布绵羊。我还嘱咐他去洗个澡，吃点东西。要是愿意的话，再打个盹儿，回来时给我带些水果，或者柠檬水。雨果刚一离开，我就给我妈妈打了电话。自从过了预产期，我一直假装没事，总以为这一刻或下一刻就要开始，活在被肾上腺素一遍遍点燃的假警报炼狱里，等来的却是一遍遍掐灭心头的火焰。现在，我崩溃了。

“妈妈，妈妈，求你了，太糟了。真是糟透了。”

“我知道，我很抱歉，亲爱的，我很抱歉。你马上就能回家，我保证。”

为什么我觉得自己必须保持坚强？比如，我不能在雨果面前哭。

我不想让他知道我觉得这一切有多艰难；我不想让他担心，或者认为我在后悔；我不想让他认为我应付不来，不是个好妈妈；我不想让他怀疑我。

我能听到对面病床的那对夫妇在哭泣，宝宝发出奇怪的呜咽声。我从帘子里悄悄往外看，但他们的帘子完全拉上了。

雨果回来的时候，我没让他看出来我刚才哭过。他身上带着牙膏的味道，新鲜空气的味道，还有我们家的味道。那是我们平日里生活的味道。

病房里鸦雀无声，只有安静的脚步声和婴儿吃奶的声音。我们关掉了床头灯，用毯子和枕头把床铺得舒舒服服、软软乎乎的，雨果和我一起蜷缩在床上，拥抱在一起。房间里灯火通明，像座爬行动物的保温箱。四周是那么寂静、平和、安详。终于，杰特睡着了。

我轻轻地把他放进塑料盆里，我睡了整整一个小时。这一觉睡得深沉而美妙：是我这辈子睡得最好的一觉。

我在雨果的怀里醒来时，杰特已经准备好再次进食。

我觉得好像重新充了电一般。“我感觉好多了，”我不停地告诉雨果，“说真的，我觉得我终于可以集中注意力了。这一小时的睡眠太救命了。”

病房里又来了一个新家庭，引起了一些骚动。他们就在隔壁病床，是我们的邻居。新妈妈没说一个字，但我能感觉到她的疲惫和恐惧，仿佛她在用一种全新的、奇怪的母性心灵感应与我交流：我听到了她的“鲸之歌”，对面那张床的女人也听到了。我们都能感受到一股截然不同却不可否认的能量在我们的四周飘荡。

然后，一切归于平静。雨果在我身旁轻轻打鼾，杰特无休无止地吃奶。我则昏昏沉沉，半睡半醒。

恐怖的缝合线

我和雨果突然被隔壁病床传来的狂怒叫喊声惊醒。是助产士发出的声音。原来邻床的夫妇睡着了，没有给他们体重不达标的新生儿喂奶。

当我们拉开帘子，面对的却是对面病床那个家庭的毁灭，就是昨天哭泣的那一家。听说，那位母亲怀了双胞胎，但宝宝们一个都没能活下来。

自从隔壁病床的年轻妈妈被骂后，她就一直在喂奶；她的姨妈来医院接替了丈夫的陪护任务。那位姨妈身材高大，头脑冷静，面容靓丽，化着浓妆。她来的时候带着一袋袋用特百惠保鲜盒盛装的食物：自家烹饪的鸡肉、米饭、汤、沙拉和蛋糕。她甚至还拿来了桌布，盛着盐和胡椒的银质调料瓶，还有辣酱。整个病房里充满了烹饪调料的香味。她一脸不满，惜字如金，命令她的外甥女“醒醒”“吃饭”。病房里公用的盥洗池兼作她的临时厨房。助产士对此视而不见。

那位姨妈负责照顾小女婴，唱着摇篮曲哄宝宝入睡，让外甥女休息。姨妈的手腕上金光闪闪的手镯叮当作响，宝宝完全迷失在了她的衣服和布料的图案中。她以前肯定也这么做过。

姨妈似乎真的神通广大，很快那位妈妈和宝宝就出院了。真希望我也有那样一位姨妈来救我。

那张病床接着迎来了一个比我大几岁的女人。她也做了紧急剖宫产，她儿子的头上也有可怕的抓痕。她气得七窍生烟，穿着蓬松的粉红色睡衣在病房里走来走去，坚持要和助产士们谈谈。她说她生过两个孩子，这种事从来没发生过。她根本不想做剖宫产，她还想弄明白为什么她儿子的头被抓伤，并要求看分娩记录。

为什么我就这么好欺负？为什么我没要求和助产士谈话？为什么我在自己人生最重要的时刻，却像个过客？

我一窍不通，为了不添麻烦，我一直保持安静，继续给杰特喂奶。我只会这么做。他会松开嘴巴喘口气，然后哭得声嘶力竭。隔上几个小时，我就恨不得放弃，随便他哭。可我就是做不到，我完全听从他的指挥。他一定是需要这样。有一次我看了记录，发现我连续喂了他十八个小时，中间只休息了十分钟，然后又接着喂了五个小时。

一天晚上，助产士们的领导建议给杰特一瓶配方奶来帮助他入睡。她说："我把这个留在这里。"我犹豫不决，像个需要毒品的瘾君子一样看着瓶子。我不停地说："要是他过了一个小时还不睡，我就用那个配方奶。雨果可以喂他，然后我就睡觉。"可是，不知不觉间，我又喂了他一整夜。

有一天，我喂了他整整二十四个小时。我告诉你这些，不是为了让你称赞我是英雄，只是想让你明白睡眠不足是如何让我发疯的，因为，我完全没有睡觉。我的肚子一直疼，一笑就疼，一动就疼，就连咳嗽都疼。

在这个病房里，我变成了原始人。现在，每个人都看到了我的乳房，看到我流出的血，听到了我的哭泣。泻药开始发挥作用，我拖着双腿来来回回去公用卫生间，所以大家也都闻到了我的大便。我几乎全裸，浑身是汗，不停抓挠，到处流血，还不能洗澡，吃饭只是为了能有奶水给杰特。我变得凶巴巴、湿漉漉的；我觉得自己很脏。

我开始失去耐心，怀疑我们是不是再也回不了家了。我再也受不了那只惺惺作态的塑料杯子，干脆直接端起水壶喝水，因为我一下子就能喝一升。我也没有耐心听客套话了。我从一见到针头就畏缩，发展到每天早上见到助产士就直接侧身让她给我打针，连一句“你好”都懒得说。我的腿上满是青紫的瘀伤和结痂，我每天要服三次药片，要量血压，还得穿上怪异可怕的长筒袜，我的脑袋永远晕乎乎的，房间里实在太——热——了。我必须补充铁，这又导致便秘，于是我又不得不吃泻药帮助排便。我本来是吃素的，但后来他们给我什么我就吃什么——我就像个疯狂的原始人那样，用指甲和牙齿撕扯鸡肉。我向每个人打听我的伤口复原情况，就像长途旅行时坐在车后座上的孩子，总是一脸不耐烦地反复问：“到了吗？”然而什么回答都无法让我彻底踏实下来。你确定伤口不会裂开？我能问问医生吗？我感觉它们似乎就要分开了，出血量是不是过了助产士画的那条线？

每隔一个小时，就会冒出不同的助产士把帘子猛地拉开，这个问我为什么不把宝宝包裹起来，接着下一个又说不推荐给宝宝用襁褓。一会儿太热，一会儿太冷。喂奶的问题也一样；角度、吸奶的方式，一会儿一个样。一会儿是睡姿，一会儿是侧身，再过一会儿又是仰卧。宝宝好不容易睡着一分钟，又大便了，得换尿布，所有的尿不湿对他来说都太大了。

一天晚上，在病房里，我完全失控了。

“什么时候是个头啊?!”我对一个助产士喊道。

“好啦。”她安慰我，“情况百分百会好转的。我保证。”

哼，别听她的，这小妞就是个骗子。

5 号助产士（就是有文身、耳朵穿孔的那位）来看我。她一来就发现我做了紧急剖宫产。“我很抱歉，真是太遗憾了。”她说，那口气仿佛故事结尾是个悲惨的结局似的，“一切都会好起来的。”

她特地来问候我真是太贴心了，但留给我的却是一种痛苦的感觉，就好像我考试不及格似的。我给她看了我的伤口。

“你看我的缝合线是不是快要裂开了？”我问。

“没有，看上去不错；这个伤口看起来只会是个小伤疤！穿比基尼完全不碍事！”她的话让我很安心，雨果在一旁点头赞同（到目前为止，他已经向我保证了几千次说不会裂开），但我还是不满意。

我最不担心的就是能不能穿比基尼。

“你肯定不会裂开？出血量不是过了那条线吗？”我坚持问道。

“不会。你没事的。”

我觉得 5 号助产士愿意告诉我真相。

然后我们的助产士来问候了——6 号助产士。她一看到我们就哭了，我们也哭了。我们拥抱在一起，她抱着杰特，说为我们感到特别骄傲。

“你走之前，能看看我的缝合线吗？”我焦急地问她，“它们看起来是不是要裂开了？”

感觉有点不对劲儿

终于——我出院了。我不知道是怎么了，就是哭个不停。病房周围应该贴上警告标志牌，上面写着：连续哭二十四小时是不正常的。还有：几乎一星期不睡觉是不正常的。

杰特还未获准出院。我们必须先去看医生。

我在“L”形的走廊里来回踱步，像头被关在笼子里的老虎。我推着一只轮椅，轮椅座位上的透明塑料盆里放着杰特。我本该推慢一点，但我一鼓作气推着轮椅超过了所有其他推着婴儿车、一脸担忧和困顿的父母。他们一个个目光呆滞、精神涣散、毫无头绪。

当住在我们隔壁病床的那个一身粉色蓬松睡衣的愤怒女人出院时，我终于决定必须结束这一切。医生必须给杰特检查。我们必须回家。

最后，医生终于检查了杰特。检查他的听觉、他的视力、他的反应。每个检查项目都让我提心吊胆，生怕再次遭受挫折。医生为杰特称了体重，他仍然担心杰特的营养储备不足，希望我们能在病房多逗留几天。这就是我一直害怕的挫折：显然，宝宝出了子宫后体重会下降。

我接到了怀孕期间给我们检查的助产士打来的电话，她像个秘密杀手似的，偷偷走进病房，说服医生让我们出院：她会负责照顾我们。

我们终于可以走了。

杰特换上了“回家专用连体衣”，那件妈妈特地买的、点缀着白色小星星的灰色连体衣。衣服松松垮垮的，挂在他瘦骨嶙峋的小身体上。电梯里的人都盯着我们，嘴里嘀嘀咕咕地说他“好小”“这么小，好可爱”。

显然，他们认为他是个早产儿。

这是个晴朗的日子。我们终于步入室外，新鲜空气清冽如纯净的泉水。刚刚从过滤的“人造空气丛林”中逃脱后，只是这么简单地呼吸，让新鲜空气充满肺部，也让我感觉好极了。我们的车子在停车场逗留了这么多天，停车场管理员为表示同情，减免了一半的费用。我们开始觉得，一切都会好起来的。

我们坐进车里，第一次把杰特放在后座，开始了回家的短途旅程。雨果攥紧方向盘，格外谨慎地发动了车子。

杰特一路上都在尖叫。

我们都笑了。“也许是眼睛被太阳光晃到了？也许他害怕坐车？他会慢慢习惯的。”我嘴上说着，心里却在想，哦天哪。我以为现在一切都会好起来的，也许不是这样？为什么他会那样尖叫呢？

这个和我们一起回家的小小陌生人到底是谁？

我暗暗安慰自己，到家后一切就会好的。

我本打算把杰特带回家，然后为他介绍每个房间，告诉他：“这是厨房……想吃什么就从冰箱里拿。”但我没有那么做。我办不到。这房子就像个废弃的度假屋，冷得像个冰窖。

我对雨果说："我们都上床睡觉吧。"

这是我梦寐以求的时刻。我曾想象我们三个挤在一起，赤身裸体，像嬉皮士那样，在一堆毯子里打滚，坠入爱河，时而睡着、时而醒来，饿了就点外卖。

这一切本该如此美妙，然而，并非如此。雨果立刻睡着了，杰特哭得撕心裂肺。在我内心深处有一种潜藏的感觉挥之不去。和杰特哭泣没有关系，是更糟糕的事。那是一种恐怖的感觉。是恐惧。

我把杰特放在胸脯上，他立刻安静下来。我的脑袋在飞速运转。

我造出了一个总是尖叫不止的外星人，真不知道我是怎么办到的。我的身体似乎不再是我的了。当初为什么要生孩子呢？我怎么会这么想呢？也许宝宝把一切都毁了？也许宝宝夺走了我的人生？我犯了一个错误。哦，上帝！我这么想更说明我是个坏妈妈。很好，我是个坏妈妈，我还没当过坏妈妈呢。正好给我这个机会——不，我其实并不想要这个机会。我失败了。我甚至都没办法搞清楚为什么……可我真的很怕。我不想当妈妈。我做不到。

"我感觉有点不对劲儿。"我小声对雨果说。

"没什么不对劲儿的。"他答，眼睛仍然闭着。

"不。就是不对劲儿。"我小声回答。

"没有什么不对劲儿，你没事，杰特也没事。我们只是受到了惊吓，开局有点糟，仅此而已。试着睡一觉吧。"

"我也不知道是为什么，我觉得应该没事，一切都在这里，一切都很正常，但我就是没办法确信这一点。这有点不对劲儿。"我摇了摇头，"我觉得不对劲儿。"

那些在我有孩子之前会吓到我的事

- 鬼。
- 家里有陌生人闯入。
- 所有会撞掉牙齿的事——包括滚轴溜冰、溜旱冰、滑板。
- 斜坡。
- 山。
- 大山。
- 盘山公路。
- 黑暗。
- 独自入睡。
- 斯特里汉姆镇。
- 用指甲抠或用牙齿啃粉笔。
- 女巫。
- 森林。

- 万圣节。
- 僵尸。
- 食人族。
- 幽灵火车。
- 和恶魔有关的一切，比如电影《驱魔人》。
- 邪教。
- 宗族。
- 跟踪狂。
- 人们无缘无故地不喜欢我。
- 被排除在外。
- 爬栅栏。
- 银行来信、税单、账单等等。
- 负面新闻。
- 垂死之际。
- 家人即将离世。
- 毒品。

听到诡异的声音

我的身体在渐渐康复，恐惧却经常占据我的脑海。我在怕什么呢？是我胡思乱想造成的吗？我是在杞人忧天吗？我是在自作自受吗？我的恐惧是不是过于强烈，甚至践踏了我生命中最快乐的时光？我的大脑是否在孩童时期经历过什么，所以需要反映出来——需要表现出来？为什么是现在呢？为什么我的人生不选别的时候，偏偏要选在这个时候来打击我呢？我一直以为自己很坚强，以为自己很了解自己。可我总忍不住要回首过去……也许是想找出藏在过去的答案？

十二岁那年，我们离开了布里克斯顿的那套舒适、潮湿、繁忙的公寓（我管那里叫家），搬到了离城市更远的一幢宽敞的旧房子里。那房子的天花板又高又漂亮，壁炉仍能工作，地面铺着原木地板，但整幢房子又空又冷。我们觉得自己像是一群闯入者，私自侵占了他人的空间。暖气片后面藏着古怪的旧袜子；窗台上掉落了假睫毛；壁炉架上满是灰尘。那地方总让人觉得有什么不对劲儿，我吓得每天晚上都和弟弟妹妹躲在一张床上。

妈妈说，我们这幢房子里闹鬼。她会胡编乱造一些关于这座房子背后的故事。都是些牵强附会的故事，比如她能听到弹珠在地板上滚动的声音，能听到有人拖着木头椅子穿过房间的声音。她还说要是仔细听的话，能听到有小孩子在夹墙里唱歌；还说要是不小心的话，楼梯上的第二阶台阶会让你滑倒。

有一天晚上，我弟弟说有一个“鬼魂”把他举起来，将他的脸撞到了床头板上，还试图打断他的鼻子（不过他的确是梦游了）。还有一次，我妹妹黛西说她卧室的门夜里突然打开，一个浑身裹着绷带的男人站在她面前瞪着她，张着大嘴，身后带起一阵风，好像沙尘暴一样咆哮。还有一次，我继父的妈妈感谢我和黛西晚上给她送去了一杯水。她还说我们两个小姑娘都戴着软帽子。

可是我们从来没有给她端过水，也没有软帽子。

我妈妈坚信那个家里还有另外一些“存在”和我们共处一室。她说我们应该把幽灵当作好朋友。有时候，为了吓唬我们，她还假装和他们说话。她甚至请人做了一个巨大的木制通灵板，上面画着一圈七彩的拱形色块，用哥特式风格的字母写着判词。

她在屋子里放满了各种标本：装在罐子里的水母，用钉子固定的昆虫，还有各类宗教用具、粗壮的罗马蜡烛和可疑的装饰品。她外出度假时总会带回一些晦涩难懂的艺术品、文物和古董——怪异的面具、死魔鬼鱼、发黄变褐的老骨头、各种碎石和古代乐器。整幢房子渐渐看起来就像个旧货商店，一座闹鬼的博物馆。

在我成长的过程中，我一直试图让这些杂乱变得正常，试图在所有的东西上寻找合理性：每一张剥落的陶土面具、每一根小提琴弦、每一本用不上的书的每一页、画布上的每一抹油漆、每一只甲虫的后背、每一颗鳄鱼的牙齿……只是希望它们不会像电影《勇敢者游戏》里那样突然活过来，把我流放到原始丛林里四十年。这些不过是物品，物品而已。

那不过是一幢房子。然而在一个孩子的眼里，当咆哮的火焰不停燃烧，黄艳艳的火光在血红色的墙壁上不停舞动时，那就是一幢恐怖之屋。

我的想象力既是我的超能力，也是我的"氪星石"[①]——它既能让我开心，也能背叛我，用卑鄙的诡计戏弄我。我可不敢低估它。任何外来的危险都不如我自己大脑的想象更能吓到我——它比任何人都让我害怕。

有一天，当我独自在家复习功课时，终于发生了。我听到了弹珠的滚动声和椅子拖动的声音。哦，天哪！终于轮到我了。有个促狭鬼要来袭击我了！我跳了起来，一手拿着熨斗，一手拿着无绳电话，冲出房子，对着房子高喊："我帮不了你！我不想见到你。不要过来！"

对大多数人来说，街道比自己的家可怕得多。但对我们而言不是这样。

我的父母在那所房子里分手。那所房子充满了不祥的气氛。

---

① 氪星石是《超人》故事中能让超人失去超能力的东西。——译者注

我对鬼魂和闯入者的恐惧是真实的，但这并不像我对家庭破裂的恐惧那样真实，不像现实分崩离析那样真实。不像所爱的人离你而去那么真实。

那些在我生了杰特之后会吓到我的事

- 杰特发生了不好的事。
- 雨果发生了不好的事。
- 我变成了一个坏妈妈。
- 杰特长大后不想来我家吃饭。
- 被困在自己的思绪里无法自拔。
- 失心疯。
- 有人从我身边夺走了杰特。
- 不能照顾杰特。
- 不相信我自己。
- 睡着后做了愚蠢/危险的事。
- 被关进精神病院。
- 患上了失眠症，无法自处，失去理智，被关进精神病院。
- 活在与他人不同的现实中。

- 活在与他人不同的现实中，却一无所知。
- 活在与他人不同的现实中，且知道这一点。
- 认为自己无法应对眼前的事。
- 自杀。
- 我的家人发现我自杀身亡。
- 摇篮曲。
- 产生幻觉。
- 听到说话声。
- 婴儿玩具中传出的歌曲。
- 白噪声。
- 童谣。
- 幼儿班。
- 我的血压。
- 医疗干预。
- 我的想象力。

- 没有了想象力。
- 休克疗法。
- 不能自学。
- 没有创造力。
- 上瘾。
- 思绪翻腾。
- 受到惊吓。
- 偏执妄想。
- 假妊娠。
- 刀具。
- 监狱。
- 隔离。
- 孤独死去。
- 再次怀孕。
- 身体越来越差。

我从来没有这么不开心过

一想到我会神魂颠倒地爱上我的宝宝，我就感到不知所措。我在社交媒体上看过类似的照片，那些开心的妈妈喜极而泣，怀里抱着赤裸的婴儿，肌肤相亲。那是母子在新世界里重新团聚，令人心醉神迷，激动到无法呼吸。我从小就在电影里看过类似的场景：临盆的妇女在山呼海啸般的疼痛中尖叫，婴儿终于出生，母亲突然哈哈大笑，眼里迸出痛苦、快乐和解脱的泪水。这样的母亲难道不美丽吗？她从来没有这么美丽过。在完成了她“与生俱来的使命”之后，她汗流浃背、泪流满面、容光焕发；作为女人，她“功德圆满”。然后，她低头凝视着刚刚降临人世的宝宝。她真美呀，不是吗？她就像你呀。

但孩子出生后的最初几周，这种感觉从未在我身上出现过。对我而言，并不是这种感觉。杰特就像个我无法送回去的“完美宠物”。我什么时候才能开始感受到那股绵绵爱意呢？

白天，我们像细菌一样蔓延，在整个起居室里摊开阵仗。我坐在沙发一角，穿着垫了卫生巾的短裤和孕妇胸罩，给宝宝喂奶，背后垫着巨大的孕妇枕头，上面沾满了茶渍、血污和婴儿呕吐物。我有一张小桌子，上面放着各种必需品：乳头霜、茶、水、止痛药、手机、纸巾、饼干、遥控器，还有一块又一块的薄纱棉巾，我得用这个来擦拭呕吐物、溅出的牛奶、泼出的茶和眼泪。有时我们会放音乐。但所有的声音都太吵了，我一点也不想听以前爱听的歌，因为我不想把这些歌曲和现在的感觉联系起来。

我没法读书，也没法看电视。我甚至没法大笑。

我不想出门，谁都不想见。但接着我又生出一股可怕的负罪感，似乎我应该向杰特展示这个世界——我的世界，带他见我喜欢的人，我喜欢的地方。

杰特的皮肤开始龟裂、剥落（这种情况在晚产的婴儿身上很常见，完全没问题），这让我难以忍受。这么一件芝麻绿豆大的小事，不知怎的，对我来说却难以承受，各种奇异的念头不停地冒出来。他是外星人吗？他会蜕皮致死吗？他是在活剥皮吗？他是病了吗？

我的胃翻江倒海，头昏昏沉沉，心怦怦乱跳。我知道我是在家里，但感觉却像在另一个平行宇宙。一切看起来都是原样，却又有所不同。

发生变化的是我自己。我从来没有这么不开心过。

助产士们说："哦，这是一项艰苦的工作，但相比于回报，绝对值得。"

不！不——是——这——样——的。回报在哪里呢？也许人人都有过这种感觉？但雨果就没有。他对杰特神魂颠倒，说那是迷你版的他。是啊，还有比这更雪上加霜的事吗？辛苦生下的宝宝居然和爸爸长得一模一样！医院里的一位助产士解释说，这是一种让父子关系更紧密的进化行为，就像是大自然的亲子鉴定。

这不是在跟我开玩笑吧？为什么呀？为了爸爸的自我意识？这样他就不会认为女朋友出轨了？还是因为看着迷你版的自己吮吸妻子的乳房，觉得特别安慰？

在杰特出生之前，雨果甚至都没抱过新生儿。事实上，宝宝出生前他问我："他出生的时候会有牙齿吗？"

我感到压力重重，我必须对孩子迷恋到发狂，必须知道该怎么做。我不得不亲自掌舵。也许是我太天真了，但我一直相信直觉会让这一切水到渠成。然而，没有什么是自然的或本能的。

雨果曾经是那种只会做盐芝士三明治给我当午餐的人。如今，他每天早上都会端着一杯蔬菜奶昔和一杯茶走进卧室。先服侍我吃药，再给我打一针。我照顾杰特的时候，他必须照顾我们俩。

他坠入了爱河。他完全是老样子。不，实际上，他更幸福了。他的人生完整了。他又变回了龙卷风来袭之前的那个人，他是怎么做到的呢？他是怎么和这孩子立刻产生了羁绊，而我却没有呢？他怎么会认为杰特那么可爱，看他做什么都会哈哈大笑的呢？他怎么可能现在就开始琢磨再多生几个宝宝呢？

别再拍照了！我讨厌对着镜头。这都不是真的。我完全是上当受骗，才会生孩子！全世界都骗了我。真不敢相信，我居然上当了。我简直要气炸了肺！

我冷眼看着雨果用手机记录杰特的咕噜声，亲吻他，把他抱起来，把他打扮成迷你小雨果，为他弹吉他，为他唱歌。为什么我就不能这么做呢？我以为自己会是个爱玩、爱搞怪的妈妈，结果我并不是。我不会像这样对待别人的宝宝，为什么我会像这样对待自己的宝宝呢？为什么我对自己的宝宝这么坏呢？

我想说："你瞧，宝宝，你知道吗？我以前也很酷。有你之前，我也有过自己的生活。我也像你爸爸那样，是个很风趣的人。不，其实，说真的，我才是最风趣的那个，不信你问问周围人。我有很多事可做，我有很多朋友，这就是以前的我。我充满想象力，富有个性。在变成一头脏兮兮、不戴胸罩、背着一大堆婴儿垃圾的骡子之前，我甚至还有那么一丢丢性感。我是个有梦想的人！可我现在再也找不到梦想了。但我真想再次拥有那些，真的，我发誓。我并不是现在这个样子的……我以前真的挺好的，真的。"

绝望的一天又一天

日子一天天过去。我知道，我该在杰特睡着的时候也睡一睡，可我就是办不到。

你真的该睡觉了，劳拉。

别再一遍遍催我睡觉了！我还不知道吗？难道我不想睡吗？

巨大的压力只会把我的睡意推得越来越远，而雨果却一直在幸福地打呼噜。

于是，我就继续蜷缩在病态的角落里，坐在电视屏幕前出神，任由电视光线在我那空洞的、放大的瞳孔中闪烁。我看了看自己这种时候的照片，原来的我已经死去，现在的我，目光呆滞，就像一尊蜡像。

我回想起过去我们俩是如何度过星期天的：宿醉不起，醒醒睡睡，互相依偎在一起看电影，吃外卖。为什么现在有了孩子就不能这样了呢？这听起来就像个不可能实现的梦想。

时间变得抽象，变得没有意义。我挣扎着度过一天，绝望地希望它快点结束，午夜的钟声敲响，新的一天就开始了，也许到了明天，一切就会不同。

然而，夜晚是最难熬的。现在是二月，白天短暂而孤寂，夜晚则淹没在麻木的寂静中，不停膨胀，令人窒息。

末日即将到来。

我们的计划是，雨果晚上睡觉，这样白天他就可以照顾我们。我起初的打算是一次睡个四十五分钟，然后被婴儿床里杰特的哭闹吵醒，再花上一个多小时给他喂奶——杰特的舌系带过短，喂奶并不容易。然后，再睡四十五分钟。如此这般，重复循环。

如果计划顺利实施，我猜我总共会睡上几个小时，但结果却完全不是那样。

我记得有人（是位男士）曾经说过：“照顾新生儿很容易——

你只要睡觉，醒来，喂奶，然后继续睡觉就行。小菜一碟。”

是吗？好吧。然而，某种诡异、原始的第六感使新晋妈妈对每一个动静、每一种不寻常的气味都十分警觉，简直像只看门狗。就好像，那根脐带从来没有被切断过。宝宝通过空气中的尘埃粒子、通过声波、通过的心跳仍在与我交流。

时钟很快变成了恶霸，在我的后背戳来戳去，不停地倒计时。

我时时刻刻处于恐慌状态，疲惫不堪。我早已心力交瘁，却怎么都无法放松。杰特必须整夜听一个坏掉的苹果手机播放的秒针嘀嗒声[①]。那是一种低沉、刺耳、阴险的声音，好像白噪声围绕在我身边。

他出生时体重过轻，必须把失去的分量补回来。这一认知给我们带来了额外的压力，所以我们绝不能错过一次喂奶。喂奶是我的工作，如果我不喂奶，宝宝就会饿死。

我给杰特喂了奶，然后在手机上记下喂了多长时间，记下用的是“左侧”还是“右侧”的乳头，这样下一次我就知道该从哪一侧开始喂了。这听起来很简单，但我却发现，这一切是那么地混乱，那么令人难以承受。

扑热息痛

23：05 喂奶 15 分钟，右侧

---

① 有些育儿学认为，新生儿听一些白噪声（树叶沙沙声、海涛声、钟表嘀嗒声），对情绪有安抚作用。——译者注

换尿布——大便、小便

23：29—23：35 左侧

换尿布——大便、小便

01：19—01：34 右侧

02：30—03：30 左侧

03：30—03：45 右侧

换尿布——大便、小便

03：55—04：01 左侧

04：53—05：13 右侧

换尿布——大便、小便

我顾此失彼，力不能及。这让我精神恍惚。所有的数字都失去了意义。我严重缺觉。

杰特经常趴在我的乳房上睡着，但我得让他醒过来吃奶。我挠他的脚趾，或者抚摸他的头发，确保他吃饱了奶。然后他就能安睡，我也能睡觉了。

我心里有一个声音，一直确信他不管怎样都会死。我不禁想，好吧，既然如此，我为什么还要费心去喂他呢？既然不可避免，为什么还要拖延呢？

如果他真的死了，我会感到释然吗？

我痛恨自己冒出这样的念头。

即使他睡得比预期的长一点，我也得设个闹钟，提醒我下次喂他的时间。我的手机在晚上充满了各种各样令人讨厌的闹钟。我以前算好的几点睡几点起的数字游戏早已飞到了九霄云外。

我也不能让宝宝在睡着的情况下喝奶。育婴专家不建议体重过轻的婴儿趴在母亲的乳房上睡觉，所以我不得不叫醒他喝奶。可是，把奶头塞进他睡意浓浓的嘴巴里，那感觉真是不舒服。

他们说，千万不要吵醒熟睡的婴儿。唉，我就这么干——而且干了一次又一次。

奶头塞进他嘴里了，灯光调暗了。我强忍睡意，害怕一个不小心，失手把他掉到地上，害他摔得粉碎。我想象着病房里的助产士们把我的帘子拉开，指导我把他放到小塑料床上，别那么做，要这么做。于是我坐在卧室里，在昏暗的灯光下，时而恍惚，时而清醒。

这简直办不到。大家是怎么做到的？为什么会有人这么做？这样的一群人，是怎么活下来的呢？这样一个物种，怎么会没有灭绝呢？天哪，能不能简单点呢？

只要我把杰特放回床上，刚闭上眼睛，下一秒他就会尖叫，哭得撕心裂肺，要么是还要吃奶，要么是尿布湿了，我只得起床给他换尿布，借着小夜灯的微光，像个笨手笨脚的小偷，跌跌撞撞地来回走动。他只有吃饱了奶才会安生。有时候，我以为他在吃奶，但他其实只是含着奶头求慰藉，结果我还得再喂他。而我做所有这一切的时候，都是无精打采的。

“就让他和你们睡一张床吧。”朋友们建议道。

可是万一我们压着他怎么办？万一他从床上掉下来摔死怎

么办？

不管怎样，按照病房里助产士的说法，绝不可以和宝宝同床睡，口气十分严厉，让人觉得这么做简直不合法。于是，我就这样来来回回，起床，躺下，起床。然后抱着他摇啊、摇啊、摇啊，直到他安静下来。有时候要这样尝试好几次，轻手轻脚地把他放回婴儿床，胸脯贴着他的胸脯，直到我差不多脸朝下趴在婴儿床上。我屏住呼吸，好像在玩一个现实版的叠叠高游戏。等我终于蹑手蹑脚回到床上，回到熟睡的雨果身边时，我知道只有短短的四十五分钟可以睡觉。有时候甚至只剩十五分钟，因为下一次的喂奶时间是以前一次喂奶的开始时间，而非结束时间计算的。而且，入睡花的时间越长，睡着就越没有意义，因为他一会儿醒来我就得再次喂奶。这太荒谬了。不，这简直是酷刑。

睡觉的压力变得无比巨大。如果我睡不着觉，就没法正常应付第二天。然而，我却兴奋得有些不正常。我开始害怕咖啡因，不敢在白天喝茶、喝咖啡、喝碳酸饮料或吃巧克力。事实上，这是大多数父母赖以应付这一切的提神剂。

每天早上，雨果醒来时问我睡得怎么样，我的回答都是：“一宿没睡。”

我对他眼角的睡意感到怨恨，对我可望而不可即的幸福睡眠感到怨恨，然后对自己竟然会为此生他的气感到失望。

他主动提出陪我一起熬夜，可是把我们俩都累坏了又有什么意义呢？我知道该怎么做。我知道我的职责就是喂奶。我知道我就不应该睡觉。

然而，我感觉不到疲乏。

这才是问题所在。我的体内充满了肾上腺素。

“去睡吧，劳拉。”

是的，谢了，我知道该怎么睡觉，在有孩子之前我已经睡了三十一年了。

可我躺在那里，心跳如鼓，头晕眼花，血液在体内奔涌，送来一幅幅最坏情形的画面，让我的大脑沿着那条可憎的轨道不停地飞驰。

我怎么知道他吃了多少奶？他的舌系带过短怎么办？他有没有正常吞咽，还是只吮着奶头以求慰藉？要是他死了怎么办？要是我以为他在睡觉，但实际上他就快要死了怎么办？也许我不该太爱他，以防他真的死了？我真是累透了，没力气照顾他了。要是我再也睡不着了该怎么办？要是我突发心脏病了怎么办？要是雨果因为我是个坏妈妈而离开我了怎么办？那我会孤独终老，精神失常，无依无靠。要是我做不到怎么办？别人会怎么说呢？为什么我总是觉得不正常？要是一直睡不着觉，我永远没法感觉正常，可是——我、睡、不、着！我彻底被困住了。

要是手术伤口裂开了怎么办？感染了怎么办？要是我血都流光了怎么办？要是我必须再次回到医院，怎么办？

我听说过剖宫产的术后感染——我的一个朋友就碰上了这种事。这种事会发生的，我知道，会发生的。

我该把雨果叫醒。这个算是叫醒他的好借口吧？这样我就不是孤独一人了。雨果，真抱歉叫醒你……你确认缝合线没有裂开吗？确认出血量没有过那条线吗？雨果，醒醒。

如果我太累了，神志不清，不小心把杰特掉到地上怎么办？

等等，要是我不小心杀死了杰特怎么办？我还得把这件事告诉别人……这算是正常的吗？

我到底是怎么了？

要有坏事发生了

有什么地方不对劲儿。我以前从未有过这种感觉，这让我很害怕。

我需要帮助，但我不想承认我在苦苦挣扎。我害怕健康随访员为此担心，把杰特带走。我不敢对朋友们说这些，害怕他们会对我品头论足，说我连自己的孩子都照顾不了。我说的不是具体的东西，不是沾满粪便的尿布，不是摇着宝宝哄他睡觉。是别的。

我觉得自己不像个人。我不热情、不友好、不可爱，没有母性，甚至不像个女人。我完全没有妈妈该有的样子。我办不到，我完全不知所措。我需要的是真实的、实实在在的帮助。

我为自己感到悲痛。我想念原来的自己，我甚至都没有机会和原来那个自己说声再见。

我嫉妒我的朋友们。我还有太多的事没有做，可现在一切为时已晚。

我备受打击，痛苦万分。救救我。

人们说，抑郁症可能是由睡眠不足引起的。这是真的，这可能是个诱因吧。但失眠也是这个病的症状。我不是因为睡不着而生病，我是因为生病而睡不着。

我说服自己，每天早上起床时都要重新满怀激情，积极应对。

没关系。今天就把生活习惯固定下来，然后就能回到正轨了。

我的父母告诉我，我们小时候从来就没有固定的生活习惯。我们被澳大利亚歌手凯莉·米洛的歌迷得神魂颠倒，然后趴在父母身上睡到凌晨一点。如果全家外出，我们总是四处乱跑，直到累得倒下，直接在酒吧桌子边睡着，身上裹着父母丢过来的皮夹克。然而现在，我却时时刻刻与百叶窗和室内温度计较劲儿。

在那段分娩和住病房的混乱日子里，我不得不放下对一切的掌控。现在，我是在自己家，我下定决心，要让一切回到正轨。我决定让雨果记下杰特每一天、每一分钟都在做什么。大部分都是一样的事：睡觉、拉大便、喂奶。我还逼着他用一个小本子，一格一格记录下每天的日常工作（你能想象吗？我逼着他用尺子画出格子！），每个小时都要填写喂奶数据（用左侧还是右侧乳房，喂奶时间多长）、宝宝睡觉的数据（持续时间）和换尿布的数据（几点换的，尿布上都有什么）。

我开始沉迷于对这些时间和间隔做分析，然后想象出一种模式，欺骗自己，认为习惯已经逐渐形成，并试图让自己相信，杰特运转得就像钟表一样精确。

他是个新生儿；他表现得就像个新生儿。

我以前总是反对遵循婴儿专家推荐的喂养习惯。如今我却循规蹈矩，还创造出一套自己的奇怪规则。可怜的雨果，只能默默接受这一切。后来，我把那个小本子扔掉了，因为看到它我就不禁浑身发抖。

我差不多给通迅录里的所有人都发了一条冗长的短信，讲述了分娩的经过和杰特体重过轻的事。我觉得有必要解释一下发生的事，有必要解释一下我们为什么这么沉默。后来我把短信的内容读给雨果听，我记得他有点困惑，不明白我为什么要发这个。“我不觉得大家会希望听到我们的消息。”他说，“我们刚刚有了个孩子呀。”

他说得对。这么做很诡异，我心里明白。

我得到了不少充满关心、同情的回复，但这些只让我觉得更加诡异。

几天后，我们迎来了第一次助产士家访。当时，我觉得我会搞砸。上帝啊，一切看上去真是不太好。

当你刚有了一个宝宝，可以想象的情形就是：你会脏兮兮的，只穿着睡衣，洗碗槽里的脏盘子堆成山，洗衣篮里塞得满满的，茶杯摆得到处都是。然而，我的公寓却一尘不染，我平时并不是个爱整洁的人，现在地板却干净得能坐在上面吃饭。房子里也安安静静，我平时并不是个安静的人，现在却安静得针掉到地上都能听见。

当助产士来访的时候，我就像个二十世纪四十年代的妻子，试图展现出完美的一切：完美的卷发，完美的口红。杰特换上了全新、完美的白色婴儿服，在婴儿床垫上平静地酣睡，我则在查阅电子邮件，然后故作意外地说："哎呀，真没想到你来了。"简直——诡异至极。

我还在屋子里插了香薰喷雾器，散发着薰衣草和甘菊的香味。我都不好意思说了——我甚至还打开音响，放了古典音乐。我这是在干什么呢?!

还有我那持之以恒的工作成果：我把那本恐怖的日常工作手册摊开，举到助产士面前，盼着她查阅我那些潦草的字迹和令人印象深刻的严格计时，目瞪口呆地鼓掌称赞："干得太棒了！我从来没见过有人干得这么好！真难以置信！你就是个不折不扣的优秀母亲的典范！"

然而，并没有。她看上去一脸担忧。"嗯……"她迟疑地拉长了音，专注地端详着我的眼睛。

我想让她称赞我看起来有多好，但她没有。

"你化了妆？"她问，那口气听起来像是在指责某人说谎。

我又把日常工作手册给她看了一遍。她难道看不出这有多棒吗？抱歉，我们俩看的是同样的东西吗？也许这上面的内容太复杂、太深奥，她理解不了？她看起来很困惑，忧心忡忡，说话时更多时候是对着雨果，而不是我："有个大致的喂奶和换尿布的时间概念就很好，你们不需要做得太过了。"

做得太过了？我火冒三丈。

她为杰特称了体重。看到他瘦骨嶙峋、光着身子在体重秤上扭动的样子，我不禁打了个寒战。我很紧张，但他的体重的确增加了！这可真是个好消息。她说我做得很不错，这让我感到很自豪，这才是最重要的。“继续努力吧，加油。”她说。一切都得到了回报。

我告诉她我很担心手术的缝合线裂开（缝合线没问题），但她告诉我要补铁，因为剖宫产让我有些缺血。这很正常。但在她这么说之前，我完全没想到这一点。她还告诉我们要“享受这段宝贵的时间”，因为“时光稍纵即逝”。

真的吗？可我却觉得就像在混凝土中游蛙泳。

她笑了，我也笑了。

露——馅——了。

坚持住，坚持住……

我目送她出去，关上了门，一直听着她的脚步声在外面的街道消失。表演终于结束了，薰衣草喷雾关掉，古典音乐停下。我洗去了脸上的妆容，笑容也消失了。

私下里，我对失血的事深感恐慌。我确信自己就是严重缺铁。我仍然在出血，卫生巾换得很勤。我的血会不会流光？我怎样才能……尽快补血呢？

我不想让雨果出门，于是让他去找好友帮忙，尽快给我们送来牛排、补铁口服液和菠菜，就好像我们躲在藏身之处，现在需要补给似的。雨果给我煎了块带血的牛排，我立刻像个食肉动物一般，一边狼吞虎咽，就着菠菜奶昔送下肚，一边还不忘给杰特喂奶。

要有坏事发生了。我心知肚明。

我开始不停地端详镜子里的自己。我的世界正在土崩瓦解。脸色越来越苍白。我能看得出来。我缺乏维生素D。我缺铁。我的免疫系统功能丧失了。我的牙齿快要掉了。我就要开始脱发了。我太虚弱了，太脆弱了。我的奶不够喂宝宝了。要想多产奶，我必须得睡觉。宝宝不能掉体重，那样他会死的，我们俩都会死的。

我让雨果把所有的祝贺卡片都收起来。每天都有人寄卡片来，还有鲜花、饼干、蛋糕、婴儿内衣、摇篮装饰挂件、小摇铃、玩具、泰迪熊、小兔子、儿童读物……**简直讨厌至极！**所有东西都丑陋不堪，模样怪异，堆满了桌子。我说："没什么值得庆贺的。我们为什么要庆贺这种事呢？"

我们刚有了个漂亮的宝宝，但我却觉得好像家里死了人。雨果看起来很受伤。对他而言，这的确值得庆贺，但他还是按照我的要求，丢掉了所有的东西。后来，整个房间都看起来十分悲伤，没有生机。这让我更感到内疚了。

我们仿佛活在昆丁·布雷克[①]的插画里，到处都是褪色的灰暗色调。我几乎拒绝了所有的访客。大部分时间里，我都感觉很不舒服。

杰特的大便看起来颜色有些奇怪。我拍了照片发给助产士。

① 昆丁·布雷克（Quentin Blake），插图画家和作家。他的插画风格是水彩蛋彩画，灰白色调较多。——译者注

她说没事，可我却觉得她在撒谎。我恨不得拍下每块尿布发给她看，以求安心，还好我忍住了。

一天早上，杰特的脐带脱落，掉在了尿布里，这让我精神一振。我叫醒雨果，用小夹子夹住那截脐带放在他胸前，我们俩都笑了。我忽然冒出一丝微弱的希望，一切都会好起来的，这就是标志，日子在一天天过去。

第二次家访，来的是另一位助产士。他们派另一个人来，可能是想提出不同的看法。也许她会喜欢我的日常工作手册？不。她一点也不喜欢。为什么会喜欢呢？那简直就像本跟踪狂的秘密日记。她说："你得把一天看成二十四小时，对新生儿来说，并没有白天和黑夜这回事。你不能强迫一个不到六周的婴儿培养出日常习惯。你只要放松心情，坦然面对就好。"

这正是我想做的，可我就是办不到。我告诉她我感觉有些不正常，我的胸口总觉得很闷，像是被什么东西压着，甚至有一种灼烧感。我还告诉她，我感觉很不舒服，经常呼吸困难。

她说，胸口有压迫感可能是奶水分泌造成的感觉，也并非闻所未闻。但我知道不是这样。这不是生理上的问题，是心理上的。

我变得越来越偏执，总觉得人们在背后对我议论纷纷。这仿佛一粒小小的种子，一旦在心里扎根，怀疑就开始迅速滋长。我开始不停琢磨，过度分析朋友们发给我的信息，猜测家人和雨果可能有什么暗示。

我的行为变得越来越古怪。我开始不理睬朋友，这样他们就没法谈论我了。我也信不过自己说的话，所以我总是保持沉默，以免去过度分析。我开始越来越少照顾自己。我经常哭，大多是偷偷地哭。泪水扑簌簌地溅在杰特熟睡的脸上。

“这是怎么了？”雨果问。

我回答说是突然想起了分娩时的事，但并不是那样。

我的脾气变得阴晴不定。接下来，我开始联系朋友的朋友、只打过照面的熟人——任何我知道她有孩子的人。我问她们：“我感觉很诡异，很糟糕。这正常吗？”“你是不是孩子一出生，立刻就爱上他了？”而她们都说，她们和我的感觉一模一样。她们也都告诉我，事情会慢慢好起来的。总有一天，我会推着婴儿车来到户外，心里说，很好，我能应付得了了！

朋友们告诉我，可以给宝宝改喝配方奶。“这没什么大不了的。”她们都这么说。可是母乳喂养似乎是我唯一会做的事。而且我和孩子之间的纽带是如此脆弱，我担心要是再没有母乳喂养，就连这一点点羁绊也会断开。那样一来，杰特就不是我的了。

我不过是得了产后抑郁症。显而易见。“人人都得过。”“那简直再平常不过了。这是荷尔蒙分泌和产后适应症的缘故。”“你经历了那样一场分娩，还能指望会有什么感觉呢？你当然会感觉不正常啦。”

“会过去的。别担心，都会过去的。”

我们带着杰特出来散步。外面天气极冷。他在婴儿车里看起来是那么小。雨果和我在公园里遛弯，浑身发抖，任何声音都能把我们惊得跳起来，好像每个人都在盯着我们看。在乐购超市，几个年轻人看着熟睡的杰特十分欢喜，他们惊叹道：“哇，他真是好小啊。”我简直想尖叫：“岂有此理！”我不得不走到一边坐下来，整个世界都在眼前旋转。

我想回家。可我又不想回家。我有一种可怕的感觉：我会死在那里。

去看医生

我唯一会做的事就是母乳喂养。要是我连这个也做不到了该怎么办？我买了价值五十英镑的乳头霜作预防措施，并叫妹妹黛西过来帮我把保鲜膜裁成一张张小方块，用来覆盖乳头，这样乳头就不会干燥或酸痛。不喂奶的时候，我会抹上乳头霜，然后用保鲜膜覆盖在乳头上。我在公寓的每个角落都建立了“母乳喂养站”，每一处都放了几管乳头霜和一堆堆保鲜膜。

没过多久就出了事。喂奶的时候，杰特突然喷奶。原来是我喂奶前忘记拿下保鲜膜，他差点被那东西噎住。

后来，开窗通风的时候，风吹起一堆保鲜膜，吹进了婴儿床里。我的脑海中浮现出他熟睡时被保鲜膜闷住窒息的情景，立刻疯狂地把屋子上下翻了个底朝天，然后又把黛西刚刚裁好的每一块保鲜膜都丢进了垃圾桶。

令人难以置信的是，杰特的体重一直在稳步增加。小红本子上记着他的体重数字。随着他的体重曲线图一天天攀升，我却感觉自己在一天天堕入深渊。我已经身心俱疲，没力气在乎了。没力气在乎他，也没力气在乎自己。我觉得自己正在一点点消失。

外面在下雪，伦敦一片宁静。我躺在沙发上，确信自己心脏病发作了。

我打电话给助产士，问她是不是有这种可能。

终于，我鼓起勇气告诉雨果，我必须得去看医生。我撑不下去了。

妈妈说，我这是得了产后抑郁症，但我没有理会她的话。我并没有感到沮丧。我仍然能欣赏柔软的雪花那缤纷闪烁的神秘魔力，能看着世界陷入沉寂，街道沉入梦乡。可是，我怎么知道呢？我怎么知道抑郁症是什么滋味呢？

我和医生预约了时间。妈妈替我们照顾杰特，于是雨果和我出发去全科诊所见1号医生。漆黑的街道上点缀着一块块积雪，看上去就像颜色黑白颠倒的奶牛皮毛。我疑神疑鬼，害怕每个人，走路的时候脚似乎都没有沾到地面。我握着雨果的手，却怎么握都不舒服。

“真够冷的。”雨果说。但我的身体已经麻木了，一点感觉都没有。

那位全科医生长着一双和蔼的蓝色大眼睛，平静地注视着我。她问我，是不是依然被分娩时的情景困扰。

我说是的。但这并不是全部事实。我感到恐惧、厄运和暴风雨即将来临。还有另一种感觉，那感觉就像一只猫被人逆着方向刷毛，被静电击中了一样。我浑身都是静电，噼啪作响。

医生说，我患有创伤后应激障碍。我点了点头，但心里明白没有那么简单。她说可以给我开一些抗抑郁药，但建议我等体内的荷尔蒙稳定下来，等能睡觉了以后再看后续情况。

她告诉我，如果可能的话，可以把奶提前吸出来，让雨果负责夜里喂奶；我夜里好好睡一觉，第二天再自己喂。她向我保证那样肯定会好很多。她看起来是那么美丽、健康，那么正常，那么诸事顺利。她可以像个正常的健康人那样，吃个三明治当午餐，单独过一天，然后回家和钟爱的孩子们在一起。我真希望我是她。

回家路上，我们在一家咖啡馆逗留，我有点不舒服。雨果点了一杯咖啡和一只羊角面包。我就那么看着他，好像他在吃狗屎。我眼中完全看不到色彩。我困在了自己的思绪里，完全不知道我是怎么进去的，也不知道该怎么出去。

我在满脑子都是这些东西之前，想的是些什么呢？

我实在是太在意自己了，不肯走出来，不给自己空间。

这样的日子我真是过不下去了——我不能看电影；没心思听别人说话；无法读书；就连走路时也不能放空心思，满脑子都是那些甩不开的念头，在头脑的牢笼中叮当作响。

我们回到家，孩子好好的，妈妈正抱着他，一边看电视一边笑。她那一如往常的样子反而让我觉得自己更不称职、更不正常了。

医生打来电话，和雨果交流了一番。她这么不辞辛劳地打电话来，真是太贴心了。她和其他同事商量了一下，其他同事认为我可能只是在与严重的适应障碍作斗争，所以给我开了一个星期的小剂量奎硫平辅助睡眠。她又补充了一句：奎硫平是用来治疗精神分裂症的，但我不用担心这个。吃这个药不影响哺乳，而且能帮助我入睡。

雨果试图让我安心，但已经太晚了。光是“精神分裂症”这几个字就已经把我吓坏了。恐惧的种子已经埋下。

我妈妈和黛西留下来在我家过夜，好让雨果和我睡上一会儿。她说当年她生我的时候，助产士会让她连续睡上一个星期。她们会中途把宝宝带进来让她喂奶。她还说刚生完孩子需要好好休息才能恢复，所以她一定要来帮忙。

我不想吃药，但我也不想让大家失望。于是我就谨遵医嘱做了。我洗了个澡，给杰特喂了奶，吃了奎硫平，等着药力起作用。雨果搂着我，靠在床边为我读书。

药立刻起了作用，我仿佛一下子跌入了无底的电梯井。我的肌肉抽搐了一下，马上睡着了。整整八个小时——这是两个星期以来我第一次睡了一整夜。

当我醒来的时候，乳房胀满了奶，肿得像两只气球，随时都要喷溅出来。这简直难以置信，我是那么精力充沛、神清气爽。妈妈和妹妹嘲笑我的乳房，简直就像个色情明星。我吸了奶，立刻浑身轻松。

“早上好，宝贝。”我对杰特说。我发誓，他朝我笑了。

医生说得对。我刚刚当了妈妈，又经历了分娩的惊吓，正在适应中。我回到诊所，告诉她我睡了足足八个小时。“这可比大多数人好多了！”她说，“特别是你还刚做了妈妈！”

她说情况会好转的，但也警告我，后面的日子可能会忽好忽坏，于是我想：“好吧，好吧，管它呢，别再给我泼冷水了。”

然后她说我应该坚持服用奎硫平一个星期。

什么？难道她看不出来我已经恢复正常，不用担心了吗？她这是什么意思？她是不是盼着我失败，一心勾引我吃奎硫平？我不相信她。医生都不可信。

“我好多了。”我告诉她。但我并没有说，我心里已经认定自己得了精神分裂症。这是我的秘密。

偏执妄想占了上风。我告诉雨果我不喜欢那个全科医生。我睡觉的时候，妈妈和黛西又来帮我照看杰特。我逼着自己吞下一碗意大利面，给杰特喂了奶，然后爬上了床……但这一次，安眠药不管用了。

我叫醒了雨果：“雨果，我睡不着，醒醒，请别睡着，别离开我。”

他嘟囔着，搂着我，吻了吻我的头，翻了个身，又睡着了。是啊，他和我一样累了一天了。

我惊慌失措地跑到睡在起居室沙发上的妈妈和黛西身边，叫醒她们，压低声音说我睡不着，生怕吵醒杰特。黛西忧心忡忡地看着我。我不想让她担心，于是挨着她在沙发上蜷成一团，假装睡着了。但我的脑子里却乱作一团。

宝宝就躺在她们中间，睡得正香。他睡着的时候，我几乎可以假装他不存在。

我第二晚没睡着，第三晚还是如此。我的脑海中开始慢慢展开一张大网，那才是真正的我。我是个尚未确诊的精神分裂症患者，正在顺着这张大网寻找自己患病的证据。哦，上帝。哦，上帝。哦，上帝。越往细处想，这些信念就变得越发邪恶：我一直在隐瞒真实的自我，一直假装是另一个人。我开始拿自己七岁时、九岁时、十四岁时做过的事一件件拷问自己——没有照顾好我的宠物，没有照顾好家里的植物……每一件我本该为别人做的事，每一次我让他人失望的时刻，这些都是再明显不过的迹象。我太自私了，不可靠，不值得信赖，不忠诚。我所表现出来的任何慷慨或友善，背后都有着某个见不得人的阴险意图。我就是个装腔作势的骗子，一个笑话，一个不速之客，一个冒名顶替者。假装为孩子们写书，其实心里却痛恨孩子。我就这样一遍一遍，不停地折磨自己。

我开始越来越专注这些念头，任由自己随心所欲地堕落，我越来越不关注杰特，我是一颗等待爆炸的定时炸弹，正在和自己的疯狂赛跑。哦，上帝。

看另一位医生

雨果给朋友和家人发了一段杰特打喷嚏的视频，每个人都被他那可爱的样子迷住了，可对我来说却很可怕。一想到他会感冒，我就怕得要命。我连忙买了一大瓶抗菌洗手液，以防万一。

妈妈和妹妹必须得去上班。我不想让她们离开我，但我接过杰特，把他抱在怀里，一边摇晃一边安慰。我表面上在做一个妈妈该做的一切，但没人知道我脑子里想的是什么。

我曾经想过要不要给杰特喂配方奶，减轻一些压力，但我妈妈表示反对。她说："再坚持坚持，劳拉。说实话，这能加强你和杰特之间的联系。最难熬的日子一旦过去，你就会爱上母乳喂养的。再说，你现在放弃喂奶，体内会分泌过多的荷尔蒙，那样你会变得非常情绪化的。"

她抚摸着我的头发鼓励我："你做得很好，你很擅长这个。"

我并不太擅长，但妈妈说得对，这是唯一一件让我知道我是个好妈妈的事，唯一一件我能做，但别人却做不到的事。

*

一天，雨果的家人来了，我把自己和杰特反锁在卧室里，躺在黑暗中。我真希望自己的生活也能有一扇活板门，好让我躲进去。

朋友们都说只要"放松心态，看看网飞的电影就好""好好享受这段时间""趁你妈妈看宝宝的时候吃点安眠药睡一觉""让雨果对付喂奶的事""改喂配方奶就好""要善待自己"。

善待自己？怎么做？

我厌恶我自己。这不是那种青春期日记里的焦虑表达……不是……我是真的、真的、真的厌恶我自己。

我们又去了全科诊所，是带着杰特一起去的。

这一次换了另一个医生，他很友好，很热情。但我又一次暗暗下了决心，并不打算真的信任他。杰特哭了，我假装知道该怎么在医生面前安慰他。我可不想他被别人带走，被送去收养。医生注视着我。

他们都是一伙的，我知道他们的把戏。

他建议我加大服用奎硫平的剂量来促进睡眠。他当然会这么说，他存心想引我上钩。

我心里已经断定，再大的剂量也起不了作用。

我妈妈和妹妹现在每天晚上都住在我们家。客厅就像格拉斯顿伯里音乐节一样，堆满了毯子、衣服和一袋袋的食物。每个人似乎都在安营扎寨。每天晚上，压力和紧张都在增加。似乎每件事都在围绕着我的睡眠转。每天早上，每个人都坐立不安地等着报告，就好像我是故事书里的公主，全村的人都盼着我睡着。每个人都在献计献策，提供各种治疗偏方：伸展运动、瑜伽、薰衣草、洋甘菊、樱桃汁、多吃饭、读书、沐浴、冥想……他们不停地让我去睡觉，但我只是躺在那里想我应该做的一切，想我做不到的一切。

我从来没想过，把宝宝交给妈妈和妹妹照料，是在剥夺雨果和杰特在一起的时间。

他告诉我他像是得了幽闭恐惧症，感到束手束脚；当他告诉我他可以独自照顾我和杰特时，一股新的恐惧源源不断地涌上心头。雨果才是真正的威胁。是他无能，他没本事照顾好我们的宝宝……雨果才是生病的那个。

我一直在挤奶，但奶水却越来越少。我会坐在奶泵旁，疯狂地挤个不停。奶泵盒子正面的照片是一位身着职业套装、拥有一头柔滑金发、整张脸化着精致妆容的职业女性，她一边拿着电话侃侃而谈，气定神闲地进行商务谈判，一边毫不费力地用奶泵吸出丰沛的乳汁。

对我来说，这简直就像从石头里往外挤血那么难。

一滴，一滴。

我的奶水不足，稀稀拉拉的。这点奶水谁都喂不饱。但这并不是因为我吃得太少或者休息得不够……私下里，我心知肚明，这是因为我给杰特喂奶的次数越来越少了。这不过是简单的供求关系原理。我太过沉迷在自己的思绪里，无法长时间喂奶。我没法安静地坐着，我总是需要四处走动，四处观察是否有危险。

我给杰特喂得越少，我的奶水也就分泌得越少。杰特哭个不停，小脸皱成一团，饥肠辘辘。他完全不理解这些。我不知道该如何爱他，这并不是他的错。

雨果对杰特说话，就好像他是个大人，能听懂似的。这让我别扭极了，不知道该说些什么。

雨果告诉我，他注意到宝宝每天都在生长发育。可我眼里看到的还是那个面目模糊的婴儿，说他是任何人的孩子都有可能。

但与此同时，杰特就像我的心，被人从我的胸口扯了出来。我真想把他放回属于他的地方。

妈妈轻柔地告诉雨果去买些配方奶粉，以防万一。听到这话，我觉得自己唯一力所能及的事如今也要被剥夺了。

在服下了双倍的奎硫平后，我又是一夜未眠。走进客厅，妈妈告诉我，她前一晚给杰特喂了配方奶——实在是没办法。我看到了空瓶子，还有熟睡的宝宝。他一脸安适，显然是需求得到了满足。我的内心顿时崩溃了。

我甚至连自己的孩子都喂不饱。一想到我躺在那里整整一夜没睡，而我的宝宝却在挨饿，我就感觉自己一无是处，好像我根本不是他的妈妈。

哦，上帝。

我甚至都没有资格抱怨因为整夜给孩子喂奶而无法睡觉。现在，这真的只是我自己的问题了。

妈妈和黛西都筋疲力尽，除了整晚要醒着给杰特喂奶、哄杰特睡觉外，她们还得上班。这样下去坚持不了多久。

妈妈告诉我，我该出去跑跑步。

“跑步？”我厉声怪叫，“你疯了吗？我都两个星期没睡觉了！我根本没办法说跑步就跑步！”

“那样可以消耗一些……肾上腺素。”

“肾上腺素？什么肾上腺素？”我仿佛被点燃了一般，火花迸溅，“我刚刚动过手术！得好好休息六个周才行！”

然而，我却在公寓里踱来踱去，如坐针毡。我蹑手蹑脚地走到窗前，注视着外面结霜的道路。每看到一辆鸣笛的汽车经过，都心头一阵畏缩，我以为是救护车来要把我带走了。就在那时，我建议雨果请一位育婴护士①。

① 相当于中国的专业月嫂，主要工作是照顾婴儿。——译者注

情况堪忧

雨果一点儿也不想请什么育婴护士。一旦来了外人，这段私人的、珍贵的时光就不再属于我们了。但此刻，我已经感到和这一切如此疏离，每次看到杰特津津有味地喝着配方奶时，我都觉得那么疏离。我真不想变成这样。

此刻，务实和理性接管了我的大脑，我变得咄咄逼人、实用至上、十分强势。现在回看这一切，我知道当时我的情况堪忧，但我的每一步行动都仍然优先考虑杰特和雨果。尽管这些行动看起来有些古怪或大胆，但总是为了他们着想。我幻想着魔法保姆玛丽·波平斯①飞来拯救世界，从她那只花毛毯做的手提袋里拽出一把伞和一盏灯，让我再次给宝宝哺乳。

我这辈子从来没有雇用过别人，根本不知道该找什么，也不知道该找谁！我才读了第一份简历就决定雇用（我说“读”，但其实那上面的文字对我来说简直像天书）。我不知道她要价多少，甚至不清楚她行不行。但我的确看到了她有过护理产后抑郁症患者的经验。

我可不希望有人闯进来霸占我的儿子，充当他的“妈妈”，或是爱上我的儿子。更不希望有人对我品头论足，或是来施恩于我。

① 玛丽·波平斯（Mary Poppins），英国家喻户晓的童话人物，总是撑着一把大伞从空中飘落，让淘气的孩子变得温和礼貌，让埋头事业的家长学会欣赏自己的孩子。——译者注

这是个糟糕的主意吗？但我天天担心的不是我的小家庭会怎么样，而是别人会怎么看我。我先是做了剖宫产，现在又要请育婴护士？我当真要这样？他们也许会认为是我不肯换尿布，不肯夜里起来照顾孩子。他们会不会认为育婴护士其实就是奶妈？会不会认为我是请了别人来给我的宝宝哺乳呢？

我惊慌失措。请育婴护士看起来实在太铺张、太势利、太奢侈、太前卫、太荒谬了，总之就是——太浪费了。我羞愧难当。没有自然分娩，做了剖宫产，产后抑郁，精神分裂，无法给我的宝宝喂奶，无法照顾他，无法爱他，现在还要请育婴护士。这真是耻辱，彻彻底底的耻辱。

我本打算做个好妈妈，但我知道我有麻烦了。我做不到。

电话那端，育婴护士的声音听起来乐观而友好，才说两句，就强调她的婚姻很幸福——我猜这一点对某些女顾客而言很重要，她们生怕丈夫会和护士私奔。我曾经在纪录片上见过这种事，但当时的我甚至没有心思去担心什么丈夫外遇。

她告诉我她有两个孩子，之后我基本上没有给她说话的机会。我开始疯狂地和她谈论每天的日常习惯和喂奶要求，总之就是：你什么时候可以开工？

（当这一切都过去后，雨果告诉我，当时他在一旁看着我打电话，感到惊恐不安，因为那时的我实在是太过疯狂和神经质了。）

我说我会给她回电话确认是否请她。

与此同时，雨果和我开始了拉锯战：他只是想让我们的家再次有家的感觉，并不介意自己来接管这些事。他说我们甚至还没见过那位女士，现在她却要搬进来照顾杰特。我们至少该多见几个育婴护士，看看再说吧？但我完全听不进去。

我没说出口的理由是：等救护车来把我送进精神病院时，我可不想让雨果一个人独自照顾宝宝。我应付不了这些，所以才要请人来照顾我们的宝宝。这一点，在当时，可能是我这个当妈妈的能做出的最好的决定。

于是，我给育婴护士回了电话：好的！好的！好的！

然而，我太心不在焉了，都没有好好考虑起居问题。我们根本没有地方让她睡觉。浑浑噩噩中，我们网购了一张折叠单人床，还有床单和毛巾之类。然后我们又收到了一张详细的购物单，都是她在这里居住时要吃的食物——都是我们不吃的食物。这份清单是如此具体，我开始照着单子准备，就像一个助理在为流行天后的更衣室大采购。

产后抑郁量表

助产士来为我处理剖宫产伤口上的敷料。

我鼓起勇气往下看，在我的小腹上，沿着耻骨有一条清晰、整齐的红线。雨果说看起来很酷，我终于笑了。

伤口没有感染，而且愈合得很好。助产士把那里称作“杰特的疤痕”。

我告诉她宝宝在睡觉，但我却睡不着。“这样肯定不对，是不是？还不成了黑白颠倒了吗？”我问，接着我又问压在我胸口的那股潮热是怎么回事，总觉得思维混乱是怎么回事，她咬了咬嘴唇回答：“会不会是焦虑症？”

我从来没得过焦虑症，不知道那是什么感觉。也许这就是症结所在！啊哈，这么说我得了焦虑症，所以才总是忧心忡忡。我并不是精神分裂？

“要么……有没有可能是得了产后抑郁症呢？”我问。

“现在就做出诊断还为时过早。”她握着我的手，满怀深情，试图理解我的感受，然后问道，“你有没有什么……阴暗的念头？”

“什么意思？”我问。

“就是某些过激的念头？”

“比如？”

“比如，我也说不好……比如，认为自己是上帝？比如……认为自己会飞之类的？”她答。

“什么？会飞？不！我是上帝？当然不！”我倒觉得自己完全是上帝的对立面（我猜这恐怕也算是一种过激的念头）。

我可没有疯！她到底是什么意思？

事情似乎明摆着，她突然脱口而出：“你是怪我吗？”

“怪你？怪你什么？”我惊问。

“怪我没及时发现杰特非常小？”她说。

我哭了起来。我真的很喜欢她。我把雨果从厨房叫进来，大家进行了一场尴尬、悲伤、令人心烦意乱的交流。那滋味，就像是把我的内脏挖了出来。

“你生孩子的时候有这种感觉吗？”我问她。

“我那时太年轻，我只是……差不多是……顺其自然吧。”她回答。

为什么我就不能顺其自然呢？

她给杰特称了体重。他的体重下降了。

“别担心，体重总是有升有降的。”她安慰我说。

但我知道是饿的，因为我没有给杰特喂足够的奶。我太专注于自己的问题，没能力顾及杰特的需求。我需要有人告诉我，我到底是怎么了。

门铃响了，雨果从门口拿回一只巨大的玩具。我是说，超级大，那是一个足有真人大小的泰迪熊，是我妈妈的一个同事送给杰特的。那玩具如此甜蜜、体贴、有趣，但我却被一股恐惧牢牢地攫住了。当时我并不知道生活需要什么，但绝不是一只足有六英尺[①]高的泰迪熊。雨果看出了我的想法，也附和说这可真是太吓人了。

“不，不。”我说，“这可真棒！”要是我表现出害怕，那就会显得我真是疯了。以前的我一定会喜欢房子里有只巨大、丑陋的玩具熊的。

那只是一只玩具熊！一只毛绒玩具熊。

我打电话给我妈妈：“妈妈，我需要听听他人的看法。我感觉非常不好。”

---

① 1 英尺≈ 0.3 米。——译者注

一位私人助产士登门“急诊”，她身着两件套西装，戴着眼镜，一头浓密的黑发，圆脸颊，目光炯炯有神。她要了一杯无咖啡因的茶，微笑地看着我。她在评估我。

她让我填写一份问卷，尽可能诚实地回答问题。那是爱丁堡产后抑郁量表（EPDS）（这次经历结束时，我对它已经非常了解了）。是一系列单选题，选项都是“几乎不”“经常”“大部分时间”“总是这样”等等……

1. 我能看到事物有趣的方面并能开怀大笑……
2. 我欣然期待未来的一切……
3. 当事情出错时，我会不必要地责备自己……
4. 我无缘无故感到焦虑或担心……
5. 我无缘无故感到害怕或恐慌……
6. 很多事情冲着我来，使我透不过气……
7. 我很不愉快，难以入睡……
8. 我感到悲伤或痛苦……
9. 我很不愉快，想哭泣……
10. 我想过要伤害自己……

这可能是我一生中唯一一次得分接近满分的考试。

“你得了产后抑郁症。”她自信而镇定地对我说，“我一看到你就知道了。”

我痛哭失声，倒在妈妈的怀里不停地啜泣。发生在我身上的事终于有了一个名字，这让我感到不可思议。私人助产士拥抱了我，说这可以用药物治疗。她非常自信，因为她自己也得过产后抑郁症：她后来服用了抗抑郁药，然后完全变了一个人。

我不停地哭，不停地对雨果说我有多抱歉。私人助产士说她会照顾我，让我恢复健康。她就像一个超级英雄。

“我们很快就会让你好起来的，不用担心。”离开时，她这样对我说。

妈妈和黛西给我放了一浴缸水，我和杰特一起泡了进去。透过头顶铁灰色的天空，我看到一缕阳光照射下来。我吻了杰特，看到他是那么漂亮，那么正常。我甚至正经吃了一顿饭。现在，我知道自己得了什么病，我可以应对了。我会好起来的。但我再也没有见过这位助产士。

几乎就在我因为确诊松了一大口气的同时，我心里就断定她是个骗子，不能信任她。她太善良了，所以不可能是真心的。那张调查表不过是她自己制作的纸板，是她凭空编造出来的。她只是想让我像其他人一样对药物上瘾而已。我觉得我什么人都信不过。

这些念头牢牢地禁锢了我。这位助产士实际上是第一个正式为我做出诊断的人，比任何人都更了解我的病情。她是那么善良、热情、真诚——就像其他所有的健康专家和我的家人一样，但由于我的无知，由于我对抑郁症的错误理解，我认定自己看上去并不像一个抑郁症患者，我的行为并不像抑郁症患者的行为。我觉得自己只是过度活跃、忙忙碌碌、情绪飘忽不定。于是，我就这么天真地驳回了这个诊断。他们都弄错了。我并没有得产后抑郁症。

我不会吃抗抑郁药。我会熬过去的。在家人的关爱和帮助下，在我的小宝宝的帮助下，我靠自己就能挺过去。

可是到了第二天，那只六英尺高的巨大泰迪熊开始观察我了。它的眼睛里肯定装了监控摄像头，正在向上面汇报我的情况。对谁汇报？我不知道。但它肯定一直在监视我的一举一动。

我试图摆脱这种想法，可怎么都做不到。我背过身去，不看它那双亮闪闪的塑料大眼睛，但它的目光似乎在追随我，脸上总是挂着那可怕的微笑。我能感觉到它的目光盯着我的后脑勺，似乎要把我的脑壳烧出洞来，仿佛就要开口说话。

我把泰迪熊移到另一个房间，但它还是在那里窥视着我，令我胆寒。我几乎能听到它的冷笑。哈，哈，哈。你以为把我挪到别的房间，我就能放过你吗？我试图安慰自己，这些都是我脑子里想象出来的。我一遍遍地对自己说："这只是个玩具。只是个玩具，只是一堆毛绒布料，不是真的。"

那天晚上，我想尽办法，拼命克制自己，生怕自己会冲上去把那头自以为是的泰迪熊撕成碎片，用刀切开它的内脏，找到藏在里面的相机，把它砸成碎片。

想象没有我的生活

那间育儿室不再是我儿子杰特的卧室，变成了育婴护士的临时帐篷营地。

我开始惊慌失措，告诉雨果我不想让她再来了。我改主意了。雨果很理智，坚决反对：既然做了决定，就要坚持一段时间看看，哪怕坚持一个星期也好。

她还是来了。我们俩格格不入，完全对立：她是一块浸透奶油的海绵蛋糕，甜蜜而温暖，而我是一片玻璃。我告诉她我分娩的故事，告诉她关于产后抑郁症的“假设”，告诉她我睡不着觉的事。她说她也做过紧急剖宫产手术，也患上了产后抑郁症。我给她看了用来记录杰特日常数据的那本古怪狂乱的笔记本，她亲切地笑了，把笔记本放到了一边。

育婴护士不停地让我尝试继续母乳喂养。她简直像在逼着我、押着我给杰特喂奶，而我则不停地找理由躲开。她喜欢日间电视节目、谈话节目、真人秀节目和新闻节目。她还讲了很多电视上那些人的笑话，讲他们的生活逸事和各种名人八卦，我呆呆地坐在那里，就像一具僵尸。我的脑袋嗡嗡直响。她想让我放松，我却觉得头疼。和她在一起，我连正常的自己都做不成。

她给我泡了很多茶，又给我端来吃的。如果我好好的，一定会喜欢上她，但那时的我只是呆坐着，在偏执和妄想的昏暗念头中烦躁不安。那些古怪的思绪开始在我的脑子里蔓延、溃烂。她一定觉得我很诡异。她一定认为我觉得高她一等。她一定认为我是个坏妈妈。

育婴护士和雨果相处得很好，他们对着杰特窃窃私语，对着电视哈哈大笑。我开始讨厌他们，我痛恨他们的亲密。当她夸奖雨果和杰特相处得有多融洽时，我觉得她那句话的潜台词就是说我不行。

睡觉的时候，她会到我的卧室来抱走杰特，哄他睡觉。我不肯让她抱走，双臂紧紧地搂住孩子。

我也不想吃安眠药。

她打算偷走杰特。

我知道，她就是这么想的。

劳拉，别相信她。

劳拉，别睡，不然她偷走孩子的时候，你就听不到前门门闩拉开的声音了。

当然，她并没有偷孩子。她晚上给宝宝喂配方奶，早上第一件事就是吹着口哨进来，让我喂杰特。看到我的宝宝被一位护士“递到”我面前，我几乎厌恶我自己了。

我算老几？女王吗？

她告诉我宝宝晚上那些“可爱”的行为，而我只是茫然地盯着她。我已经怀疑杰特可能会以为育婴护士是他的妈妈了。

当她问我有没有睡觉时，我只能告诉她“没有”。但我心里想说的却是：“哦，原来你是想让我睡着，这样你就可以独自和杰特在一起了。”真悲哀，因为在我内心深处，我知道她是一位耐心、善良、温柔、风趣的女士。她总是试图鼓励我，从没存什么坏心眼儿。

那段日子真是太难了。

育婴护士能安抚宝宝、哄他睡觉、给他喂奶、和他玩耍，为他换尿布、抹护肤霜，给他洗澡。忙这些的同时，她还能看电视、讲故事、吃东西、在手机上玩游戏。而我只是跟在她后面，磕磕绊绊，捡起东西又放下，以为自己在帮忙，其实什么也没做。我就是个碍事的。这让我觉得自己就像个蹩脚的篮球运动员，却被人通知要去当职业选手，只好跌跌撞撞、笨手笨脚地努力跟上。她试图向我解释新制定的日常工作时间表（非常实用，也很合理），但我就是听不进去。那简直像是世界上最难的代数题。

每天晚上，她都会向我们一再挥手道晚安，然后把宝宝放在婴儿床垫上，自己睡在他身边。宝宝想喝奶或需要人安抚的时候，在黑暗中一睁眼就会看到她。我们卧室里的婴儿床再一次空了。

育婴护士说我必须吃东西。可我不想吃。我心里认定她是存心想让我变胖。她想让我变得又胖又丑。她认为我这个人无聊又平庸，愚蠢又无趣。她认为雨果对我太好了。她认为我不配当妈妈。她在惩罚我。这一切背后还有个更大的阴谋：她要击垮我。

雨果和育婴护士开始互相吃对方的食物，开始一起吃饭。我恨他们两个。他们吃饱了，我还饿着肚子，看到雨果吃她的烤香肠，我简直难以置信。他居然吃烤香肠？

我简直是在引狼入室。

她开始避开我，只告诉雨果要对杰特做什么，只告诉雨果喂奶的事。我一个大活人站在当中，就差大叫“我在这儿！”，但她却拿我当空气。她也懒得和我做眼神交流了，就是把杰特抱在怀里边看电视边笑。我的宝宝靠着她那舒适的乳房睡得那么安心，而我在四周转来转去，完全不知道该做什么。我一会儿鄙视她，一会儿崇拜她，情绪摇摆不定。

她开始问我们怎么没有这个，没有那个。怎么没有小摇铃、磨牙玩具、婴儿游戏垫、量杯？怎么不用纳普松牌杀菌洗衣粉？怎么没有专门给宝宝用的脏衣篮？怎么没有这种奶瓶、那种奶头？还有什么用来保护牙龈的“保治灵”口腔凝胶、肠痛水、西甲硅油滴露、维生素D滴剂……还有，为什么我不吃些促进乳汁分泌的东西呢？为什么我不挤奶呢？为什么我不多喂喂宝宝呢？

这就是一场骗局。

我不知道消毒机怎么用。我不知道怎么清洗奶瓶。她为什么要额外多烧些开水呢？我完全不明白该怎么调制配方奶。我也不明白该放几“勺”，不知道该冲多少水。我完全不明白“加满”是什么意思。雨果却是她的优等生，真该死。

我不是开玩笑，有一次我不得不问她如何取下奶瓶上的塑料保护盖。我好像是得了健忘症。

她每天都会问我想给杰特穿什么衣服，这让我很困惑。所有的衣服在我看来都一样：都是小小的、白色的。于是她就问雨果，然后他会把杰特打扮得很可爱，穿上那些我甚至都不知道家里有的漂亮衣服——豹纹打底裤，火箭衫。我很恼火，这种事本来应该是我做呀。

有时候，雨果会试图让我一起参与，但我却认为他是在屈尊俯就，或者存心让我出丑，或者是要考验我。所以，我拒绝参与。

接着，我发现杰特有了一只橡皮奶嘴，就含在他嘴里，若无其事地吸得正欢。我瞪着育婴护士，仿佛在说："哦！你这个卑鄙的——"简直岂有此理！我一点也不想让他含奶嘴！可他却十分喜欢。吸呀，吸呀，吸个不停。好嘛！我才一秒钟没留神，他就成了"假奶嘴瘾君子"了。

我觉得自己已经死了，隐约看到了杰特和雨果没有我的生活是什么样。

我把我自己从我的生活中剔除了。

失控

我仍然不理睬所有的朋友。有一次，一个朋友打来电话，让我猝不及防。结果，我只咆哮了一句"我病得很重"，就挂了电话。

雨果想尽办法研究该如何解决我的问题。他追着我补充维生素 D。有一天晚上，他还找了个足底按摩师来给我做理疗。雨果事先警告过她，我可能患上了产后抑郁症。但我从她那里感受到了温暖。她非常睿智、宽容、强壮。她有自己鲜活的人生。很长一段时间以来，那是我第一次感到被一只手温柔地抚摸。

她一看见我就面露担忧。她为我做足底按摩，我几乎觉得自己从自我憎恨和疾病的昏沉中解脱出来了。然而，当她做完按摩后，我却猛地醒转，好像突然发现有人入室盗窃似的。

"我还以为你这会儿已经睡着了。"她说。但我就像一头加了涡轮动力的袋獾，蓄势待发。

"抱歉，没有。"我答。我觉得我似乎让她失望了。

她直视着我的眼睛说："请别介意我这么说……我认为你需要帮助。你现在的情况，我也经历过。请相信我，它会反复发作，越来越厉害，最后失控。如果不小心应对，它会毁掉你的整个生活。我曾因此失去了一切，至今仍在苦苦重建我的人生。"

我点了点头："我知道情况很糟。我会的。我知道该怎么做。"

原来的我去哪儿了

另一位健康随访员也来访了，这就好像来的是税务官，同样令人不安，不过这一次我的命运不是用增值税和各项费用来衡量的。这是一场爱的测验，我担心我会不及格。

你有多爱你的孩子，劳拉？

你该如何向别人展示你很爱自己的孩子？我很怕这个婴儿"法警"，吓得浑身直冒冷汗，心里不住地在想，他们要带走我的孩子了。哦，上帝。哦，上帝。哦，上帝！

"哎呀没事啦，我只是个健康随访员罢了。"

我怕的就是这个，因为我完全不健康。

健康随访员说，杰特的体重正在增加，她对此非常高兴。杰特的舌系带过短问题似乎不碍事。我说我做得不太好。我其实是实话实说，但刻意轻描淡写，因为我担心要是完全说出真相，她会把杰特交给其他机构抚养。这笔"账"真是需要点技巧才能做平。当她阅读我的分娩记录时，听起来由衷地为我感到难过。“我很抱歉。”她说，“这种事本来不该发生的。”

“这不是你的错。”我说，“国家医疗服务体系很棒，所以……”

“是啊，但我们是来提供服务和帮助的。”她说。

她开始在杰特的那只红色记录本上写东西。

她是在为小宝宝的收养公告打草稿吗?

她问我是不是仍在母乳喂养。我说是的，但需要辅助配方奶。

并不是这样。说实话，我害怕我自己的孩子。

她把这些都记在了那个小本子上，又问我是否觉得自己仍然像原来的自己。我回答不，不怎么像。

原来的我去哪儿了?

她把我的回答写在了小本子上。

坚持住。要微笑。

她问我是否应付得来。我说很难，但是我有育婴护士和雨果做后盾。

我希望他们俩有一个能行行好，直接杀了我算了。

她又把回答记在了小本子上。

我的饮食情况怎么样？不，不太好。

我讨厌食物。事实上，我正在秘密执行一桩绝食抗议。只不过搞砸了。

她又记在了本子上。

然后她问早上化妆的话是什么感觉？我反唇相讥：“难道有刚当妈妈的人想在早上化妆？”

她停下了记录。

“我是不是得了……产后抑郁症？”我问。

她从眼镜上方看了看我，答道：“现在下结论为时尚早。我们暂时还不能诊断你是否患有产后抑郁症。考虑到你的经历，有这些感觉也算正常。先看看进展吧。”

我点了点头。

我是不是通过了测试？这么说我能保住孩子了？

“非常好。”她说，“好了，你必须要一直和宝宝说话。即使不知道该说点什么，也要说，甚至可以直接说‘我想不出该说什么’。你说什么不重要，重要的是他只想听到妈妈的声音。有人说不要把爱都倾注到宝宝身上，但在我看来，你对宝宝展示再多的爱也不嫌多！”

他只想听到妈妈的声音。我看着杰特躺在垫子上呜咽着，好像无助的小甲虫。那双蓝色的眼睛盯着我，就好像我是他的偶像。

健康随访员离开时捏了捏我的肩头，把她的银色身份牌和湿漉漉的雨衣卷成一团，撑开了雨伞。“我认为你做得很好。”她说。

这么说，我们通过了测试。暂时通过。我刚刚躲过了子弹，简直不像是真的。我真的不想让我的宝宝离开我，可我也不想当妈妈。

我希望你有个这样的妈妈

你的妈妈每天会按时保养皮肤，每天早上喝一杯鲜橙汁，服用维生素。她总是随身准备一包纸巾，当你放学后坐在公交车上吃甜甜圈时为你擦拭黏乎乎的手。她总穿着长裙，戴着松软的大沙滩帽。她涂着亮闪闪的睫毛膏。在你五岁生日时，她会送你一只小狗。她听得懂政治。她总是只喝一杯酒。她睡觉时，头发完美地披散在枕头上。她喜欢独自外出，坐在咖啡馆里喝咖啡、看报纸。她会从独立商店而不是连锁店购买工艺品。她会在提包里放一只三明治，但并不是马上吞下肚。她在使用电器时会认真阅读使用说明书。她知道房间里的东西都放在哪儿。她的床边有一摞小说，那些小说她都读。家里的冰箱上贴满了你的照片。她会让你跷一天课去打保龄球、吃芝士汉堡、买新运动鞋。她总是保证桌上的大碗里有新鲜的苹果。她其实很喜欢葡萄柚的味道。她非常上镜。你的校服永远不会太大或太小。有时她笑得太厉害，不得不停下脚步扶住你的胳膊。

她会对你说："我爱你。"因为，她真的爱你。

她爱你。她是你的妈妈。

产后精神病

我爸爸和他的妻子过来照顾杰特，好让我和雨果出去吃顿午饭。我没有异议，因为我觉得应该这么做，和孩子分开一会儿也是"正常"的事。爸爸在来的路上给我发短信，问我们有什么需要。

我真想说：“我需要一台时光机器，我要退货，把宝宝送回去；我要一张去火星的单程票；我要一粒无痛而且保证致命的毒药；我要一把枪；我要某个能让我一口气昏迷好几年的东西。救命！我需要有人来帮帮我。”

我当然没有这么说，只说需要他帮我买些扑热息痛、牛奶和葵花籽油。

我把自己打扮成原来的样子：蓝色天鹅绒外套、耀眼的靴子、亮粉色唇膏。我觉得自己就像个外星人，把真的劳拉吞下了肚，然后假装自己是她。

爸爸为我们这个小家庭感到无比自豪。他笑容满面，而我真想扑进他的怀里说：“爸爸，我知道我看上去挺好，但并不是这样。我在苦苦挣扎，我真的一点都不快乐。请让这一切都远离我吧！”

但我没有这么说。

出门的时候，我爸爸的妻子夸我：“你做妈妈真是如鱼得水！”我竭力忍住快要夺眶而出的泪水，在儿子的小脑袋上像模像样地吻了一下，和他道别，然后和雨果出了门。

我们朝街尽头的餐馆走去。我的双腿就像刚来到世间的“小鹿斑比”，膝头发软，走路摇晃。我感到恶心又紧张。餐馆里的菜单让我眼花缭乱，我对那些愚蠢的、过分精致的餐前小吃毫无兴趣。劳拉会点什么呢？

我为什么不告诉雨果我的感受呢？我永远也弄不懂这一点。我猜，这也是疾病的一部分，就是羞耻感以及恐惧。它把你逼到墙角，好像绑匪一样不停地威胁你：“要是敢告诉别人，我就杀了你。”

我试图吃点东西，但恐慌和焦虑让我食不下咽。雨果点了瓶香槟庆祝，香槟的泡沫在我口中又苦涩又恶心，让我越发紧张。我死死地攥着椅子，指甲几乎抠进了木头里。人人都知道我是本城的怪人了。人人都知道我是个不爱自己孩子的女人了。我就是过街老鼠，要是在路上遇到猫，它准会扑过来。雨果也知道我不太正常。我也知道他知道。这简直是一场可怕的无声游戏。

我们能不玩这个游戏了吗？我们能开口承认我感觉完全不好吗？让我摆脱痛苦吧。我觉得自己就像个逍遥法外的杀手。我得去自首。求你了，雨果，你还没看出来吗，你懂我的……求你了……

我们拍了张照片，我把它发到社交软件上，心里已经开始害怕有人点赞了。

“恭喜恭喜！”

不。我快要淹死了。救命！谁来救救我！

那一周，我的新小说《大块头》（*Big Bones*）[①] 正好出版。写的是一个关于积极面对自己的身体、重拾自尊、热爱生活的故事。而那本书的作者却乱成一团，痛恨自己。我原本计划接受一家电台的采访，但我做不到。当我进入大脑的“禁区”，被囚禁在高塔中饱受折磨时，我无论如何都装不出来“热爱自己”。

---

① *Big Bones* 是劳拉·多克里尔的一本小说，讲述了一个身材敦实的十六岁女孩，她从不觉得自己胖，一直很快乐，但别人却反复要求她减肥的故事，故事的主旨就是希望人们能热爱自己。——译者注

我根本不认识写那本书的女孩。只要想到她身上光芒四射，我就妒火中烧，我就会被她的快乐气得脸色铁青。我同情她的天真，蔑视她的无知。那个女孩已经不复存在了。

《大块头》出版时正好赶上国际妇女节——但我觉得自己是这个星球上最差劲的女性样板！我被任命为一个大型慈善机构的形象大使，这个机构旨在关心年轻人，关注他们的心理健康，可我现在却恨不得被压路机压扁。这一切真是太讽刺了。

今天还是我妹妹的生日，这让我更觉得雪上加霜。

我还有另一个宣传活动要做。有本杂志为了写篇文章，要电话采访我。我的出版商设法做了调整，让他们用电子邮件把问题发给我。可我的脑子完全锈住了。我根本无法把我的回答敲进电脑。

编辑给我打来电话，打算在电话里向我提问，我直接在电话里回答就行。她非常好心，准备替我把回答敲进电脑里。可我什么都说不出来，只能含糊其词："对不起，我做不到。"

一切都取消了。

我们再次回到医生那里，请求帮助。

"我们以前说过了。"那位全科医生说，"起初，我们认为你患有严重的适应障碍，但现在，我们认为你确实得了产后抑郁症。"

"必须得吃药吗？"我问。

"不，没有什么是必须要做的。"她说，"但是，如果处理不当，病情可能会发展得很快。有两种可能，一种是产后抑郁症，我们认为你已经得了。我们可以给你做一个短期的抗抑郁药物治疗，直到你的荷尔蒙稳定下来。母乳喂养期间服用这些抗抑郁药是完全安全的。”

“那另一种可能呢？”我问。

“虽然不太可能，但并非没有。病情会发展成另一种病，叫作产后精神病。”她说。

精神病。

那都是连环杀手才得的病，对不对？或者是疯狂的前任、跟踪狂、食人魔、禽兽，这些人才会得的病。为什么我会突然得这些我连名字都说不利索的病呢？我只是生了个孩子而已。我感到非常难受，汗毛倒竖。

“你有没有……看到什么不真实的东西？比如，别人都看不见的东西？”她问。

“什么？你说产生幻觉？没有！当然没有。”我说。

开玩笑！我可没有疯！

“那你有没有……比方说……我也说不好……听到什么声音，比如有人在叫你的名字，一转身却发现没有人？”医生一边说一边转过身表演。

哦，上帝。她居然真的在问我是不是听到了什么声音。

“没有！”我几乎是在斥责她，“我什么声音也没听到！”

“好吧，这是个好消息。不过，如果你有什么……恐惧感，一定要告诉我们。”她答。

我没有告诉她我觉得家里有头巨大的泰迪熊在监视我，而是问她如果真有这种感觉，会持续多久。医生解释说，服用抗抑郁药，大约需要六周才能起效。

六周吗？我可等不了六周。六周之后我肯定已经能看到或听到什么怪东西了。我知道我会的。我甚至可能已经死了。

“我们认为这是由于焦虑引起的，所以……”她继续说道。

“焦虑”这个词又出现了。医生摊开双手，似乎在说：“你自己决定吧，你还想这样拖多久呢？”

“你现在打算怎么做？试试抗抑郁药，还是看看能不能自己撑过去？”她问。

“我能撑过去吗？”我反问道。

“有些人可以，但就你的情况而言……”她欲言又止。

“都是我的错。我总是觉得特别内疚。”我哭了，却没有眼泪，没有真心的眼泪。我完全麻木了。为什么我什么感情都没有？以前，我看《辛普森一家》中霍默吃了毒河豚的那一集时，连五分钟都坚持不了就会哭出来，而现在，我却成了冷冰冰的反社会人格。

医生给我开了抗抑郁药。离开诊室时，她说：“不用担心内疚这回事。内疚感永远不会消失。我家里有个女儿，我总是深感内疚。出来工作会内疚，不出来工作也会内疚。这是做母亲生涯的一部分。你会习惯的。”

我们离开了诊所。

我曾经那么喜欢伦敦南部，现在它在我眼中却突然变得丑陋无比。

有什么意思呢？我为什么要努力变得更好呢？

我可以把一切悉数抛在脑后。

我可以一走了之。

我可以让这一切都结束。

我不想回家。家里有妈妈，有杰特，有育婴护士照管一切。我只会瘫在沙发上，毫无用处，变成冷冰冰的石头。

我给好朋友发短信说："我得了产后抑郁症。"

她回复了一大堆，字里行间大致是说："是啊，我猜也是。别担心，会好的，这种病肯定会好的，我保证。我会帮你渡过难关的。爱你。"

我们不得不再去药店。我讨厌这里。站在柜台后面的女人就像吸血鬼德古拉的妻子，带着吸血后得意的假笑。

哎呀，又回来啦？

这次是抗抑郁药。哼，她听了肯定会高兴的。

"宝宝在哪儿？"她问，那口气就好像我把宝宝丢在公园的长椅上，任他在那里腐烂似的。

"在家，我妈妈陪着他。"我不想多说，把处方递了过去。

"你得了产后抑郁症？"她问道，露出了微笑。

"是的。"我答。

"这是常有的事。是头胎吧？"

我甚至不敢去看婴儿奶嘴和奶瓶，不敢看尿不湿，因为包装上总印着肉乎乎、笑眯眯的乖宝宝。哦，上帝。我的余生都会这样，只要一看到婴儿用品，就会想起我那个无法亲自照顾的宝宝。不管我逃到哪里，都会看到宝宝。不管我逃得多远，我都会永远、永远和杰特绑在一起。

我想跑，我真想逃跑。可是，负罪感就在那里，挥之不去。我可受不了一直带着负罪感生活。我不能这样生活。我只能去死。

突然间，伦敦似乎变得很小。我觉得我成了“那个”女人。人人都在谈论我，人人都在笑话我。窃窃私语，窃窃私语……

她就是那个……

原来那就是……

哎哟……那不就是那谁……的妈妈吗……

事情就是这样发生的。此刻我已经看出了端倪。我已经感觉到了疯癫，而我正在这条路上一步步往前走。我必须离开药店，出去呼吸点新鲜空气。

我给爸爸打电话。

“爸爸，我得了产后抑郁症。”我终于爆发了，“我不知道自己这是怎么了。”

“没事，没事，劳拉。没事的，没事的。一切都会好起来的。快告诉我，你现在在哪儿？”

“我在药房等着取药。雨果正在给我取……他们想让我服用抗抑郁药。”

“好的，好的，劳拉。我就在酒吧，就是你过生日的那一家。”

我拔腿狂奔。现在时间尚早，酒吧里只有几个本地人和我爸爸。他穿着皮夹克，胳膊下夹着摩托车头盔。我扑进他的怀里，却仍然哭不出来。

“我不想吃药。”我说。

他试图保持冷静，但我看得出来，他的脸上写着“担忧”二字。

“好吧，也许能找到别的办法？试试别的法子？肯定还有你没试过的法子吧？”

对呀！我可以上艺术课，对吧？瑜伽？写生？冥想？打高尔夫球？要么在蹦床上找回原来的自己？

“妈妈在我那儿。我要回去给杰特喂奶，你能去和妈妈谈谈吗？”

“和你妈妈？”他犹豫了，一脸愁苦。但他还是去了。

我妈妈看见爸爸时，吓了一大跳（灵魂差点出窍）。他们俩差不多有十五年没有这么近距离接触过了。

我仿佛磕了药，晕乎乎的，下巴僵硬，整个人好像通电的栅栏一般嗡嗡作响。我努力表现得像个正常人，可一举一动都像是在表演。就连把头发别到耳后这样简单的动作，也像是精心安排过似的，显得十分虚伪。一切似乎变得很慢，随后又开始加速。我无法与别人进行眼神交流。我不想让别人看到我那对大而无神的黑眼睛，那就像两只黑气球。

当雨果拿着我的处方药从药房回来时，我大喊大叫，说我不想吃抗抑郁药。

“劳拉，听话。你得吃药，吃吧。”妈妈耐心劝道。

“听你妈妈的话！”爸爸喊道。

他们俩的意见从没一致过。这次肯定是因为我的情况糟透了。他们不可能都在密谋对付我吧，可能吗？

妈妈从银箔包装里挤出粉白色的药片递给我。

“劳拉，把药吃了。现在就吃。你病得很厉害，得吃药。”她的语气很严肃。

“劳拉，亲爱的，快吃药吧。”爸爸在一旁附和道，灰心丧气的声音里还带着一丝绝望。

我抓起药片吞了下去。

抑郁症不是你的错

我十几岁的时候，一度认为抑郁症很酷、很有趣。

我从来没有经历过这些，总觉得缺了点什么，总是嫉妒学校里那些把头发染成黑色、涂烟熏眼影、在生物课上乱写狂躁诗歌的女孩。她们经常用圆规在桌子上刻下“我想死”的字样。她们看上去饱受痛苦。

我曾经以为抑郁症这种事与我绝缘。我没有那么高的智商，没有那么丰富的情感，也不够敏感。我并没有那么高的天赋去理解生活的真谛，也找不出借口说我的生活很艰难。

我记得在学校里时有个女孩曾对我说：“你可真够假的。没有人能一直这么开开心心的。”

我还记得自己当时听到这话时的失落。我能怎么办呢？为我的抗打击能力表示抱歉？为我能从容面对生活感到难过？为我开放、乐观、积极的态度感到遗憾？

我有时会试图表现出“沮丧”，可刚一下课，我就忘了自己本该痛苦、难过，吃着巧克力曲奇哈哈大笑，把烦恼丢在了脑后。我从来没有到“恨自己”的地步，因为，我从来没有恨过。

我总觉得我算不上正牌作家，因为我不是一个“饱受精神问题折磨”的艺术家。我总觉得精神疾病似乎和创造力、敏感性以及智慧并存。天才必须为艺术受苦。我并没有类似的体验可以当作素材，因为我身上实在没发生过什么值得一提的事。最大的事不过是父母离婚了。算了吧。谁家不这样呢？

我真想成为那种艺术家。我真想在床单上洋洋洒洒写下精彩的小说，却只为把它们撕成碎片；我真想拥有亿万情人；我真想蜷缩在床上不下来，尖叫怒吼，深陷混乱的关系中无法自拔；我真想成为他人眼中的谜，时而莫名心碎，时而张力十足，时而炽烈激昂；我真想曾有过痛失真爱的经历，曾有过非凡的“体验”；我真想住在巨大的仓库里，彻夜不睡，不吃东西，啜饮着黑咖啡疯狂地创作。

我真希望被世人认真对待，希望我的作品源自真实的体验。

快乐、踏实的艺术家没法成为真正的艺术家。快乐，就意味着无聊。

这全都是胡说八道。“受压抑的创造力”是我们的文化中一个最最漏洞百出的刻板印象，是被刻意美化的东西，却极具煽动性。我没必要非要受到精神摧残才能变得有创造力，才能创作出辉煌的作品。

若让我选择，我宁愿选择身体上的疼痛，而不是抑郁症或者其他可怕的精神疾病。不对，后一句说错了——可怕的精神疾病就是身体上的疼痛，如刀割般痛不欲生，一点不开玩笑。

抑郁症可不是因为你是艺术家才得。你并不是必须得抑郁症才能创造艺术。

这并不是什么潮流，并不是什么时尚，并不是你梦寐以求的东西。得抑郁症，并不是因为你有创造力，并不是因为悲伤过度，并不是因为脾气暴躁，并不是因为无法重新振作。它并不是你的过错，你只是，别无选择。

还有，这一点都不酷。

幻听

提到产后抑郁症，公众心中浮现的都是花边新闻里才有的阴险故事，都是他们在电影里看到的恐怖情节。

劳拉……他们认为你是个婴儿杀手。你穿着血迹斑斑的花睡衣，推着辆空婴儿车满街乱跑。他们觉得你会在口袋里揣满石头，一步步迈入汹涌澎湃的海浪中。他们觉得你会闷死宝宝，疯狂摇晃宝宝，勒死宝宝，抱着宝宝又抓又咬。你就是威胁，你就是危险。大家会把你关起来，你会在疯人院的走廊里踱来踱去，自说自话，低声嘟囔着童谣。

如果一个新晋妈妈在生病时产生了负面情绪，做出了伤害孩子的举动，那是因为她生病了。她可能以为这个世界对她的孩子来讲是更大的威胁或者危险。她可能以为自己是在保护她的孩子。她可能对她自己、对她的孩子或者世间其他事情产生了错觉。这不是她的错。是的，她可能很吓人，但那是因为她被吓坏了。

当我生病的时候，没有人比我更怕我自己。要是能消除这种感觉，我愿意付出一切。

我变得非常害怕听到声音或是产生幻觉，害怕身体里盘踞着什么东西，突然给我来个惊悚的袭击。我满脑子想的都是这些。

我猜这感觉就像，当你特别害怕在家闻到煤气味时，你就真的开始闻到煤气味了。那是你的脑子出了毛病，而且，这毛病还没法自行消失。

想想那个心理实验，如果告诉你不要去想粉红色的大象[①]……

你会想到什么呢？

一天下午，我正在给杰特换尿布，幻觉终于发生了。我听到一个声音。似乎是头脑里的声音，似乎又不是。似乎是我自己的声音，似乎又不是。那声音听起来就像是我在说话，但我并没有说话。我完全无法控制它。那声音是那么阴郁，好像一直在等待这一刻，开口时像在面露讥笑。

你真是个坏妈妈。把事情全搞砸了，对不对？你病了，病得

① “粉红色的大象”一说来源于一个心理测试。测试者被告知不能去想象屋内有一头粉红色的大象。实验发现，这是很难做到的，一旦脑子里有了这个信号，就很难不去想。——译者注

很重。它来了，来了。是件坏事，非常非常坏的事，它来了。

我吓得完全僵住了。

我听到有人在说话，对不对？这算不算听到有人在说话？

这就好比，如果你希望被火车撞死，恐怕就和有自杀倾向一样了——这还需要什么证据呢？我听到了一个声音，那声音在挑唆我，在可怜我，口气尖酸又刻薄。

我让雨果替我给杰特换完了尿布。我没告诉他我听到了声音，而是径自走进浴室。我的胃里翻江倒海，那个声音从走廊尾随着我一路而来。

你要去哪儿？想逃跑吗？你无处可藏，走到哪儿我都会跟着你。

“走开，走开。”

我看着镜子。镜子里的那双眼睛是我的，却又不是我的。

哈，哈，哈，哈！

哦，上帝，哦，上帝，哦，上帝！真的发生了！我暗暗惊呼，我真的疯了！

听到声音的事，我对谁都没有说。我只想尽力控制它，把它藏起来。我不想和这个声音交谈，只是任由这些念头在我的脑子里翻跟头。我的血管和神经，荷尔蒙和各种化学物质都在不停地释放信号和信息，不停地搅乱我的思绪。

我的大脑在燃烧。我知道我病了。我知道我被它击败了。（那声音应该来自“它”吧？）我知道，我会就这样死掉的。

我试图通过听收音机来分散注意力，但思绪却跑得飞快。我发现不管做什么都难以集中精力。我试着把注意力集中在杰特身上，但我的大脑却在飞速运转、仓皇逃窜，似乎快要溺毙，好不容易浮了上来，才吸一口气，又被拖回了水下。

我慌不择路地下载了一个冥想训练的应用程序，一口气注册了整整一年，暗暗祈祷这能拯救我。可程序里的文字就像火上浇油，发出的声音也吓坏我了。我觉得，那声音简直是在给我催眠，让我的病情越发严重。

我挨着育婴护士坐在沙发上。

别老想着拍她的马屁。她心里明白，你就是个破烂货。

我站起身去洗手间。

哦？这么说我们要逃跑？

每一次，只要我与什么人见面，跟什么人说话、打招呼、告别，哪怕是看到某个人，那个声音都会响起：

你在干什么？蠢女人。千万别把我们的事告诉别人。你要是告诉别人，我就杀了你。冷静！对了，就是这样。装装样子，保持镇静。

我一旦独处，刚一转身，或是刚一关上门，那声音就开始咆哮：

这么说你骗过他们了？干得不赖呀。不过，他们很快就会发现的，很快会发现真正的你。你不可能把自己永远藏起来。

这声音不是真的。你、不、是、真、的！

马上要有坏事发生。非常非常坏，坏得你简直都不敢面对，无法接受呢。

以前，我一直希望有个想象中的朋友。相信我，我再也不这么想了。

以前，我总喜欢自说自话。每当我对着窗子发呆时，我会说：“打起精神来，劳拉，继续干活呀！”然后把自己从白日梦中拽回来。可是，这并不是那个声音。这就像某个我不认识的陌生人，突然闯进了鸡尾酒会。我猜……那个人是我？

可是……那个人也不是我。

哦，上帝。

哦，上帝。求你了！别这样！这到底是什么巫术呀?!

我想逃离这声音，但我还能逃到哪儿去呢？我不可能摆脱自己呀。我捶自己的脑袋，却只会让声音更猖狂，让我更疯狂。我不想忤逆那个声音，我生怕它会生气。

等等。谁会生气？

那个声音！

可那个声音是我呀！那是我的声音！

好吧，这么说，我被劫持了。劫匪是个魔鬼，是恶魔的孪生兄弟。某个家伙，某个幽灵，或者鬼魂，把我的身体当成了宿主，霸占了我的身体。

我不停地告诉自己，那只是我脑子里的声音而已。但毫无用处。因为，它就在我的脑子里。

我的大脑再也无法清醒了。我再也不能随心所欲地神游了，我对自己的大脑全无控制力。我不再是劳拉了。我试图抓住任意一块碎片。只要是属于我的，属于我的感觉、我的思想的碎片，都想拼命抓住。然而，只要摊开双手，我就会发现，手上空空如也。

我只是抓住了一片虚空。

知道自己在悄无声息地发疯，而且明白大家心里都清楚，只是没人说出来，这滋味真是可怕。

要不了多久的。

很快，我就会。

穿上医院的白色病号服。

在地上爬行。

磨破了膝盖。

惊声尖叫："我的宝宝在哪里？"

哦，上帝。

迹象越来越明显。我一直在流血。我开始用手机拍下满是血迹的卫生巾，把照片发给助产士询问。

哦，上帝。我会失血过多而死的，我忍不住想。

是啊，你总不吃东西，对不对？总是疲惫不堪，还要给孩子喂奶。看看你呀，睡不着觉，做剖宫产手术还失了那么多血。嚇——嚇——嚇！你简直要稀巴烂啦，对不对？

我的双耳受压，就好像正在乘坐飞机一样。我在心里认定，听力要衰退了。

医生给我开了一些安定药来缓解我的神经紧张，同时服用奎硫平和抗抑郁药，哦，还有一些温和的花粉热药片——不过，好吧。

你健壮得很呢，不用吃这些药，你这个傻姑娘。这些药对你根本没用！

在药房里，我的情况更糟了。看到正常人过着正常的生活，我简直难以忍受。世界仍像往常一样，但对我而言却完全不是这样。我再也无法适应。

大家都别再那么正常了，行不行？

我的家人开玩笑说，他们真嫉妒我有这些处方药！很显然，安定对缓解时差反应有“惊人”的疗效。可不是嘛，我现在就是这个毛病，实实在在、货真价实的——时差反应①。

雨果四处奔走，想尽办法让我好起来。有一次，他把电话递给我，说那是紧急求助热线。我坐在沙发上，妈妈和妹妹就坐在对面，怀里抱着打盹儿的杰特；电话那头是位年轻的女士，正在问我问题。我记得对方问我有没有酒后骂人，但我不想在本就忧心忡忡的家人面前说太多细节。我调低了手机音量。我不想让他们听到电话那头的问题，因为我不想让他们知道我的回答。

“你有过黑暗或消极的念头吗？”

“是的。”

“你想过伤害自己吗？”

“是的。”

“你担心孩子的安全吗？”

① 英文里，时差反应又叫“jet lag”。作者的儿子也叫 Jet。所以这句话有双关语的意思，暗示“我和杰特不合拍”。——译者注

“是的。”

这有点像青少年杂志上的小测验，看看你最适合嫁给哪个名人，或是看看你最喜欢哪个女子乐队中的成员。我只需用“是”或“不是”来回答这些问题，然后顺着箭头一路下滑到下一个问题，直到看到最后的答案。

所有的选项最后似乎都会走到一个答案：自杀。

我想起床头柜上成堆的药片。

我可不可以一口气都吞下去？我好想爱你，杰特。我这辈子都在期待你的到来。但这也是我经历过的最糟糕的事。真对不起。

等等。他的小手，那对小小的脚丫，圆圆的小肚子正随着轻柔的呼吸起起伏伏。还有他的小鼻子。在那张熟睡的脸上，我看到另一张婴儿的面孔，正凝望着我，充满期待。你长得真像我。

我看到了孩童时代的自己，长发飘飘，和黛西一起放声歌唱，无忧无虑。那些往事一幕幕在眼前闪现，那些儿时的旧事一件件在脑海中浮现，那些难忘的时刻一秒秒在记忆中播放：吃米老鼠草莓冰激凌；在乐高乐园里玩耍；和妈妈一起边吃橘子边看《大白鲨》；一起开车去奇切斯特；和黛西、赫克托从衣柜顶上往下跳；一起看《超级角斗士》；一起假装穿越到了维多利亚时代。我的双层床，我的旧许愿熊玩具——捏三次就能在他耳边悄悄许一个愿望；我的彩虹紧身裤、玩偶之家、紫色熔岩灯；甲壳虫乐队；爸爸喝醉时给我做的第一张小课桌——上面包着黄色的油纸；赫克托和我在睡觉前听有声读物；试穿隔壁邻居的高跟鞋；打扮成拳击手参加化装舞会；穿着垃圾袋参加我的生日聚会；被家里逼着参加了象棋俱乐部，整个俱乐部闻起来就像烟熏肉；给自己打了耳洞；我们姐弟几个穿着睡衣被爸爸扔进浴缸里；和好友西沃恩一起配制毒药装在塑料杯子里，准备给窃贼喝；坐在车里等爸爸；和格雷厄姆一起喝番茄浓汤，汤底有融化的芝士；金枪鱼意面、烤豆子；克里希·沃德的花园里那幢我梦想中的住宅；被黄蜂蜇的经历；迷恋上在报摊工作、嘴里镶金牙的小帅哥贾兹。还有，教我弹吉他的戈登先生；圣诞节装饰圣诞树；在荷兰遇到的那个卖姜饼的人；我的鞋子被篝火点着。我的心情戒指；我的"波利口袋"八宝盒；开心乐园餐；小叮当荧光爽身粉。在学校的平安夜救主降生剧目上扮演客栈老板的妻子；在女童子军活动中跳蘑菇。美国小丑来学校拜访。我的第一辆红苹果自行车；利宾纳牌果汁汽水；把头发编成辫子；酸苹果软糖；古希腊神话；我心爱的芭比娃娃佐伊；《憨豆先生》系列剧；诺丁山狂欢节；校园里的竹节虫；学习如何画一棵树；《夏洛特的网》。我的猫；爸爸夸我的侧脸很漂亮。可可米早餐麦片；深夜里开车横穿伦敦。妈妈用大头针帮爸爸戳破水泡；阳光心情橙汁饮料；爸爸为我打包的午餐盒——他总爱在香蕉皮上写留言；巴特西公园的儿童游乐场；接骨木树。还有那些动画片：《雪人》《小脚板走天涯》。杰奎琳·威尔逊[①]。蝴蝶之家。

妈妈在跳舞。

---

① 杰奎琳·威尔逊（Jacqueline Wilson），英格兰儿童文学作家。——译者注

这些不可能都消失不见。不可能。

深夜里，我叫醒雨果，让他把那些药片从我身边挪开。他半睡半醒，把药片尽数扔到了房间另一头。

我没敢告诉他，当时的我心里有股强烈的冲动，只想在深夜里跑到公园，服下过量的药物：我必须到公寓外去做，必须远离所有人，这样房子里就不会留下关于我自杀的回忆，雨果和杰特还可以继续住在这儿，雨果也不用被迫在房间里收拾残局。我痛恨事情实施起来的细枝末节。如果没有雨果出主意，我甚至连一次火车旅行都计划不来——没有他的建议，我到底怎么才能有效地实施我的计划呢？可是，你总不能向别人咨询该如何自杀吧？他们肯定会说服你放弃的。

摆脱孤独的唯一途径就是，孤独上路。

别这样，劳拉，坚持住。

去见心理治疗师

雨果为我们俩预约了他的心理治疗师。他母亲去世后，那位治疗师帮他走出了悲痛的阴影，因此他对心理治疗深信不疑。

我对此寄予厚望，态度十分积极。我没有穿天天不离身的弹力紧身裤，换上了真正的裙子。

我们决定带上杰特，开车一起去。育婴护士问我是不是确定要这么做（她说话的态度和蔼可亲，但显然是想让我在看病时集中精力)。

哦，我知道你的把戏。你就是想偷走他。

杰特哭了一路。我和他一起坐在后座，但我完全不知道该如何安抚他。

心理治疗师非常温和谦逊。我感觉她好像刚看了我一眼就吓坏了：除非她是驱魔师，否则她不可能治愈我，不可能唤醒我那对空洞的大眼球，不可能平复我的焦躁和恐慌。我觉得她感觉到了我体内那个骚动的“幽灵”，感觉到了萦绕在我四周的那股混乱的能量。她的双手紧攥着椅子扶手，仿佛需要稳住自己一般，生怕我体内的恶魔仅仅因为进了她的治疗室就开始肆虐发作。她鼓起勇气，招呼我坐下。

我疑神疑鬼、处处戒备、狂乱乖张、咄咄逼人。

她交叉起了双臂。我不禁暗想，她这是想用肢体语言告诉我她想让我离开。她不喜欢我。她很担心雨果。她认为我是个讨人嫌的东西。

她端详了我一阵，开了口：“我认为你需要睡一觉。”

我答：“我知道。但是我办不到！”

杰特又开始哭了。我把他从汽车座椅上抱下来，情绪变得很暴躁。我动作粗暴地摇晃着孩子，严厉而刻薄地开了口：“我感觉自己好像被强奸了似的。”

其实我本来想说的是，我感觉自己像是受到了袭击、虐待、剥削。起初是身体上的，现在是精神上的。

整个疗程原本是五十分钟，但治疗师让我们谈了一个多小时。雨果完全没机会说话——他只能坐在一旁，听我唠叨个不停。

我们回到车里，我再次坐在后座，把杰特放在了旁边的座位上。突然，我感觉非常尴尬。我觉得自己玷污了他视为神圣的地方，我觉得雨果后悔带我来到了这里。

那个声音又在等着我了。

哈哈哈哈，白痴。刚才那是什么，哈？你是在编什么悲情故事卖惨吗？强奸？拜托，说得真夸张！你这个傻丫头，你对强奸了解多少呢？

我在心里愤愤道，我没必要听你的。你根本不是真的。

哈哈！你还不明白吗？这就是真的。你以前知道的那些才是假的。你就是假的。现在，终于暴露了。你就像个神奇女侠似的说个不停，等事情越来越棘手时，你就招架不住了。

我发现雨果正从后视镜里看着我。我挤出一丝笑意，却无法保持冷静。他客气地笑了笑，但目光却在躲闪。他知道了，车里坐着个怪物。他一定在想：我到底是和谁生了孩子？

侵入性思维

你的脑子也许会冒出这样的念头：在剧院里，灯光刚一熄灭就突然尖叫，用自己知道的脏话骂个遍；坐飞机时，突然大喊一声“有炸弹”；在火车站把某个人推到铁轨上；和陌生人死亡对视；从窗户一跃而出；把手机扔进海里；踢别人的爱犬……你越清楚这些念头有多糟，想这么做的欲望就越强烈。后果越严重，风险越大，冲动就越强烈。

这叫作侵入性思维，我以前偶尔也冒出过类似念头，但从没有真正想过那么做。在我看来，这和“似曾相识”的感觉类似，都不过是大脑中偶尔冒出来的古怪念头。

当我要去一所小学为我写的儿童书籍做巡回宣传时，我感到非常疲惫，觉得自己会告诉孩子们我是个恋童癖，觉得我会脱光衣服、管他们叫“你们这些小 × ×”。那滋味让我觉得难以承受，以至于在去学校的路上，我恨不得跳下火车逃走。我不得不告诉公关人员取消所有的拜访，因为我根本信不过自己。难道我真的会那么做？这会不会是抽动秽语综合征？

后来，当我住进精神科病房时，一位治疗师向我解释了侵入性思维是如何产生的。想象一下，你和你的伴侣吵了一架，当时你刚好拿着一把锋利的菜刀在切胡萝卜、准备晚餐。你的伴侣令你十分恼怒，这时你就会想：气死我了，我恨你，我恨不得直接捅死你。然而，你知道，你并不会那么做，所以你只是继续切胡萝卜，继续吵架，那种残忍的念头只是一闪而过；然后，你会平静下来去吃晚饭。但是，当你处于高度焦虑或者高度恐惧的状态下时，再冒出类似这种想法，你或许会出于恐惧突然丢下刀子，因为你认为自己真的会杀了你的伴侣。你信不过自己。你忘不掉这个念头，你会说服自己，你控制不了自己，会用刀杀了对方。这就是侵入性思维如此令人不安的原因。

我开始痴迷于为自己设计各种“你敢不敢……”的小测试，不断用“想象一下，要是我……”“假如我……”这样的句式开场，来思考问题。我完全不信任自己，恨不得把自己绑在床上，因为我怕自己真的会干出什么来。

我的思维如同一张蜘蛛网，所有的念头一冒出来就粘在上面，无法逃脱。每个想法都像是一个“主意”，然后渐渐发展成一种“需要”。我开始满屋子寻找该怎么做的线索，开始错误解读朋友们发来的信息，把一切关联起来，试图找出某种迹象。我以为电视在对我说话：每个竞赛节目上的每个参赛者，每部电视剧里的恶棍，似乎都叫劳拉。

这个玩笑就是针对你的。你最害怕的噩梦已经成真了。行动吧，劳拉，行动起来……难道还看不出来吗？你这辈子就是在等这一刻呢。杀死自己。杀死自己。杀死自己！

哦，上帝！

我开始相信屋外的无花果树也在试图告诉我些什么；它的树枝黑魆魆、光秃秃的（不管怎么说，现在是冬天呀）。在脑海中，我把无花果树和我怀孕时看过的一出戏联系起来。那出戏也是用一棵树当作象征，剧中的主人公失去了理智，变得越来越不安，越来越孤立，最后一刀捅向自己的肚子。按照古希腊悲剧的逻辑，此刻的我相信，那出戏就是在给我暗示，在警告我，而我当时却没意识到。我本来有机会逃离，可我却太粗心，怀孕的我沉浸在好莱坞式的天真中，什么都没看到。

现在，我看到了，但为时已晚。

我和雨果还是孩子时就注定会相遇。我们注定会相爱。我们注定会有一个孩子。然后，我注定会自杀……一刀捅向自己的肚子。

故事结束。

黑暗中的援助之手

又是一个不眠之夜。早晨，我躺在床上，开始觉得头部的每一根血管都捆住了我的大脑。我的头骨在收缩，大脑拼命挣扎。

我眼冒金星。

我摸了摸空荡荡的婴儿床，杰特应该躺在那里，和他那只柔软的小白兔玩具躺在一起，那还是我怀孕时为他买的。

我艰难地喘息，呼吸低沉而嘶哑，仿佛肺里充满了枯叶。我确信自己快要死了。

我听到育婴护士的行李箱在走廊里拖来拖去的声音。当然——今天是星期四，她要回家过周末了。她得回去，她还有自己的孩子要照顾。我听到杰特在哭泣。

我会在接下来的几天完成这件事。我只是需要些勇气。然后，我就再也不用那么痛苦了。

讽刺的是，我脑子里想的是一把切菜刀，那还是很久以前雨果买给我的。出于某种原因，我心里认定，一定得是那把刀。它不是特别大，也不是特别锋利。要是我没做对怎么办？要是我活下来了怎么办？

我原以为，当我老了时，我会变成一个放纵的老太婆，热衷收藏艺术品，总是戴着厚重华丽的珠宝。我想象过和雨果一起慢慢变老，想象过在冰冷的海水中游泳，就着白葡萄酒吃龙虾，睡觉时总是手牵着手。我真想看着雨果慢慢变老，看着杰特慢慢长大。可现在我却怕得要命，甚至不敢踏进厨房一步。我信不过自己，生怕自己会从抽屉里拿出刀来，酿成惨剧。哦，上帝！我不能像那样死去。

所以，我计划在晚上偷偷溜出去，到公园里，然后吞下所有的安眠药，还有安定和奎硫平，还有花粉热药片之类——都吞下去。也许还能把抗抑郁药也一起吞下去，为什么不呢？我会把公寓里所有的药片连同那些幽灵一起吞下肚，就这样结束生命。其他的方法光是想想就吓人：我非常害怕家人发现我肚子在流血，怕他们更恶心我这个人，怕这段记忆给杰特的余生留下伤痕。我害怕采取行动，害怕操作失误。我还害怕被人救回来，结果脑子坏掉了，在精神病院孤独终老——因为我真的自杀过，只能接受这个下场。

那股压力如排山倒海般袭来。我躺在床上，完全不理会新书的所有宣传活动，不理会所有的来电和短信，不关心公关宣传，不去转发新书的广告。不光如此，第二天就是雨果的生日，可我没为他准备任何礼物，也没有组织任何庆祝活动。

我试图保持冷静；试图不去和那头大泰迪熊对视；试图保持头脑清醒；试图不去想无花果树的事，不去想精神分裂症的事；

试图不去想那出戏，不去想用刀子捅自己的事；试图不去想失眠症的事，不去想电视、歌词里传达的那些信息。

我给雨果的兄弟和好友们发了一条措辞古怪的短信，打算为第二天的生日午餐安排一些勉勉强强的补救。我试着用普通A4打印纸给他做一张惨兮兮的生日贺卡。我在纸上画了一颗歪歪扭扭的心，写下了“真爱”二字——我似乎根本拿不稳东西。雨果坐在房间另一头看着我做完这一切。我把贺卡朝他丢了过去。

他说：“明天才是我的生日。”

“是啊。抱歉。”我答。

一年前，雨果的生日还是我最钟爱的日子之一。我曾经请朋友为他专门定制过一个款式夸张的天蓝色蛋糕，足足三层，顶部点缀着棉花糖做的云朵、水果和金叶子。他的家人和我们一起共进早餐，之后我们去温泉会所休闲放松，点了香槟庆祝。第二天晚上，我们一起去看了我们俩最喜欢的乐队的现场表演，用塑料杯子喝啤酒；再后来，我们还开了一个派对。

今年，情况大不相同。黛西和她的男友拉姆塞又来我家，在沙发上过夜。拉姆塞做我的“守夜人”。凌晨，听到我走动的声音，他立刻坐了起来。

“我得走了。”我低声对他说，“黛西必须放我走。我必须那么做，可我需要她的许可。”

“许可什么？”

拉姆塞提议一起出去散散步。这是破晓时分，我戴上太阳镜，藏起我那双可怕的眼睛。我们俩看起来肯定像是刚出去玩了一个通宵。外面的道路如世界末日般死寂。天气一定很冷，嘴里呼出的气立刻化作白雾。

“我想把所有的药片都吞下去。”我说。他没有答话，对此，我由衷感激。我们俩转身往家里走去。

返回公寓的路上，我们撞上了一个邻居，她正在遛狗。我和她女儿是很要好的朋友。我摘下了太阳镜，我们俩的目光相遇了。“我的情况非常糟，我病得很重。”我告诉她。

我们回到公寓，一路上拉姆塞都搂着我的肩膀。他并不像其他人那样怕我。他了解我，只是想救我的命。他坚定地说：“劳拉，你能做到的。”

“我做不到。”我说。

“你能。如果这事儿让我遇上，我会竭尽全力克服困难，渡过难关。你不会放弃的，压根不会考虑。你绝不会放弃的。”

我点了点头。但我知道我会怎么做。

白天的情况更糟。我的情绪会在一个小时内不停切换，仿佛是加速了的双向情感障碍发作。一小时内会连续经历思绪飞速运转、焦虑和严重的错觉。我感到极度狂乱、不安全；浑身像通了电，精力旺盛，好像我是个铁血女金刚。什么都无法让我的思绪慢下来。我开始跟踪公寓里所有抱着杰特的人，跟踪他们的行动。但如果他们让我“帮忙”（我只要碰杰特，就会有人监督），我就会情绪崩溃，立刻退缩。我不想抱着他，我不想看到他。

我逼问家里除雨果之外的每个人，问他们我做错了什么。我总是焦虑不安地小声问，就好像这是个秘密似的：“我是个坏人，对不对？”

他们并没有把我的话当回事。他们只是继续照顾杰特（这可以理解），打电话给医生寻求帮助。但我并不知道这些。我只是来回踱步，以为没有人理解我“要做”的事情有多严重。

时间一点一点往前爬，渐渐地，我的身体也察觉到情绪的波动。我能感觉到身体的改变——我的声音、我的姿势、我的步态都在变，都在随着我精神状态的波动而持续发生变化。

我以前的邻居给我发短信说，她自己也经历过产后抑郁症，那段日子对她来说很黑暗。她说她能理解，说病情会好转的，还劝我一定要吃药。

这条短信是黑暗中伸出的援助之手，给我带来了慰藉。但这不足以改变我的想法。

为了能放松一下，雨果到外面和他的兄弟、朋友们共进午餐。他一走，我就把“真相”告诉了家人。

我说我是个阴险狡诈的人，但我们不能把这个告诉雨果。我把自己的银行账户信息告诉了妹妹。

“为什么要告诉我这些？”她问。

我说她照顾杰特的时候用得上。

“为什么呢？为什么你自己不能照顾他？你要去哪儿？”她哭了起来。

“黛西，求你了，注意听我说，好吗？这很重要，我需要你的许可，让我去做这件事。”我对她说。

“去做什么？”她惊慌失措，“做什么？别说了！别那么说，别再那么说了。你在这里，你会一直在这里。我没必要知道你的银行账户信息，劳拉，你会一直在这儿的。”她艰难地咽了一口唾沫，“对不对？”

人为什么要有信仰

自杀，是一个禁忌的话题。

这场大病之后，我想我对信仰有了更多的了解。我理解了为什么人们信仰上帝。相信每件事的背后都有原因，这的确是一种安慰：会有人，或者有什么“存在”在倾听；会有某种力量接住你，你的祈祷能得到回应；天堂的确存在（不管是什么形式），你最终总归会在那里被宽恕、被爱、被接纳；总有一扇大门会朝你敞开——尤其是面对地狱的时刻。能够相信这些，那感觉真好。

我终于理解为什么有人会对某种事上瘾，因为想忘却。我也终于理解为什么有人会自杀。我就是个例子。

我属于那种天真、无知（完全出于善良和善意）的人，一直以为人们自杀是因为生活太艰难，因为他们不快乐，因为痛苦、心碎或痛失，因为罪孽深重，或是陷入了其他什么麻烦。我很可能还觉得，自杀是“自私”或“懦弱”的表现。

现在，我把自杀的念头理解为大脑的心脏病发作。如果你到了这个地步，那就需要急救。

我以前不知道也不理解，人为什么要自杀。我现在知道了，自杀只是你患病的一种表现。当你决定自杀的时候，做决定的并不是你自己。你自己并不在那里。这就好像，你晚上发癔症时从窗户里跳出去一样。

精神健康的人不会想杀死自己。但是，如果深陷疾病之苦，你可能会在狂躁的状态下或是在意外情况下杀死自己。你也可能会有自杀倾向，因为你害怕自己，因为你被病魔困住了，完全看不到出路；因为你的大脑就是一间最恐怖的监狱，超乎想象、痛苦煎熬，让你确信除了死别无选择。相信我，到了那个时候，无论有多少人说你有其他选择，你都会认定并不是那样。再没有比那更孤独的地方了。你之所以那么做，是试图把自己从更大的威胁中拯救出来：一旦落到那里，会更加万劫不复（不妨想一想：当人们发现“泰坦尼克号”正在下沉后，会不顾一切地跳入冰冷致命的海中）。这其实需要莫大的勇气。

这个病魔告诉你，你就是一个负担，如果没有你，每个人都会过得更好。这个病魔威力无比、法力无边，让你对此深信不疑。你深信自己这么做并不是为了自己，而是为了他人。没错，它会伤害你所爱的人；但病魔却让你相信，从长远来看，你这么做是在拯救他们，把他们从痛苦和压力中拯救出来。你还会觉得必须要得到所爱之人的许可才能这么做。你的举动完全是无私的，因为你认为自己是个负担，不值得为你在这世上留一个位置。你不肯告诉他人，是因为他们会试图阻止你这么做。

但是，这一切都是谎言。这世上的任何人、任何事都不会因为没有你而变得更好。你必须要告诉别人这一点。

我们是人类，求生是我们的本能。也正因为如此，故意杀死自己非常困难。我们的本能让我们呼吸，让我们保持心脏跳动！我们的韧性和活力比我们想象的要强得多。亲身经历这一切后，我知道自杀并不容易，想结束自己的生命绝不是自私或胆怯之举，只是被吓坏了。

我有自杀倾向的那段日子，正是我人生中所谓“最幸福”的时候。我拥有了想要的一切。我完全没有理由“悲伤”。是产后抑郁症、疼痛、羞耻、内疚、我所目睹的一切以及那个生病的我，想结束我的生命。

我不想病得越来越重。我不想做傻事。我想让人们记得那个完好、健康、快乐、亲切的我。我记得自己曾说过：“我想轰轰烈烈地谢幕，我希望用那种方式让人们记住我。”

我会花几个小时不停地思考：该怎么做呢？怎么就这么难呢？为什么我的家人要这么爱我？他们为什么就不能放手呢？我饱受折磨，痛苦万分。为什么我别无选择呢？让我自己掌控自己的命运吧。

后来，在和我的精神科医生会面时，我记得他放下笔对我说：“你本来会这么做的，是不是？你已经到了那一步，是不是？”

我答：“是的。”

自杀的念头

杰特尚未满月，我就变得十分狂躁，总在公寓里转来转去，整天袒胸露乳。我上厕所时会忘记擦拭——我仍然在流血，这对任何人而言都不好受。我会忘记洗手，忘记冲水（真恶心）。接着我又会想起忘了冲水，然后又跑回卫生间一遍又一遍地检查马桶。

和好友视频通话时，我告诉她我疯了。这时线路突然中断，我又呼了一次，但还是没有应答。于是我认定她恨我，不想再和我做朋友了（我最疯狂的时候还打过一个过期的号码，这个号码十年前就不用了）。

之后我又把这一切都忘得精光，变得更加狂躁、疯狂，在公寓里跑来跑去，一遍又一遍地检查马桶。

黛西一脚踢开门闯进来。

“你在干什么？”她叫道。

“换卫生巾。”我说着给她看了看血迹。

“哦。好吧。对不起。我刚才听到有窸窣声。”

“你是不是以为我在偷偷吃药片？”我责问道，心里却清楚我完全有可能这么做。

育婴护士不在的时候，房子里更是一片混乱，我越来越恐慌。暖气开到最大，要洗的衣物堆成山，杰特哭个不停。雨果没有东西吃，好似困兽犹斗一般。他让我过来，和他一起给杰特洗个澡。

我突然冒出一个主意。我该向雨果建议我们都去自杀：他可以杀了我们俩，然后我的家人就会照顾杰特了，怎么样？这样我们俩就不用在当初这个错误的决定中苦苦煎熬了（我知道。我实在是病入膏肓了）。

幸运的是，这个念头差不多刚从脑子里冒出来，就被我否决了。这行不通，因为这样一来，杰特就会父母双亡，连单亲家庭都没有了。

我开始观察雨果照顾杰特的样子，发现他完全不知道自己在做什么。他做得全都不对。他完全没能力照顾婴儿！

一种妄想占据了上风：我觉得雨果仍是当年我爱上的那个十四岁男孩。我们俩就是总把自己弄得一团糟的未成年孩子。我不停地低声跟我妈妈和黛西说："可不能把杰特托付给雨果，他完全不知道自己在做什么。快把杰特抱开。"

当杰特在雨果的怀里漾奶的时候（婴儿经常这样），我终于崩溃了。我看到宝宝好像外星人在向外喷射呕吐物，好像他快要死了。我一把从雨果怀中抢过杰特，动作凶猛得像头黑猩猩，跑过走廊把孩子交给了我妈妈。

杰特在哭号，我在尖叫："妈妈！妈妈！妈妈！"

大家都惊恐地盯着我。我突然意识到，我才是那个出问题的人。

恐慌症发作

我的家人开始看护我，防止我自杀。

我的大脑中不理智的那部分希望大家离我远点儿，让我一个人待着，好让我“办完事”，但大脑中理智的那部分却受不了独处的念头。

我央求黛西陪我一起睡。我觉得要是她陪着我，我睡着的机会就更大，我们还可以假装自己仍是小孩子，这些烂事都没有发生。然而，随着夜幕降临，我看得出来，她并不想陪我一起睡。她摆出一万条理由，但事实就是，她害怕我。我对她了如指掌，她瞒不了我。

我没有强迫她——我不想逼她开口承认：她害怕我。

妈妈爬上床陪着我。我吃了药，试图闭上眼睛。她用手机看一个关于穴居人的片子。我不停地对她说“我还是没睡着”，终于，我睡着了……大约四十五分钟。

我醒来时，妈妈正在给客厅里的雨果发短信。我在她身后偷看了一眼。

他们是在密谋摆脱我……不，他们正在安排要把我送进精神病院。他们要把我关起来，把杰特的监护权交给雨果。我妈妈正在帮雨果做安排，这样她就能继续安安心心当杰特的外婆了。

我的恐慌症发作了，整整一夜，整整九个小时。我从来没有经历过这种事。我一下子全想好了，开始认真考虑每一步，我似乎找到了一个解决办法，想起了为什么一定要自杀，然后在脑子里一遍遍地重复这个过程，就像得了健忘症。这绝对是一种折磨。我一遍遍重复想着这些事儿，试图站起来，但妈妈把我按回床上。我猛地打了个滚，在床上不停翻滚，嘴里疯狂地叫道：

“哦上帝，哦上帝，哦上帝，哦上帝，太糟了，这太糟了，太糟了，太糟了。妈妈，放我走吧。妈妈，求求你，放我走吧！”

我苦苦哀求：“别让我再这么受罪了，妈妈，求求你，帮帮我，让它停下来，妈妈，求你了，你能帮我的。妈妈，这真是太难受了，太糟了。我到底做错了什么？”

我陷入各种幻觉，隐约“听见”妈妈的声音从黑暗中传来，像是愤怒的低语：“我不能告诉你，因为你根本接受不了。”

我也低声回答：“是我搞砸了，对不对？我真的把一切都搞砸了。”

她的低语又传来，咬牙切齿：“是的，是的，你都搞砸了。”

后来我问过妈妈这次所谓的“对话”，她说根本没有发生过。真奇怪，我记得那么清楚。

我说：“妈妈，求你了。把我送进医院吧。”

她回答：“劳拉，求求你，再睡一会儿，哪怕是休息一会儿也好。明天早上要是还觉得不好，我们可以去看急诊。”

“求求你，求求你，妈妈，放我走吧！”我一遍一遍地说个不停，“他们要把杰特带走了。我已经暴露了。我必须得自杀。”

妈妈紧紧地搂着我，时而睡着，时而醒来。她的双腿始终攀着我，生怕我趁她不备，偷偷溜出去伤害自己。就好像只要紧紧搂住自己的孩子，她就不会去自杀一样。

我根本无法想象，要是有一天杰特也这样，我会怎么做。不可能有比这更糟的事了。

我不知道妈妈是如何面对这一切的。后来，我和妈妈谈起那一晚的事，她说："当时我觉得，除非你好起来，否则我没法去爱杰特。那一刻，对我而言你才是孩子，杰特不是。"她泪流满面，"你就是我的宝宝。"

那是我这辈子最漫长的一夜。我看着窗外的天空由漆黑一点点泛白，看着世界无情而卑鄙地如常运转。

第二天早上，妈妈起床去沏茶。黛西抱着杰特走进来，还带来了黄油面包和水。我根本不肯碰宝宝。我一点都不想看到他。

"可是，"她劝我，"劳拉，你就对他说句早上好也行啊。"

我回答："我不想说。请别逼我。"

我不能再继续装下去了，我不想要他。黛西肝肠寸断，泪水夺眶而出，抱着杰特走了出去。宝宝的咕噜声离我而去，飘出了卧室。

我深陷在一种紧张、恍惚的状态之中，几乎无法动弹。我动作迟缓，神志不清。黛西帮我放了一浴缸热水，让我坐进水里，为我洗澡。妹妹开始哭泣。我抬起头看着她："你为什么哭？"就好像我在她眼里很恶心似的，就好像她因为爱我，所以就和我一样烂似的。

真可悲。

准备住院

那是一个星期六。

那天早上，我们在保健诊所给杰特预约了卡介苗。诊所预先警告我们，父母看着宝宝注射疫苗，是件挺艰难的事。

妈妈问我和雨果能不能承受，我指责她夸大其词，说她是“代理性做作性障碍症候群”，是她让我生病，就是为了能照顾我。这都是她的错，是她的产后抑郁症和早年收养的经历导致了这一切，她知道这一切也会发生在我身上。她生了一个女儿，然后故意把这种残忍的疾病遗传给我。

我还指责她对她那条腊肠犬的行为太过怪异（不，我完全不知道自己在说什么）。黛西听了忍俊不禁，也许她觉得，这么说话倒更像大家认识的那个劳拉。

我的话句句扎心。我妈妈是个有泪不轻弹的人，可那次她哭了。她试图把泪水忍回去，结果却适得其反，反而让我越发恼怒。

她为什么哭？因为我揭露了她的真相。

在诊所时，我瘫坐在那里，昏昏沉沉，说不出话，连眨眼都很吃力。我好像完全断了电。

巧的是，我们的助产士那天刚好值班。她从等候区路过，看到了我，瞬间吓得够呛。她摘下眼镜，跪在地上，握住我的双手。

“哦，劳拉。”她倒吸一口凉气，“哦，劳拉，亲爱的。”

我茫然地盯着她。

助产士说：“打完疫苗后，我认为你应该去看个急诊。”

护士来叫杰特的名字，轮到他打针了。“孩子的妈妈在吗？”护士问。

我茫然四顾，好像在说：“啊？你是在跟我说话吗？”接着又举起手，就好像在课堂上睡着，突然被老师惊醒似的。我的脸上堆出一副“母亲般的”假笑，内心深处却在尖叫：“醒醒！劳拉！醒醒！快表现得正常些，不然他们会把你的孩子带走的。快假装你很在乎的样子。”

针扎了进去。宝宝哭了，我的脸上一成不变地贴着微笑，像个人体模特。

劳拉！

劳拉！

劳拉！

你的宝宝正在打针。你得表现出情绪！劳拉，快！你要集中精神，你要表现到位！快呀！劳拉！醒醒！

离开诊所后，我们去了雨果爸爸和他妻子的家。从那时起，那天发生的事都只剩下模糊的记忆，我只依稀记得自己的古怪行为。他们给我泡了茶、烤了面包。我什么都吃不下，完全迷失在头脑中一个又一个完全不相干的想法里。只不过，我已经不觉得害怕了，完全屈服于这种感觉。

我想说的是，这一切都是从我感觉最糟时的视角来看的。以下是我“记忆中”看到的事。

在餐桌旁，雨果的爸爸和我说话。他其实是在试图把我从紧张性僵硬的状态中唤醒，但我却认定他是想给我催眠。在我的幻觉中，我们就是两个玩“看谁先眨眼”游戏的孩子——这就像库布里克的电影场景中的心理审讯。

世界被淹没了，只有他和我。耳边响起了古典音乐：也许是一场喧闹的歌剧。我觉得雨果的爸爸试图用这个把我从行尸走肉的状态中拉出来。大约有半个小时的时间，我的确恢复了活力，可以清晰地思考问题，可以像我清醒时那样看待事物。我感觉自己刚才似乎坦白过什么事，却不知道说的是什么。但心头的重压突然卸下，我豁然开朗、如释重负。我已经好了！我康复了！一想到这里，我拥抱了雨果的爸爸。我差不多是感到一股狂喜，但也不完全是狂喜，因为头脑中理性的那部分很清醒，我仍然深陷麻烦。

雨果的爸爸建议我们去公园散散步，呼吸点新鲜空气。这我能办到。我会好起来的。如果我能把自己从这种状态中解脱出来，哪怕只有几分钟，我就可以加强练习，后面可能就会达到一小时、两小时、半天、一天、一周，循序渐进，我就会慢慢好起来了。

然而，当我转过身来，仿佛是慢镜头一般，我“瞥到”了雨果的真实面目：一个孤独、疏离的小孩，智力低下。我记得当时的我心里在想：他的智商真是低，他是这家人里最脆弱的那一个。

他就是我那些阴暗企图的完美目标。我们还是小孩子的时候，我就把他拉下水了。我的目标就是他，他完全中了我的圈套。可是，一切都搞砸了。人人心里都明白，只有雨果还蒙在鼓里。

哦，不，那不是真的：我自己也蒙在鼓里。我的大脑中善良的一面完全不知情，但我的大脑中精神分裂和焦虑的那一面却完全清楚，她心知肚明。我的一半大脑一直对另一半保守着秘密，现在，秘密被揭穿了。

我们在公园里散步。再过几个小时，我就要死了。孩子们厌恶地看着我。推着童车的妇女们盯着我，窃窃私语。而愚蠢无比、轻信他人的雨果则摇着我的手，开心地以为我恢复正常了。我也摇着他的手，假装我恢复正常了，假装我们就是幸福的一对。

我不爱你。我根本不了解你。你并不是我心里想的那样。你爱我是因为我操纵了你，耍了你。你太蠢了，根本看不出来。这并不是真爱。我根本不会真心爱别人。你其实和一个“黑魔法大师”生了孩子。我就是莎士比亚戏剧中的麦克白夫人，一直如此。我就是带来恐怖的人。我不是受害者，而是肇事者，分娩这件事刚好暴露了我的本色。

我不记得我们是怎么回到公寓的。但就是在那时，事情突然迅速恶化。我偷偷溜去洗手间，和我的好友视频通话。我说：“真的发生了。我的秘密都露馅了，现在大家都知道真相了。游戏结束，所有人都知道我干过的那些事了。”

“你觉得你干了什么？”她忧心忡忡地问。

“一切。全是坏事。我就是黑魔法大师。我是一个骗子、说谎精、大忽悠。我擅长操控他人，就是个戏精。”我还告诉她雨果的爸爸对我进行了催眠，“他们把我困在这里，困在家里，让我无处可逃、无处可躲。现在，是时候坦白了。”

我回到客厅，半裸着身子，不停颤抖。我不能碰杰特。宝宝在哭，可我却没法把他抱起来。我对雨果的爸爸说：“我办不到，请把他带走吧。”

我知道他们给我做了吃的，是中式米饭和蔬菜。雨果的爸爸叫我吃点东西，但我哭着说我不能吃。我相信自己的使命就是要挨饿。大脑中所有最惨烈的情景全部纠缠在一起——所有最混乱的时期，所有受害人最多的场景，历史一遍遍在重复。这些念头逼着我想去死，要么饿死，要么挥刀自尽。这样一来，杰特的妈妈就死了，正如雨果的妈妈那样，然后雨果就得独自抚养杰特。这个循环必须继续下去，该发生的必然要发生。

“我在求死，是不是？”我问。他们点了点头。

对不起。对不起。对不起。我控制不了。我应付不了。这一切太阴暗了，太恶心了，太糟糕了。我全搞砸了，我受不了了。请让这一切停止吧。

他们让我试着睡一会儿。可我不想一个人待在卧室里，因为我害怕，于是大家让我睡在客厅的沙发上。我吃了药，闭上了眼睛。

“她睡着了。”我听见他们小声说，但我并没有睡着。我精力充沛到甚至能跑马拉松。我不知道那样躺了多久。当我闭眼躺着假装睡着时，脑子里却在酝酿一系列新的念头：我从小就迷上了雨果。我想像变态扭曲的爱情故事所描写的那样，把我们俩都杀死。我太爱他了，恨不得杀死他！

我听见他们在制订什么计划，有人说“坚持到星期一”。

然后，雨果爸爸的妻子说：“劳拉，我们一起去医院看看怎么样？我们认为你可能得了更严重的病。”

“好吧。”我说着站了起来。说实话，听到这个，我心里倒松了一口气。终于，我要进医院了。

我再也不用假装了。

杰特甚至都没有满月。

接受治疗

我们一起回到了我和雨果的公寓。雨果的爸爸和他妻子晚上帮我们照顾杰特。雨果为我打包了一只行李袋。我又把袋子打开，往里面放了些打底裤和套头衫，这些东西我其实并不需要，但我却忘记了放内衣、卫生巾、袜子。我甚至忘记往袋子里放牙刷。

凌晨一点。我们等黛西过来。

杰特在卧室里睡着了。但我却不能进去。我不停地对雨果说我有多爱他。我必须反复这么说，因为我骗了他那么久，要是再不告诉他我有多爱他，他可能会难过到自杀的。

黛西来了，我们在公寓外碰了面。我钻进了车里，感觉整条街似乎都在看着我，好像我被逮捕了一样。黑夜里，我们驱车穿过伦敦的市中心。

好友和我视频通话，我对着屏幕尖叫，声称自己是“黑魔法大师”。我终于完全卸下了伪装。

车停在了一座我完全不认识的奇怪建筑前。我彻底迷失了方向。

走进大楼，门厅明晃晃地亮着灯，入口有一个前台，地面铺着蓝色的地毯，墙边放着饮水机，还有一圈沙发。这里看起来不像是医院或收容所。经人指点，我们在等候区坐下来等候。在等谁呢？警察吗？

我紧紧地攥着行李袋的提手，雨果和黛西坐在我两侧，俩人都安慰地按着我的手。

医生来了。她很漂亮，我妹妹小声说："她长得真像詹妮弗·洛佩兹。"

"詹妮弗·洛佩兹"笑着问候我："你好，劳拉。"

她把我们领进一个小房间。接下来的几周，这里将是我的卧室。

一位护士走了过来。"詹妮弗·洛佩兹"医生坐在床尾，开始问我问题。她问我是不是想和医护人员单独谈？当着黛西和雨果的面回答问题，会不会觉得不舒服？我答，他们可以留下。

我记不清所有问题了，只记得提问似乎持续了很久很久。他们问我是否有精神病史，或者是否曾患过抑郁症。我说没有。他们问我平时压力大的时候会不会吸毒或酗酒。我说没有。他们问我是不是听到过什么声音。我说是的。黛西和雨果在旁边听了很伤心。

他们又问我听到的是女人的声音还是男人的声音。这让我感到非常难受。我记得自己的目光忍不住朝右上角的天花板望去，似乎在寻找发出声音的男人。一想到脑子里会听到一个男人的声音，这念头就让我惊惧不已，怎么都无法再集中精力听后面的问题。我可真不想听到男人的声音……

劳拉……劳拉……劳拉……

我想过要伤害别人吗？没有。我想过要伤害我的孩子吗？没有。我想过自残吗？没有。我想过伤害自己吗？是的。我是不是有过自杀的念头？我说，“是的”。

他们问我，是不是有计划。

“计划？”我有些困惑。

“就是计划……”

“哦!!! 你是说计划如何自杀？”

终于，我问雨果和黛西能不能先离开房间一会儿。他们拥抱了我，出去找茶水房沏茶去了。

门刚一关上，我立刻对“詹妮弗·洛佩兹”医生和那位助手和盘托出。我讲述了一切，讲述了从杰特出生后到踏进这道门之前发生的一切。我一边说，医生一边做着笔记。我打算用刀捅穿肚子，而且是认真的——当听到这些计划从我口中明白无误地讲述出来时，我的内心十分震惊。

“我现在只想睡觉。”我说。

雨果和黛西走了进来。医生说，我这周要看精神科医生，还要参加小组治疗。医生将在星期一早上过来看我。

“明天是星期天，所以，你可以在这里先放松放松。就当是利用这一天熟悉熟悉环境吧。这里有电视机，如果有什么需要，紧急呼叫铃在这里。护士站就在那边，7×24 小时都有护士待命。”

放松放松？我为什么需要紧急呼叫铃？我注意到地毯上有一

大块污渍，想象可能有人在这里呕吐过，也许是血。我是进了戒毒所吗？住在这间房子里，会发生什么事？

医生问我是不是需要有人待在房间里陪着我。我不记得自己是怎么回答的，也不记得后来吃药的事。我只记得，黑暗中，雨果和黛西俯身看着我，抚摸着我的头发，亲吻我的脸。我心脏的狂跳在慢慢放缓，因紧张而绷紧的肌肉在缓缓松弛，僵硬的身体终于渐渐软化。

嘘……嘘……嘘……都过去了，过去了。嘘……

回忆

我试图以最原始、最真实的方式回忆我在产后精神病期间经历过和感受过的一切，但我也意识到，我并没有完完全全地坦诚相告。这并不是想保护自己或是保护我的尊严——我的尊严已经所剩无几了，但这段经历中的某些内容远比其他内容更加不堪回首。

我需要再说点儿前面发生的事。

我在前面写到我认为雨果的爸爸在厨房和我聊天时，对我进行了“催眠”。事实上，这么说有些轻描淡写。直到现在，我仍在试图理解，为什么完全诚实地描述那个时刻对我而言是那么难。我想，那是因为我不想让任何人难堪。

在经历了过去那一年的事之后，我的一些家人只想朝前看，继续生活，假装这件事从来没有发生过。对此我完全理解，我也希望能像他们那样讳莫如深。但是，对我而言，这种事实无法就那么轻易地抛诸脑后。

杰特出生后，我曾私下认定雨果的爸爸对我有看法：他并不喜欢我。对他的这种负面妄想和偏执越来越强烈，过了很长时间才消除。

在这种幻觉的作用下，我认定，在我被送入精神病院的前一晚，他是故意播放那种充满张力的古典音乐，故意让我迷乱的。我在患病时认定，他当时是在进行某种自学的休克式催眠疗法，是某种家用的测谎 / 审讯 / 施刑过程。在我的记忆中，他当时摘下眼镜，直视着我的眼睛。他那双眼睛就像显微镜的镜片，把我看了个彻彻底底。

我记得他那时老泪纵横，说雨果就是他的“心头肉”。接着他怒了，满脸通红，口气严厉：“你知道自己干了什么，对不对？”我记得自己猛地从紧张性精神症状态中惊醒，不停地点头，好像我真的知道自己干了什么似的。

然后我结结巴巴地向他“坦白”：是我勾引了雨果，我就是魔鬼，我太邪恶、太阴暗。我感到羞愧难当。

从那以后，我开始害怕雨果的爸爸。对他的这种惧怕完全攫住了我，我一门心思认定他是想抓住我，揭露我，让我难堪。最后，我得出结论：雨果的爸爸就是“摆脱劳拉计划”的幕后策划者。于是，我告诉医院，我不想让他来看望我。

这些事，即使现在写出来，都足够恐怖、悲哀，足够令人难堪。对大多数人而言，哪怕是被爱人的父亲看到自己裹着浴巾的样子都会感到难堪，更别提在他们面前直接发疯了。

我完全明白，也完全理解，所有这些患病后的幻觉和症状都是疾病导致的。但我就是无法放下，无法忘记和雨果爸爸之间的那个“时刻”。我还是小姑娘的时候就认识他了，我那时就隐约觉得我们会成为一家人。我一直很仰慕他、尊敬他。我们经常彼此借书看，对电影的品位也一样。他甚至还为我理过发。注意，他可不是职业理发师！

过去这一年，所有这一切都遭受了考验，都可能因为我的疾病而再也无法修复。这份创伤留给你一大堆无解的问题，一大堆挥之不去的感觉，你无法视而不见，只觉得既尴尬又耻辱。那滋味就好像在婚礼上喝得烂醉如泥，脱得一丝不挂，告诉现场每位来宾你对他们的真实看法，给每个人难堪，毁了每个人的好心情。但与此同时，你自己也恼火万分，甚至感到很“抱歉”，因为你没有这样恶毒地对待自己！这并不是你的错——可这也的确是你的过错。这简直就像在梦游时杀了人一样！可是，你只是生了一个孩子，并没做错任何事！

我一直没有机会和他谈论这件事。我对他的“坦白”是真是假？我太害怕知道真相、知道答案了。我害怕这一切都是真的，更害怕这一切都是我臆想出来的。无论是哪一种，都足够可怕。

但就在今天，雨果的爸爸和他妻子来看望杰特。我们一起坐下来喝茶；杰特给他们看他的玩具火车。突然，我感到胃中一阵翻江倒海般的恶心，我知道非要说出来不可了。因为，我是那么地希望一切都好，希望一切恢复如常。

“那天，我们在厨房谈话时，你有没有放古典音乐呢？”我问他。

他从眼镜上方看着我：“哪一天？”

“就是那一天。你是故意放音乐的吗？”

“可能开着收音机吧，放背景音乐什么的。不过肯定不是故意放的。”

见他回答得如此笃定，于是我又问：“那我向你坦白过什么吗？”

他大笑起来，摇了摇头：“没有。”他答。

好了。哇！这件事在我的心头盘踞了一年，我和雨果谈了又谈、谈了又谈。我甚至都不记得到底“坦白”了什么。我哭着对雨果说：“我肯定对你爸爸说过什么，但我就是不记得了。可我怎么都放不下，我就是想告诉他，那都不是真的。”结果，我却发现，我什么也没有对他说。

我低头摆弄着杰特一辆玩具车的轮子：“你是不是对我说过‘你知道自己干了什么’？”

“什么？天哪，没有！至少我不记得自己说过。”他大笑起来，“我们就说了几句话。但很明显你当时觉得很不舒服。具体细节我不记得了，但你当时很狂躁。”

“这么说你那时没有催眠我？”

他又笑了：“哦，雨果和我说过这事儿。没有，我可没有催眠过你。”

我看向雨果。他看着我，好像在说：我就说嘛，没事啦。

雨果笑了。我突然感到如释重负。

“我还以为你恨我呢。”我说。

“恰恰相反！”雨果爸爸的妻子说。

这就是这个病的典型症状，它用这种方式攻击你所爱之人的家人。我听说过的案例中，有女性认为婆家人给她下毒；还有人拼命要摆脱婆家人，因为她们认为婆家人想绑架自己的孩子。

我甚至不知道我有没有让他们体会到我这种恍然大悟的感觉——但我想，不如就此打住吧。毕竟，这类疾病的康复过程并不是线性的。我已经耽误了整整一年，我亏欠雨果一家太多。我常常为那些我甚至不知道有没有做过、那些我知道错并不在我的事，私下默默地乞求他们的原谅。我是那么渴望呼吸一口新鲜的空气，重新来过。

睡不着

第二天早上，我在医院里醒来，独自一人，身下的床并不是我的。我感到一阵困惑。

这是我的第一个母亲节。雨果带着杰特来探望我，杰特穿着一身蓬松的连体滑雪服，睡得像条小瞌睡虫。雨果递给我一张卡片，上面写着“母亲节快乐”，还印着一只杰特的绿色小脚印。

但是我却没法碰杰特。我觉得医院所有的员工都对我有看法。他们嘴上说宝宝真漂亮，但对我而言却像在暗示：“你为什么还要装病呢？回去做个好妈妈不行吗？”

我知道有人带着我和雨果参观了医院。但我一直用头发遮着脸。我感到非常害羞、尴尬，所有的自信都不见了——就像开学过后才转学到一所新学校，大家都熟悉了环境，只有我除外，我是个新来的。而且，我觉得自己有这些感觉都是活该，咎由自取。我被抓了个现行。

你并没有生病，你不过是个无耻的婊子。

我的卧室陈设很简单，在一楼，所以没法从窗户跳出去。我的房间里有间浴室，但浴室的水一点也不热，所以我没法烫伤自己。浴室里有一个浴缸，但没有淋浴，所以我没法上吊——当然，我根本不知道该怎么上吊。我连公园里的攀爬架都玩不好。

一楼大概有十到十二间病房，楼道尽头是公共起居室和护士站，对面有几张沙发。护士面前都摆着电脑、一摞摞文件，还有“令人心情愉快”的鲜花。桌子上放满了写给工作人员的感谢卡。

你永远也不会说“谢谢”的，因为你永远都好不了了。

楼下有一间简易餐厅。有自助沙拉餐吧，供应切碎的胡萝卜和甜菜根，还有个热菜区。餐厅里摆着几张桌椅，四处飘荡着学校食堂的那股味道：咸土豆泥、汤、烤鸡和融化的奶酪。还有一座很小的庭院，中央有个喷泉，设计了一点流水景观：一只银色的球体，水流从上面流过，荡漾着涟漪——都是令人心情平静的设计。庭院地面上被人乱丢了烟蒂。这个区域可以吸烟，病人们显然经常光顾这里。我看到一个和我年龄相仿的女孩，梳着爆炸头，正在打电话，哭个不停。

工作人员带我们参观了健身房（其实就是壁橱大小的屋子里放着一台跑步机），墙上挂的画框里展示着艺术治疗课上的作品：黑色潦草的速写、花朵、阳光海滩、破碎的心。

返回病房的路让我陷入了混乱，我认为这个建筑就像一座迷宫，是故意设计出来迷惑我们的。全都是骗人的，这是一个测试。

突然间，我觉得自己终于明白了：我有脑损伤，是这么多天不吃不睡造成的。

雨果解释说，这家医院对我们来说是最合适的：没有规定严格的探视时间，杰特和家人都可以随时来探望我，这样我会很快好起来。

我真想大喊："求求你，别把我留在这里，别把我留在这里！让我回家！让我和你、和杰特一起回家吧！"

我睡了一会儿，再加上医生给我的药，前一晚的狂乱暴躁逐渐消退，只剩下一股流离失所、心乱如麻的混沌之感。

雨果告诉我，他前一天晚上和精神科医生通过电话。他在电话里向医生描述了我的症状，医生建议我立即住院。雨果说都半夜了，第二天再说吧，精神科医生说："这么说吧，如果换作是我的妻子或女儿，我一刻都不会等的。"

"我到底怎么了？"我问雨果。

"你想知道吗？"

"想，给我看看吧。"

他给我看了他手机上国家医疗服务体系的网站。那上面说，大约每千名女性中就有一名患有产后精神疾病，症状包括幻觉、妄想、偏执、猜疑、失眠、糊涂、狂躁、情绪紊乱、亢奋（这些我都没有意识到），有自杀念头，有自残或伤害婴儿的念头，对家庭成员产生异样的感觉，以及伴有精神错乱的严重焦虑！

所有这些症状，每读到一个，我都点了头。我简直不敢相信读到的这些东西。这全是我的症状，并不是我虚构出来的。

尽管产后精神病可能是在产后抑郁症的基础上发展来的，但产后精神病和产后抑郁症并不是一回事儿。事实上，人们对这种疾病仍然知之甚少，这也是它很难确诊的原因。

是我的好友最先想到的。在我和她视频通话后，她开始在谷歌上搜索关于“生完孩子发疯”的信息。然后她给雨果打了电话说：“对不起，要是你觉得我说的不对，随时可以让我闭嘴。我是想说，你觉得，劳拉会不会得了这个病？”

精神病。这三个字会让人联想到万圣节的疯癫狂人，联想到德州电锯杀人狂，联想到《移魂女郎》（*Girl，Interrupted*）中的边缘女孩。这种事似乎只会发生在那些令人目瞪口呆的古怪纪录片里。现在，却发生在了我身上。

似乎是一种事先约定好的交接，雨果刚和我吻别，我的家人就到了：我妈妈、爸爸、妹妹黛西，还有弟弟赫克托。

大概从2000年以后，我们一家五口还没有像现在这样一起坐在一个房间里过，现在，大家却挤在这个狭小的空间里围着我的病床。这情景古怪至极，令人尴尬，甚至带有羞辱的意味。每次我开口说话，都觉得他们似乎在互相使眼色。

他们给我带了一些家里的东西：我的彩色毛线床罩、菠萝小夜灯、衣服、牙刷、牙膏，还有一个笔记本。赫克托把自己那件超大号的黑色耐克帽衫给了我——我一定病得很重，因为他从来不让我穿他的衣服。妈妈给了我一张卡片，爸爸带给我一只带托碟的茶杯，杯身上画着草莓。

我要在这里待多久？他们为什么给我送来这些？

我开始恐慌。他们不会永远像这样关注我的。他们这么热心，但这种情况只会持续几个星期，对吧？然后，生活还会继续。最后，他们就不会再来了。也许我妈妈会让我搬到她那儿去住，我会住在楼上那间卧室里。那个房间的窗户上钉了木条（还是赫克托小时候为防止他意外跳出去弄的），那里会变成我的房间。杰特会每周来探视一次。在学校里，他会告诉别人，他妈妈病了，住在外婆家，住在楼顶一间窗户上钉了木条的小房间。哦，上帝。让我现在就死吧。

我爸爸和弟弟一左一右坐在椅子上，动作笨拙，好像在互相模仿，妈妈和黛西坐在床上。自从生病以来，我觉得妈妈和妹妹之间的关系更紧密了，但我一点都不喜欢。一直以来，都是我们母女三个在一起。可现在，我成了团队中拖后腿的人。

我订的烧烤餐到了。爸爸、妈妈对食物的评价热情得有点过分：“哦——！真香！看上去真不错！”这让我想起住在养老院的曾祖母，他们对她说话也是这种口气。同样，餐盘上只有塑料刀叉。

“祝我母亲节快乐。”我开玩笑说。

爸爸看上去很伤心。

“我真不敢相信，”我说，“我从来没有经历过这种事。这究竟是从哪儿遗传来的呢？”

爸爸笑了，说他以前吃过抗抑郁药；妈妈说她生完赫克托后得过严重的产后抑郁症；黛西说她断断续续遭受了很多年的焦虑困扰；赫克托更彻底，直接说自己的焦虑情绪凶猛得“冲破了屋顶”。

我们都忍不住笑了。我们又成了爱恶搞戏谑的“亚当斯一家”。

每隔十五分钟，就会听到敲门声，会有位护士从门口探进头来。

“只是例行检查。”

在我住院的全过程中，这种“例行检查”从来没有停过。

又是一阵敲门声，这次进来的是一位上了年纪的女士，戴着一副大眼镜，又圆又厚的镜片好像两片放大镜，她说话的声音又尖又轻快，就像在唱歌。她说要为我做生命体征检查。

医生看着我的血压结果说：“仍然相当高。也许是你的家人都在这儿的缘故？”

又到了填表时间了。她一个一个问我问题，我一个一个回答，看着她在方框上打勾。

卫生保洁——我觉得能自己刷牙吗？能洗澡吗？能换衣服吗？对钩，对钩，对钩。

“有自残的念头吗？”

“没有。”我诚实地回答。对此我有些自豪，我至少做对了一件事。

“有自杀的念头吗？”

我本可以撒个谎，但我说：“呃，有的。”她并没有大惊小怪。毫无疑问，这种情况在这里很正常。

我是怎么跳过自残的念头，直接想自杀的呢？

“有要逃走的念头吗？”

“哦，不，没有，我很想待在这里。”我真诚地回答。

其他人都走了，但我爸爸留了下来。他挨着我在床上躺下，和我面对面，就像我小时候那样。这是最近这段日子以来的第一次，我的泪水夺眶而出。

“爸爸，对不起。”

“别说对不起，我的宝贝。”

“要是我好不了怎么办？”

“你会好起来的。你必须好起来。为了你的小宝宝，为了杰特，必须好起来。他需要你。他是你的宝宝呀。”

那天晚上，一位男护士坐在我的床尾，给了我一个装药的小纸杯。纸杯很小，比顶针大不了多少，和麦当劳快餐店里用来盛番茄酱的小杯子差不多。如果我需要的话，还可以再吃一片安眠药。很好。我的大脑接受起负面信息来就像魔术贴似的，一碰就粘上。不等细想，大脑已经做出决定，我确实需要再吃一片安眠药。

之后护士离开了，把我独自留在房里。黑暗中到处是一道道的阴影和纷乱的思绪：这里只有我，和一大群没人看得见的怪物陪审团，黑压压一片，好像一团恐怖的浓雾。

我什么都不想看到。我什么都不想听到。请不要逼我。我不知道这是在对谁说话，可是，求求你，发发慈悲吧。我害怕受到惊吓，害怕独自一人。

我忽然想起了地毯上的污渍。

也不知道这样待了多久，突然间，我恐慌不已，拼命去按紧急呼叫铃。警笛刺耳地响了起来，红灯闪烁。之前那个男护士和另一个女护士冲了进来，看到我并没有在做傻事，松了一口气。

“我睡不着，睡不着，睡不着，睡不着！”我说，“我害怕。”

他们又给了我一片药。我立刻意识全无，就像一头被麻醉枪击中的野象。

精神病

第二天早上，护士六点钟就把我叫醒了，说精神科医生半小时后会来看我。房间里似乎太亮了，我满脑子都是可怕的念头。昨晚的药让我觉得仿佛被卡车撞过似的。我挣扎着从床上爬起来，冲了个温水澡。水温很低，差不多是冷水澡，而且浴室里没有肥皂。

我用双手挤压涨奶的乳房，奶水流进洗澡水里，荡漾成一团烟雾般的白色，带有一种超脱、伤感和满足的情愫。我怎么会病得这么厉害？

“你好，劳拉？我能进来吗？”是精神科医生，但我还在洗澡，还没有收拾屋子。

我慌慌张张地忙着准备。这次会面太重要了。

打起精神，劳拉。打起精神！

我的房间一团糟，东西放得到处都是。我试图收拾干净，结果只是把东西捡起来，再放到别的地方。此时医生进来了。

P医生是我见过的长相最古怪的医生，不过，这丝毫没有缓解我一直以来的幻觉。他是个小个子中年医生，穿着件又厚又长的大衣，衣服长得都拖到了地上。他的那双手特别小，简直就像故事书里的怪医生。要说一个医生长得很可爱实在有些不妥，但他的确如此，他的样子就像只焦糖色的天竺鼠。

他说话的声音却很惊人。我从未听过像这样的说话声：北方口音、用词时髦、略带鼻音、音调嘶哑。他的声音沙哑、顿挫、劈裂，但音调却尖锐高亢。

他是这个地方的领导。他身上有某种权威。他是天神吗？不……他是魔鬼。这里是他的医院吗？我现在还在伦敦吗？我会不会其实是一只做实验用的天竺鼠，而他是个实验医生？他会不会在我的脑袋上烙一个号码，管我叫"实验对象"？

医生径直走了进来，从椅子上扯下我那条该死的、忘记收起来的大号孕妇短裤。"短裤！"他说着，伸直胳膊，手指像夹钳一样把短裤捻起来放在了一旁的地板上。

"对不起。"我说。

"不，不必道歉。你好吗？"

"糟透了。我觉得糟透了。"

“什么糟透了呢？”

“一切。”

“早晨的感觉总是最糟糕的。”

我以前特别钟爱早晨。那是一天中我最喜欢的时间。

不知怎么的，他像是已经认识我了，好像我早就是他的实验对象似的。

“看来，关于我的真相已经暴露了。”我说。

“什么真相？”

“真相就是，我这个人坏透了。”

“你这是抑郁症。”他就事论事地说。

“抑郁症？”

“是的。你的病情很严重，但我见过更严重的。不过，你这的确是严重的产后抑郁症。”

“为什么我觉得每个人都讨厌我？”

“因为抑郁症。”

“所以，这些只是因为抑郁症？”

“之前你出现了间歇性的精神病发作，现在你是抑郁症。是的，这一切都是因为抑郁症。你会好起来的。”他笑了。

“我不觉得。”

“会好的。”

我摇了摇头。

他没有理会，继续说：“这种病用不了几年、几个月的时间，只需要几个星期，你就会完全恢复正常。”

“恢复正常？”

“对，恢复正常。你会成为杰特的妈妈，会继续从事诗歌和儿童读物的写作。”

“不会的。不可能。我觉得糟透了。”

“那是因为抑郁症。”

好吧，就算是吧。“那我怎么才能好起来呢？”

“你已经来这里了呀。我们为你增加了抗抑郁药的剂量。”

“可我不想吃抗抑郁药。”

“为什么不呢？这些药会有用的。这是药呀。要是你的身体有炎症，就需要服用抗生素。大脑也是一样，光靠自己是办不到的，你需要吃药。”

看来，我要么自杀，要么就得继续接受这个医生为我安排的实验。

“而且，我们已经给你开了治疗精神病的药。”

那个词又出现了：精神病。一大堆令人不安的画面从我的脑海里闪过：墙上的血迹、诡异的文字、尖叫的面孔、闪烁的眼神、瘦骨嶙峋的裸体女人、闪光的十字架，还有火光、洞穴、怪物，一个人躺在污迹斑斑的垫子上，像婴儿一般蜷成一团，不停地搔抓着皮肤。寒冷潮湿的牢房、戴面具的小孩、电椅，还有锁扣、捆扎带、束身衣。

“这药叫奥氮平。你可能会注意到服药后体重会增加，因为它会刺激你的食欲。不过，我们会想办法让你尽快停止服用这种药。到目前为止，你对这个药的反应很不错。这是个好消息。”

“我吃这个药的话，还能哺乳吗？”

“为什么总想着母乳喂养呢？我的孩子们都是用奶瓶喂大的，他们现在都上大学了。别再想这个了。”

“但我让我的宝宝失望了。”

“不，你的病情正在好转。你身边的家人都非常支持你。”

我点了点头。我真恨不得挖个地洞钻进去。他站起来准备离开。

“我为什么会有这种感觉呢？”

“因为你得了抑郁症，就这么简单。这些都是典型症状。”

抑郁症。这就是抑郁症的真实感觉吗？就好像，你是金属做的，会被压弯变形？你是电脑游戏里的小故障，会导致失真、闪退？

“好啦。今晚你需要有人坐在你门外守着吗，还是说你认为自己会没事？”

“我想我会没事的。”我撒了个谎。

不要离开我！

“很好。那就这样？”他伸出小手，“要是有什么需要，可以去护士站找我，他们会给我打电话的，什么时候都可以。要是没有其他事，我们就星期四上午七点半到八点之间再见。”

就这么结束了。这感觉一点都不像看医生。这感觉就像和马戏团的领班见了一面。

为什么得病的是我们

那天早上没有人给我的房间送鸡蛋，于是我只好自己去餐厅。独自一人。

我不知道会遇到什么，不禁战战兢兢。

我换掉了沾满血迹、湿漉漉的卫生巾，狠狠地扔进垃圾桶里，又尽我所能地穿好了衣服。我真的不记得自己是怎么办到的，甚至不记得自己是谁。我知道自己的名字，但我特别怕听到有人叫我的名字。我完全没有身份感。我穿上了打底裤和赫克托的耐克帽衫，套上袜子，穿着拖鞋出了门。这感觉就像宿醉一夜，早上去商店买牛奶似的。

我走过护士站。

"早上好，劳拉。"

我低下了头。

"劳拉，现在吃药好吗？"

我假装没听见。

"劳拉？"

我得把药藏在舌头底下，千万不能吞下去。我不该吃药。这只会让我的病情加重。千万不能相信那个邪恶的医生。

"什么药？"我怀疑地问。

对方是个年轻的意大利裔姑娘。她笑着对我说："是抗抑郁药。"

劳拉，别吃！这太可笑了！

我就着水把药片吞了下去。

真窝囊！你连叛逆的勇气都没有。

"你今天要进组吗？"她问。

"进组？"

“啊，可能还没给你分配小组。”

身后突然传来一个女人的喊叫，她的卧室门大开着。那女人年纪比我大一点儿，是个金发女郎，身材苗条。她抬起头来，目光带电。她的房间一尘不染，和她相比，我的房间简直像爆炸现场。她对着电话尖声怒吼：“我要和律师说话，他要是以为能以我的心理健康为由夺走我的孩子，那他就……”

“用餐愉快。”护士说。

公共起居室的门开着。一位短发、身穿运动服的年轻女子坐在那里，凝视着天空。

哦，上帝。他们对你做了什么？

餐厅里挤满了人。每个人都看上去很正常。没有人像我想象中的那样，身披病号服，或是不停地磕脑袋。餐厅里很忙碌，却安静得令人不安。我们一个个像是被打了麻醉剂，目光呆滞，表情木然，缓缓向前移动。

早餐吧台的灯泡下那些热乎乎的食物让我一阵反胃。香肠似乎在冒汗；油腻的培根粉嘟嘟的；炒鸡蛋水汪汪的；烤豆子一粒粒的，好像起了皱皮。这怎么吃得下去？

我实在看不出自己会喜欢吃什么，于是我拿了一盒欧倍牌麦片（至少我还认得这个品牌）和一盒草莓酸奶。我走到餐厅一头，找了一处比较清静的地方，在长桌的一头坐下。我看了看四周的食客，在他们身上找不到任何共同点。我们这些人，从各个角度看，都不一样。

为什么得病的是我们？

另一张长桌边，面对面坐着大约七个女孩、两个男孩和一位护士，正彼此礼貌地闲聊着。他们面前放着大号塑料餐盘，盛着燕麦片、玉米片和脆米花，看上去就像一群郊游的学生。

一个面色青紫、三十多岁的男人出现在我身边，打断了我的思绪。他没刮胡子，脸似乎肿着。他用非常得体的语气询问是不是可以坐在我旁边。

哦上帝。

我点点头，他坐了下来，开始大吃面前丰盛的英式早餐。

“你是因为什么来这儿的？”

“呃……”哦上帝，这么直接啊。我完全没料到还要交流。

我仍然为“精神病”这个词感到羞愧，于是我说：“是产后抑郁症。”我想，这么说更好受些。

“啊。”他啧了一声，似乎在为我叹息。

“那你呢？”

“酒精。我妻子……想要孩子，一直给我很大压力。结果我就……严重了。给我的安排是星期五出院。看情况吧。我干了些蠢事，所以……是啊，看情况吧。”他的目光望向远处，眼睛里布满血丝。

我能看得出来，他也出现过类似的症状。他已经和那头我交过手的怪兽打过交道了。

在我们对面，一个头发凌乱、穿着睡衣的男人独自坐在另一张桌子旁，揪着头发自言自语。他的故事都写在了脸上：他已经屈服于头脑中的那些声音了。

渐渐地，我摸出了门道。我们所有人差不多都是独自坐着，都是独自困在某种心理上的死囚监牢里，祈祷着被宽恕，祈祷着有一天能走出去、活下去。我们吃东西不过是为了再苟活一天，也许并不是为了自己——也许只是为了爱我们的人。想想看，我是怎么来到这里的？

我回头看了看另外那桌聚在一起吃早餐的人。为什么他们会在一个有组织的群体里一起吃饭，而我们其他人却形单影只呢？接着，我注意到，这群人都有一个共同点——他们都很瘦，瘦得皮包骨头。所以他们必须在一起吃饭。要有人监督他们吃饭。

“再见。”肿脸男人说着起身离开了。他吃完了面前的一整盘英式早餐，直到这时我才意识到，我竟一直那么双眼无神，呆呆地凝望着天空。

自杀倾向

我就这样惶惶不安地度过了几个小时，最后完全失去了时间概念。我发现自己无法集中注意力，缺少平衡感，总是感到头晕。我想这肯定和我吃的药有关。

我的房间很快又挤满了家人。要么是爸爸、妈妈，要么是黛西或赫克托，要么是雨果带着杰特。他们有时候轮流来，有时候会一起出现。

星期二，我约了心理治疗师。

我敲了敲门，走了进去。

怎么没有可以躺着的沙发呢？纸巾呢，坐垫呢？

一个戴眼镜的大个子男人坐在电脑前，问了我许多问题，然后把我的回答一一敲进了电脑。都是些就事论事的事实，毫无帮助，更像是去旅行社报团旅行，而不是什么心理治疗。

我的回答并没有那么直接，因为发生在我身上的事情三言两语实在说不清楚。

“我有……焦虑症。”尽管我知道他能翻阅我的档案，知道我入院时对“詹妮弗·洛佩兹”医生讲的那些古怪可怕的事，但我觉得有必要向他坦白。他看了看我，似乎在说：“我认为你最不需要担心的就是这个，姑娘。”

“好的。”他点了点头，推了推鼻梁上的眼镜，把我的话输进了电脑里。

“对不起……我想问问……这是心理治疗吗？”我问道。

“我会把你分配到一个小组里，然后进行小组治疗。分配原则是基于我的这些问题，还有你的回答。”

“呃……好吧。”

这一切都太正式了，那感觉就像是在录取宇航员似的。

“你会进第二小组。小组治疗课程会持续一整天，每天从早上九点半开始，到下午五点结束，课程中间有休息时间。不许迟到，也不许喝热饮。”

他说着递给我一份相关的文件。那是一个小小的蓝色活页夹，里面夹着时间表和记录用的横线纸。我很困惑、很迷茫。对不起……我只不过是生了个孩子（我甚至都分不清时间，根本无法阅读、无法书写），所有这些，时间表和预约都让我感到不堪重负。这完全超出了我的控制。

雨果抱着杰特来看我了。我不知道该怎么触碰杰特。今年的三月出奇的寒冷，杰特穿着他那身小小的连体滑雪服。

雨果似乎为了见我，颇下了一番功夫打扮。和这家医院相比，他看起来实在太帅、太完美，以至于我觉得他真不该来敲我的门。我根本不配认识他。

他完全有能力照顾杰特。他以前背着去乐队排练的破背包，现在装满了婴儿用品。牛奶、尿布、湿巾、奶嘴、襁褓、棉布、换洗的衣服。杰特一哭，我就感到乳房本能地又痛又肿胀。但我不能给他喂母乳，因为我吃了奥氮平。我觉得自己真没用，一点都不像他的妈妈。事实上，我谁都不像。

我真希望他们能彻底忘掉我。

每隔十五分钟，护士就会进来例行检查。现在已经十点钟了，雨果和杰特要回家了。家里有育婴护士，所以我知道雨果能睡一觉。

我们互相道别，雨果要吻我，我却退缩了。经历了这一切之后，他不可能仍然爱我。他这是在误导我。我别扭地俯下身子，看着躺在汽车座椅上的杰特，一本正经地拍了拍他的小脑袋。现在，我连言谈举止也不像原来的我了。

我又是独自一人了。这时护士又进来为我做生命体征统计。

自残倾向——没有。

自杀倾向——有。

潜逃倾向——没有。

因为我对“自杀倾向”的回答是“有”，于是再次来人看着我睡觉。

又送来了那个装药的小纸杯。我把药吞了下去，在黑暗中等待睡意降临。这里真是太黑了，黑暗那么浓，浓得你能在里面想象出各种形状。

请让我睡着吧。让我摆脱这种痛苦吧，哪怕一分钟也好。让我的大脑有机会修复，让我找到某种平静吧。

我的门半开着。一个护士看着我，防止我出现意外。

半梦半醒之间，门缝里出现了一个女人的剪影，周身勾勒出了走廊的琥珀色灯光。她绞着双手，从姿势看，我认为她并不是护士。那是位身材娇小的中老年女性，穿着浅粉色丝绒长裤，一头细卷发，说话文雅，简直像古典剧目中的女演员。

“你好。”她低声说，真不知道她是怎么在黑暗中看到我的。

“她在睡觉，凯瑟琳。”护士说。

“哦……她睡着了。”凯瑟琳回答，声音失落得像个孩子，为我不能来一起玩感到难过。

她低声说：“晚安。”

“晚安。”我低声答，沉沉睡去，一夜无梦。

我想杀死自己

哦，上帝。又来了，别再这样了好吗？我这辈子都完了。我

必须自杀。

我的乳房胀满了奶，肿得老大，痛苦不堪。我站在水槽上方，用手把奶水挤进下水道。我的大腿内侧黏糊糊的，满是血污。我还便秘了，这是药物的另一个副作用。现在，我很确定自己又得了膀胱炎，然而，我只能苦笑。

我坐在马桶上，疼得直打哆嗦。看到浴室左上方的瓷砖墙面上有一个手印，太高了，一般人根本够不到，清洁工也很难注意到。那景象令人不寒而栗。我得出去，离开这里。一定有人曾试图翻过这道墙。

我吃了药，下楼去吃早饭，出于安全考虑，再次挑选了欧倍牌麦片和草莓酸奶，然后回到了我的房间。

过了一会儿，一个护士来敲我的门。

“你今天不参加小组治疗吗，劳拉？”她问。

“是的，我这就去。”

“你已经错过第一节课了。”她说。

不是吧？时间真的如流水一般，就这么匆匆流逝了。

现在再进去太晚了，于是我说课间休息后再去参加小组治疗。

我给妈妈打了电话，她说我该把膀胱炎的事告诉医生，于是我怯生生地向护士站走去。我每走一步都很费力，倒不是觉得头昏昏沉沉，而是因为我怕得不敢说话。“我想，我可能尿道感染了。”我紧张地低声嘀咕道。

“好吧，我们一会儿派医生去给你看看。请在你的房间里等着。”

这位医生和那位P医生大不相同。他快步走进来，神色匆忙、浑身紧绷、一脸怒冲冲的样子。他穿着一套西装，看上去又严厉又古板，非常正式。我真讨厌他。他就是想让我生病。这是另一个想在我身上做实验的邪恶医生。又有一个护士走了过来，这是位年轻的爱尔兰姑娘，长得像迪士尼影片里的公主，但的确是个真人。也许她会帮我？我不停地试图吸引她的目光。救救我！

医生让我往一个塑料容器里小便，说要把尿样送到实验室里检查。

你就不能在尿样里插一根试纸之类的东西，然后直接告诉我是不是感染了？为什么还要送走检查呢？我就知道，你们这是在拿我做实验呢！

他让我躺在床上，以便检查我剖宫产伤口的恢复情况。护士站在旁边静静地看着，那双大眼睛紧紧地盯着我。医生用手电筒检查了我的眼睛，又检查了我的耳朵，然后又让我站起来伸直双臂，检查我的平衡情况。我趺了一跤，像个小丑似的滚到了床上。难道我是麻醉过度了？他为什么要做这些检查？是要把我卖给别人吗？是打算让我当生孩子的机器吗？

我想象他们这是在做“招募”检查。这不可能是真的。这么做根本不合法呀。也许是某种诡异的宗教崇拜活动的入门检查。我被送进了一家没有执照的医院，这帮人都是骗子。我曾经写过一篇关于类似场景的短篇小说。故事中，那帮人吃掉了主人公。天啊，我写过这个故事！现在这种事就发生在我身上！

我必须要在你们杀死我之前，先动手杀死自己！

小组治疗

小组治疗。

我以前从未正式接受过这类心理治疗，现在治疗却突然成了家常便饭。

我偏执地花了大量时间，试图分析出各个治疗小组的不同，以及各自的治疗时间表。为什么把我分进第二组呢？我猜也许医院给我们戴过《哈利·波特》里的分院帽——通过这个来揭示我们最私密、最“真实”的个性，把我们区分对待，就好像我们是被关进笼子里的母鸡。

我看了看我的时间表：认知行为疗法（CBT），睡眠卫生，焦虑控制，艺术治疗，“萨尔萨”是什么鬼？还有……太极。这都是些什么呀？

课间休息时间到了，我上楼去进行我的第一次心理治疗。治疗场所位于楼上的一间狭小、闷热的房间里。几个人坐在里面，都像瘾君子似的不停喝水。我在庭院里见到的那个哭泣的女孩也在这儿。她看上去很酷，简直像是吉米·亨德里克斯的女儿，一身嬉皮士风格，穿着扎染裤子和超大号上衣，但她浑身散发出一股怒气，似乎在尖叫“离我远点儿”。旁边是一位四十多岁的瘦削女性，穿得像在高级酒吧初次约会似的，挎着一只小手提包，戴着一对大耳环。她不停地从手袋里掏出各种钢笔、纸巾和面霜，要么就是忙着在手机上戳来戳去，像是要赶着去什么地方，嘴里嘟囔着繁忙的日程，似乎想让大家对她刮目相看。再过去是一个浑身脏乱、皮肤苍白、面孔像幽灵似的男孩，年龄和我弟弟相仿，长着一双黝黑的眼睛，目光深邃。还有一个大块头男人，眼睛下面有两团大大的黑影，听说他当天晚些时候就要出院了。我认出了他，他好像曾经上过电视。

小组成员一个个轮流祝他好运。

然后，大家都被叫去签到。

那位上过电视的人说话时口气就像在照着稿子念，他的姿势和表情与嘴里说的话很不相符："好吧……就这样吧。谢谢各位。我要……向前看，多花点时间陪女儿，还要减减肥。"他说着拍了拍自己的肚腩，笑了。他说的都是些冠冕堂皇的场面话，只是为了能离开这里。

"现在，未来就在我的脚下。"他骄傲地点了点头，"我会想念这里的，这里就像个安全区。我真有些担心外面会变成什么样呢。"

众人勉强地笑了笑，笑声又吓住了大伙儿，过了好一阵儿才恢复过来。

他其实是害怕离开。他已经被制度化了。

哦，上帝。我得在他们给我洗脑之前逃出去。这只是一小部分，背后肯定还有更大的阴谋——从杰特一出生就有了！他们就是要瓦解我，就是要让我的大脑变成一团糨糊。他们要对杰特做什么呢？

我们在房间里坐成一圈，每个人都谈了谈自己的感受。

那个样子很酷的女孩不想说话，只说了一声："过。"跳到了下一位发言。她的口音听上去像是美国人。

皮肤苍白的年轻人告诉大家他叫以斯拉，六个月前吸食大麻，患上了严重的焦虑症，再也没有恢复。他说他过去自信又快乐，很吃得开，人又聪明，朋友很多。但如今他觉得自己像个废物，完全离群索居，没法找工作，连家门都走不出去。他开始自残，大部分时间是在床上度过的。他对自己吸了毒品后头晕目眩、找不着北的经历感到羞耻。更让他感到尴尬的是，给他造成这么大伤害的居然是大麻，而不是什么效力更强的毒品。他说，他觉得每个人都在背后嘲笑他，整个人变得偏执又多疑。

那个“高级酒吧约会女”叫萨拉。她说的话总是自相矛盾。她非常健谈，语速很快，情绪紧张，说个没完，话题蹦来蹦去，每句话开头都是“原因我就不说了”，接着却大谈特谈背后的原因。

她最近刚离婚。但她告诉大家，她挺好的。她有两个孩子，经常忙得团团转。但她挺好的，她反复强调这一点。她还让大家别替她担心，因为——没错：她挺好的。她说完笑了，又补充道：“我其实特不喜欢谈论自己。我这个人其实挺封闭的。”

对她这番演讲，小组成员看上去似乎听了好几次了。我看了看在座的众人，一个个脸上的表情都十分淡漠、空洞、麻木，就像一群僵尸！连那个刚才说很开心马上就要出院的人，也呆呆地看着地板，显得毫无兴致。他已经认输了。就好像只要聚光灯一从身上挪开，他们很快就会被人遗忘，会彻底“关机”一样。我起身告退。

“出去就不能再进来了。”治疗师警告道。

“好的。”我答。然而，我心里想的却是，我必须要离开这里，因为我在这些人身上看到了自己。这让我很害怕。

接下来是艺术治疗。这回小组里有“吉米·亨德里克斯之女”、以斯拉，还有一个模样像流行歌星的年轻女孩，头发染成了粉红色，穿一件闪电蓝的皮大衣。所有人都带着水瓶，都说话沙哑、嘴唇发干、呼吸艰难。突然，我也感到口渴难忍。我终于明白为什么大家都带着水瓶：是药物的作用。

治疗师是一位操着浓重欧洲口音的老太太。她让我们自选材料创作，表达自己的感受。我简直无法相信，自己竟落到了这个境地。我以前总爱把时间花在自己喜欢的事上，花在我通常会感到轻松自在的事上，比如，被各种艺术素材包围。但这个病已经将这些乐趣都污染了，我完全忍受不了，只觉得万劫不复。

我看着其他人默默地拿起自己选择的材料：黏土、颜料、木炭、蜡笔、铅笔。我平时喜欢画画，现在却不记得该怎么画了。我的大脑一片空白，浑身打战，双手抖个不停，泪水在眼眶中打转。

加油！坚持住，劳拉！

我的绘画“风格”是一种粗犷的男性风格，但这种风格对小组成员而言恐怕难以理解，他们大概会认为这像是有过不堪过去的孩子画出了自己的受害经历。但治疗师能真正理解我的作品——这是失去理智、身患抑郁症的母亲正通过画上的火柴人表达她的失落和悲伤。这不是讽刺，只是不安。我甚至大胆地用粉彩给我的作品上了颜色。

课程结束前，小组成员又被要求再次聚到一起，围坐成一圈开会。治疗师要求大家谈一谈自己都创作了什么。“吉米·亨德里克斯之女”举着一幅插画，画的是狼对着月亮嚎叫。她的面孔十分美丽，金色的皮肤、橄榄绿的眼睛。她说她爱上了月亮，十分痛苦，总想咆哮，就像一匹孤狼。大家很难体会到她那份痛苦——为了安全，我们都吃了药。

我不禁想，如果没有服药，真不知道我们现在会做些什么。

以斯拉用蜡笔画了一幅热情洋溢的漫画，满是红色和黑色。老天，他用蜡笔的力度真够大的。他画了一张大麻叶子，还有个皱着眉头、愁苦潦倒的火柴棍风格的自画像，眼镜和黑头发画得十分凌乱、潦草。画面上到处是红线条和警告标识：“不要焦虑。”他又把自己吸大麻的事讲了一遍，说：“我真的很讨厌焦虑症。”

他说他全身都在发抖，心怦怦乱跳，还说那天早上他很想割伤自己。他真希望自己从没有碰过大麻。他怨恨父母把他带到这里来，他痛恨在医院的日子。但他也痛恨不在医院的日子。

那个“流行歌星”女孩说话很得体。她告诉大家她有躁郁症，还被诊断出人格分裂（也许我也有人格分裂障碍？）以及进食障碍。她说自己一直在各个小组之间来回更换，试图寻找最适合自己的小组。我不记得她画过什么了，只记得她非常可爱。

然后，轮到我了。我向大家展示了自己愚蠢的创作。这幅作品不过是对我头脑正常时绘画的拙劣模仿，画作的背后毫无个性可言。我只是在模仿“劳拉”的行为举止而已。说到这里，我突然忍不住哭了。

他们递给我纸巾，认真倾听，频频点头。治疗师同情地啧啧叹息。“你的宝宝多大了？”治疗师问。

“刚刚三个多星期。”

“而你却在这么难得的时刻离开了他。”她说。

我涨红了脸，喘着粗气，眼角的余光死死盯着皱巴巴的纸巾。看上去，这些人似乎会成为我仅有的朋友。

但事实是，我不想和任何人交朋友。他们也不想和我交朋友。

我比我以为的病得更重

我经常口渴，所以我必须找到饮水机和开水壶的位置。我迷上了甘菊茶。真正的茶让我害怕。

我在自己楼层的茶水间刚好碰到了凯瑟琳。她做了自我介绍，笑得那么灿烂、阳光、奔放。她似乎对这个地方了如指掌，就好像是这里的常客一样。她告诉我，多年来她一直在这家超棒的机构进进出出。她还说我的笑容很美，简直能点亮整个房间。骗人！她问我是做什么的，我很尴尬地回答：“我是个作家。”我觉得自己就是个冒牌货，因为我心里明白，我再也回不到从前了。她倒吸一口凉气，抓住了我的胳膊：“作家？哎呀，你为什么不早说呢？”然后她告诉我，她是个女演员，又说：“我有个好主意！我们应该合作，编一出剧目。这主意很棒吧？我们可以为这个地方出一份力！一定热闹极了！就像情景喜剧，对不对？

对了，那你是怎么来到这里的呢？”

我告诉她我患了产后抑郁症，她用那种眼神看着我——我觉得每个人听到这个消息都是这个眼神，好像在说：“不可能！你在瞎编！”

“哦，这么说，你就是那个刚生过孩子的病人了？”她问道，好像恍然大悟似的。

我去把甘菊茶的包装纸扔进垃圾桶，她走过来帮我。

“你看到我在起居室里放的花了吗？是我姐姐送来的。我觉得大家都会喜欢的。我一直在为大家画画。你要不要来看我画画？我可以画你吗？”她问。

我最最不需要的就是有人用画笔捕捉这场灾难。

她怀疑地眯起眼睛，低声嘀咕（她总是低声嘀咕）：“我的医生总是对我含糊其辞。你的医生是谁？”

在我说了医生的名字后，她又倒吸了一口凉气：“哦，你真是个幸运的姑娘。你是怎么办到的？”

我一头雾水。难道他是个名人？

“他是这里最好的医生。每个人都希望能请到P医生。哦，你肯定会好起来的。”

“但愿如此。”

“你会好的。”她笑了，“我现在除了运动相关的课程，什么小组都不参加。你有没有进组？”

“有的，我正努力呢。”

“好样的。”她朝我凑近了一些。“不过要小心，”她小声说，

“这里有很多有意思的人。”

我的家人来看我，又和我一起去餐厅吃午饭——但我的脑子里总想着自己做过的那些可怕的事。妈妈提醒我应该尽量多吃，于是我在那些食物中努力挑了些可吃的东西。家人还向我转达了医生的好消息：我对药物的反应非常好，也许周末差不多就能回家了。妈妈说回家后有家人在身边照料，我就能慢慢康复。听起来挺不错。

然而，并不是这样。我比我以为的病得更重……

我抬起头，忽然看见雨果的爸爸正穿过餐厅。我立刻吓坏了，就像被杀手发现了藏身之处。我必须苦苦忍住，不能尖叫，不能逃出餐厅。在病魔的作用下，我认定，他是特地来核实我的情况的，就想看看我是真的病了还是假装的。我无法直视他的眼睛：我不想再被催眠了。我的心里慌作一团：你是怎么找到我的？我感到很不安全，该怎样才能引起家人的注意呢？千万别让我单独和他在一起！

他们为什么就是没发现正是他对我干了这些事呢？现在他知道我在哪儿了。他知道我心里都明白，可他还是问都不问一声就直接走进来了！我避开了他的目光，却透过眼角的余光看到他会意地瞥了我一眼。

老鼠遇见猫。别想逃了。

我假惺惺地表示礼貌：“很抱歉让你上周看到我那个样子。”

“你不必道歉。”

你以为躲到这里来就能博取同情了？你躲不过去的。

我真是罪有应得。真的。

丈夫的鼓励

雨果旁听了我和医生的第二次会面。

P 医生坐在我对面。

“你看起来好多了。”他说，“自己感觉怎么样？”

“稍微好了一点。”我答。因为雨果在，所以我撒谎了。

“只要继续坚持治疗，你很快就会出院的。”

“然后就会恢复正常？”

“你会完全恢复正常的。”他亲切地笑了笑，“现在，我来问你，你还有自杀的念头吗？”

我想了想说：“没有。”

“太好了。很抱歉，但我还需要问你……你有没有想过要伤害杰特？”

“不！”我吓坏了，“不，从来没有。”

“对不起，我只是必须问一下。”

“我能理解。”但事实是，这些念头让我很害怕，就好像只要一想，便在心里埋下了一颗小小的种子，然后就开始了——这些可怕的念头会生根发芽、长成一片热带雨林。我必须转移注意力——千万不要去想杰特。千万别想杰特，可是……啊！我越努力，似乎就越有一股与之抗衡的力量逼着我把所有注意力都转向他。我拼命地渴望像个正常的妈妈那样爱孩子，目的就是为了离开这个地方。

“我打算给你安排每半个小时一次例行检查，而不是每十五分钟一次，你认为这样可以吗？”我点了点头。“如果接下来几天一切顺利的话，我会把例行检查的安排减少到一个小时一次，然后……”

然后他走了，我看着他的长大衣扫过地面，走过走廊。

雨果随身带着杰特的沐浴用品，我们一起在我的病房里给他洗澡。我假装自己很想这么做，但其实并不是。我的宝宝那裸露无助的小身体完全信赖地躺在我的手中，攥紧的小拳头贴在脑袋边，美丽的大眼睛亮晶晶的，见到我十分开心。

我配不上你，杰特。

雨果跪在我旁边，教我该怎么做。我痛恨被人这样监督指导。我们一起帮宝宝擦干身子，给他换上干净的连体衣，又喂饱了他。杰特睡着了，房间里只剩下我和雨果枯坐在那里，尴尬地交谈。

每隔半小时，病房门就被推开，护士进来例行检查，看到我抱着熟睡的小婴儿，都报以彬彬有礼、和蔼可亲的微笑。我感到十分抓狂，不禁悲从中来，觉得自己真失败。我敢打赌，这些护士的家里都有孩子，都认为陪孩子这种事简直“轻而易举”。

为什么这些事对我而言却并不“轻而易举”呢？难道我就没有母性的本能吗？

雨果要走我的手机，把下面这段话输进了我的手机备忘录：

雨果告诉劳拉，一定要记住：

这不是你的错，并不是因为你的性格或是你的生活方式造成的。

这是我第一次完整地读到后面的内容（之前我一直不敢往下翻）。读到这里，我不禁泪流满面。

这是一种疾病，是分娩时的创伤引起的，这种创伤会引发抑郁症，还会引发精神疾病。你的病可以治愈，也正在得到迅速有效的治疗。精神病的那部分随着药物治疗已经取得了进展，但之后抑郁症还会反复发作。他们都向我确认了这一点。

你会回家（很快就会），然后我们会为你提供最好的病后护理。你想到的每一件事你都可以自己去做，决定该怎么做，甚至真的亲自去做！（我并不真的认为你需要做这么多——你是那么了不起，那么不可思议，你妈妈、我、我们大家，都爱这样的你。）

P医生向我保证了，你的个性、你的一切最后都会完完全全回到一年前的样子（当然，有一点例外：你当妈妈了，这一点和一年前不一样啦）。

安眠药很有用，吃了就能保证适当的睡眠，睡得好就能帮助恢复。

我会天天来。我会确保杰特平平安安，好好照顾他。只要你想看他，我就立刻带他来。你的家人、朋友们都爱你，都惦记着你，只要一个电话，他们就会来帮你。大家都爱你。

我爱你。

有自残的念头吗？——没有。

有自杀的念头吗？——没有。

有潜逃的念头吗？——没有。

治疗小组的伙伴们

第二天的早餐有欧倍牌麦片，但没有草莓酸奶，只有香草酸奶。我立刻慌了。我迫切需要每天吃到同样的东西。没有草莓酸奶这件事令我感到一阵心烦意乱，头晕目眩。

我看到治疗小组的伙伴以斯拉在房间的另一头：他双手抱着头，脸色看上去比平时更苍白，似乎一夜没合眼。我笑了，他是那么年轻，让我想到了我的弟弟赫克托。我突然意识到，这种事完全可能会发生在赫克托身上，或是他朋友身上。

我拿了欧倍牌麦片和香草酸奶，找了个座位坐下。要是在以前，我大概会坐到以斯拉旁边。

我们有时候会和不止一个小组一起进行治疗。为了能专心听治疗师说话，我真是拼尽了力气，但大多数时候，我只是呆坐着，沉浸在自己的思绪里：要么是在各种沉思和自我厌恶的旋涡中忽上忽下，要么是胡思乱想该如何摆脱面前的境遇，要么就只是拼命忍着不哭出来。有的时候，我会端坐着凝视其他病人，试图勾勒出他们的人生故事——他们是因为什么来到这儿的？我试图给他们的疯狂程度打分，标在头脑中的图表上，和我的情况做比较。

我想象在座的每个人也在这样想我："她怎么会在这儿呢？换了是我，可不会离开自己的孩子。"就好像我任性地决定把孩子丢在一边，自己去马尔代夫参加什么潜水课程似的。

在我参加的治疗小组课程中，除了第二小组那几个人——"吉米·亨德里克斯之女"、以斯拉和萨拉——之外，还有几位经常遇到。一位年近四十、骨瘦如柴的女士，头发染成淡黄色，操着浓重的俄罗斯口音。她的脸绷得很紧，皮肤颇有光泽，看上去在脸上下了不少功夫。每天，她都穿着同样的超大号蓝色运动裤和浅蓝色高领套头衫，袖子里塞满了纸巾，像个在表演魔术的蹩脚小丑，不过，很容易就能想象出她穿着酒会晚礼服和昂贵的定制鞋子的模样。她常常和治疗师争论，质问他们眼看着电视上充斥着谋杀、战争和混乱，怎么还能心安理得地坐在这里。她说话时总是双臂交叉，一副拒人千里之外的姿态。有时，她还会向大家提出问题，问我们是不是也受到了电视的干扰。她还时不时中途插话，评论他人的问题，质疑他们的行为，就好像大家都不承认自己的病情，还需要她来说服似的。她还经常在谈话进行到一半的时候起身离开房间，"砰"的一声关上身后的门。

第二位是个爱笑爱聊的家伙，和我年纪相仿。

有个女人总是哭个不停，那双大大的蓝眼睛永远肿着眼泡。她总是捏着一张皱巴巴的纸巾不停地擦拭湿漉漉的红鼻头。她最常谈论的是自己的男朋友。

另一位年轻、健谈、自信的加拿大姑娘因为脱发症，总是戴着假发。她的血压低得吓人，说自己经常昏倒，特别害怕“死在山洞里”。

还有个女人很怕收音机。以斯拉又讲了一遍他吸食大麻的故事。然后“酒吧约会女”萨拉又讲了一遍自己的故事。这些事情会持续一整天，只不过是在不同的房间，面对不同的治疗师。

我们全都专注、痴迷在自己的事上，在自我憎恨和孤独寂寞的深渊中无法自拔。每个人都是把自己的事情说一遍，然后就关闭了心门，等着下一轮谈话时再接着诉说自己的痛苦和不开心——盼着有人来治愈我们。我病得太厉害了，完全燃不起同情心，完全感觉不到别人和我有什么关系，甚至根本懒得听。我只是坐在那里，苦苦忍耐。

每天早上，我都会拿起手机，先是向妈妈哭诉一通，然后挣扎着从床上爬起来。我拉开窗帘，把窗户勉强打开一条缝，呼吸两口新鲜空气。然后，我会洗个澡，把奶水从肿胀的乳房里挤到水槽里（我猜也许等到奶水终于不分泌的时候，我会感觉好过一点），然后刷牙。无论做什么，我从不看镜子里的自己。

几天后，我开始在这个鱼缸世界里摸出了生活规律。我认出了工作人员，开始分得清自己的方位了。

但时间就像急流旋涡，我在医院里晕头转向地从一个小组跳到另一个小组，从一个活动转到另一个活动，就像在大学里听课一样，拼命赶路，生怕迟到。

每天下午一点，我爸爸都会来和我一起吃午饭。他总是胳膊下夹着摩托车头盔，手里拿着一张卷起来的报纸，悠闲地走进医院。爸爸在这种地方居然非常自在，简直把这里当成了本地酒吧，溜达来溜达去，和工作人员、“客户”们互开玩笑，时不时还用胳膊肘戳戳护士。他还真在这里交上了朋友，说这里的食物还不赖，还说不介意花上五英镑的访客用餐费，换一碗热腾腾的汤、一份当日例餐和沙拉餐吧的不限量凉菜。不过有时候在收银台，他会一本正经地问能不能把账记到房费上。

有一天，他把一只锈迹斑斑、上了年头的涂漆小彼得兔放在我床边。他说那是他小时候的作品，是他的幸运吉祥物。

“不许笑话我！”他说。

那天晚上，我妹妹来看望我。那是我们俩在医院里第一次单独相处。她告诉我，她和雨果总是在谈论我，大家都支持我，一定会带我回家，让我好起来的。我告诉她我一直在骗她。她哭了。

“那不是真的，是你的病在蒙蔽你。”她说着，在我的手机上录了一份语音备忘录给我听。她说，我勇敢又坚强，现在的我并不是真正的我。她说，我有自己的朋友，有自己的人生，我有杰特，还有家人。她说，我会回到他们身边的。

她向护士要了我晚上要吃的药，借着那盏黄色的菠萝小夜灯的微光，为我的脚涂上甘菊蓝修护霜，一直守护我睡着。作为姐姐，这是我人生第一次因为病得太重而忘记担心妹妹怎么回家。

就在最近，当我和黛西谈论起那晚的事时，她说：“还不止这些呢！我们都很讨厌把你一个人留在医院。那天晚上例行检查之后，我偷偷钻进被套底下躲了起来。”

“你居然偷偷在医院里陪我过了一夜？”

“是呀。”她说，“因为我不想离开你。”

病友

周末的时候，很多病人要么回家，要么有访客，这时候小组治疗的日程安排没有那么紧张。我参加了一个稀奇古怪的冥想疗法治疗小组，结果，我的大脑差不多整整一个小时乱得要炸锅。这是一场和我的抑郁症坐下来“共进晚餐”的正式约会。

我收到了朋友们发来的各种奇怪的短信。我并不清楚有谁知道我在这儿，有谁不知道。我根本不相信他们在短信里说的那些漂亮话——他们只是想阻止我自杀，因为都是雨果让他们这么做的。我会一连花几个小时分析每条短信，寻找他们恨我的蛛丝马迹。我最好的朋友是一名歌手，她写了一首歌送给我。那首歌美极了，它给了我希望。

育婴护士每周末都回家，这是雨果单独照顾杰特的第一个周末。他自己一个人应付，没找别人帮忙。我们通了视频电话。我记得等他应答的时候，我无数次变换过表情。我完全没有安全感，完全弄不清自己到底是谁。

我甚至弄不清自己的病是好些了还是没有。有时候我觉得我的病好些了，但有时候我甚至不相信自己病了。

这都是你瞎编的。你就是个喜欢引人注意的蠢货。你每天都不在家，会为此付出代价的。杰特会忘了你，他不会原谅你的。是你忽视了他。

但下一刻，我妈妈或是某个护士就会提醒我，我的确是病了。是的，我正在好转，但我进医院是有原因的。

雨果的家人会给我发杰特的照片。宝宝在洗澡，换衣服，光着身子躺在地板上，抱着奶瓶喝奶。我也说不好自己是不是喜欢这些照片，看到它们，总让我觉得和这一切断了线，莫名悲伤。杰特就像只小猩猩，妈妈在野外被猎人打死了，现在由兽医抚养。

这是我的宝宝。

我的 T 恤衫胸口处浸出两团濡湿的奶印。

走开！走开！他是我的！他是我的宝宝！

我在餐厅看见了凯瑟琳。

“哎呀，是你呀，有宝宝和甜美微笑的那位。”她说。

“嗨！”我害羞地招呼。是啊，是我，有宝宝的那位。

“我很担心这里的人。看见那边那位了吗？”她指着一位住在我们这一层的女士说，“她总是很多疑，你不觉得吗？”

她眯着眼睛，偏执而警惕地看着我，显然在等待一个真诚的回答。我们好像成了 FBI（美国联邦调查局）探员，正在酝酿一个计划。

我耸了耸肩配合她，但心里却很警惕，生怕这是个圈套。同时，我开始害怕和凯瑟琳说得太多，怕她把我引上歧途，带进有问题的人群当中。那种圈子就像是学校——学习自杀的学校。而且，和学校一样，那里也有操场政治，有派系团伙。

“你是第一次来这种地方，对不对？到我的房间来吧，看看我的艺术作品。我就住在你对面。我一直在画花卉，还在门把手上作画。你看见那些门把手了吗？要不要我给你做个按摩？哦，天哪，你哭了，你哭了。别哭，求你了，别哭。”

她说得对，我哭了。

“我知道这种打击挺严重的。不过，会没事的。你在这儿会变胖，这的确是个问题。那些药物——你生完孩子以后可不想吃那个！还有这里的一日三餐——真受不了！在这儿，谁是你的朋友？

“没人。”我说。

“好吧，你可以和我做朋友。我也不怎么喜欢小组治疗。他们都认识我。我宁可和护士们聊天——她们当中有些人还不错。要是你说几句好话央求一下，就可以到医院外面的商店去，但她们会穿着护士服跟在后面，真够惹眼的。”她大笑起来，“我买了个超级漂亮的笔记本，这样我就可以把这地方所有有趣的东西都记录下来了。听着，我们可以一起写一本书，怎么样？对，就写这个地方！”

她张开双臂，就像在欢迎我去看她的演出，眼睛闪闪发亮。我想象她年轻时候的样子。她那时一定很漂亮，肯定是聚会的灵魂人物。我也想起了我的朋友们，想象我们老了以后会变成什么样。“不可思议吧？这主意太疯狂啦！对了，你要不要一起来打太极拳？”

“我想还是算了……”

“来吧！来嘛！不然你还能干什么呢？”

这真让我无言以对。

我们在外面的走廊里排队。大家都默不作声，只有凯瑟琳在说话。她正在和那个被她描述成“总是很多疑”的女人说话。

那个疑神疑鬼的女人告诉凯瑟琳，她以为自己上星期死了。

我是不是也死了？我们是不是都死了？

我想堵住耳朵不听这些。我非常害怕无意中听到任何事，生怕大脑会把这些念头自行黏住，然后开始深信不疑。

“吉米·亨德里克斯之女”和那个爱笑爱聊的人也在等着上太极课。我们所有人都像瘾君子似的不停喝水，眼睛瞪得老大。大家看起来像在狂欢，只不过是“在精神病院里铺着保护垫的地下室里”那种狂欢。我们所有人都被药物牢牢控制着，什么都感觉不到，同时又感觉到了一切，只有“怦怦”的心跳声证明我们仍然活着。

那个教练简直傲慢极了。我很想笑，因为这感觉就像看到喜剧中的某个场景，但其他人似乎并没有领会其中的笑点。我们这些人只是被禁锢在了各自的偏执画面秀场中，哪怕是尝试做最简单的动作，都咬牙切齿，像是在执行不可能的任务。凯瑟琳不停地问这问那：“抬哪只脚？两只手怎么办？……呼吸怎么调整？”就好像她是故意这么说，为了给教练打气似的。我们当中有几个人摇摇晃晃、跌跌撞撞，教练说我们简直就像学步的幼童。“好吧，别担心，这都是药物的作用，导致大家难以保持平衡。”

我们完全分不清左右，不等脑子反应，身体已经撞上了墙壁，跌倒在地板上。我们像一堆小狗，笨手笨脚，轮流撞墙、跌倒、在地上打滚。这太搞笑了！但没有人笑。所有人都紧绷着脸，无比严肃。

“好吧，我尽量教大家一些简单的动作。”她嘴上这么说，人却一脸沮丧。我打赌她周六上午还要教一个幼儿太极班，估计我们比那帮小娃娃还差劲，换再简单的动作也好不到哪儿去。

凯瑟琳却无比认真，自始至终闭着眼睛，脸上洋溢着笑意，愉快地移动着所谓的“太极能量球”，绕过自己的脑袋，传递到每个人身上。

我们所有人都呆呆地看着，盼着太极真的产生魔法般的奇迹效果。那一双双大理石般的眼睛，仿佛跌落的星星一般，晶莹闪烁。

治疗进展

显然，我的康复治疗进展不错。当然我自己不这么认为。我现在的例行检查变成了每隔一小时一次，这肯定是个“进步”。但我只是在苦苦坚持，这就是我正在做的事。

现在，我的房间里贴满了杰特的照片，这个小小的闯入者让我感到局促不安、无法面对。此外，还有各种字条、诗歌，以及朋友们送的礼物，但我一个都不相信。雨果、妈妈和黛西把这些都贴到了墙上。雨果把杰特留给育婴护士照顾，自己来看我。他获准带我出去二十分钟（哇！）。我们一起漫步——确切地说，只有他在漫步，我则一路耷拉着脑袋，拖着脚步。我们绕过街角，来到一家特别漂亮的老式二手书店。

换作以前，在这样的地方，我能花上一个下午的时间，徜徉在那些龟裂的书脊和泛黄的精致书页之间，陶醉不已。书店里甚至还有一架木梯子，可以沿着书架滑动。我真爱这里尘土的味道，那是所爱之物的气味，是那些被人遗忘的物品、那些故人的身外之物囤积在一起发出的气味。雨果带我下楼来到地下室，对我说："我想给你看一样东西。"

在堆积成山的旧报纸和旧书之间有一架钢琴。雨果为我弹奏了那首我们第一次相遇时他写给我的歌。他没有开口歌唱，只是轻轻弹奏着歌曲的旋律。但歌词却随着音符在我的脑海中一句句浮现，我哭了又哭，以为自己会永远这样哭下去，再也停不下来。我哀悼我的人生，无法自持。我完全记不得自己究竟是谁了。

雨果回家后发来一张照片。照片拍的是公寓厨房墙壁上的留言板，那上面贴满了我们和朋友们的照片：雨果和我打扮成穴居人去参加化装舞会；我们全家一起参加他最后一次现场演出；我们俩乘小艇从怀特岛回来；黛西和我在梅尔·C的演唱会现场喝啤酒；我的生日聚会；朋友的小宝宝；我打扮成"阴间大法师"；我和雨果孩童时期的合影，我们俩脸贴脸，拥抱在一起。

有那么一分钟，我记起来了。那就是我。可下一刻，我又悲伤得再也看不下去。我写下了下面的句子：

当韶华不再，宠爱消失之后
你就会知道，自己的归宿
就在太阳
微弱的
　　微弱的
　　微弱的那一面

太阳已展现过她热情的那一面
那一道道小小的暖流已被撕裂
力量来自太阳
微弱的
　　微弱的
　　微弱的那一面

一起玩个幻想游戏吧
在袋子里
塞满破布
准备抗击

可这里的电线都捆起来了
这里的刀子是塑料的
这里就是太阳微弱的那一面

他们晚上会看着你睡觉

各种药片吃个不停

这里就是太阳微弱的那一面

一起玩个幻想游戏吧

在袋子里

塞满破布

准备抗击

一起玩个幻想游戏吧

假装

和朋友们

闯进别人的卧室

那里就是太阳

微弱的

　　微弱的

　　微弱的那一面

再次失控

我爸爸来带我出去散步，我们一起去了WH史密斯商店，我买了书和口香糖。爸爸为我办外出登记签字时，雨果的爸爸出现在前台。他过来打招呼，但我一看到他，顿时脸色煞白。

我感到很内疚，因为我知道那个周末是雨果独自一人照顾杰特。

“我觉得他相当自得其乐。”雨果的爸爸说。

这话在我耳中听来却是另一层意思。就好像他们谁都不想让我回家似的，真悲哀。他来看望我完全是好意，可是，这却成了一个导火索……我的病情又恶化了，妄想症完全控制了我。

当你的妄想症发作，把你变成偏执狂时，请相信我：你什么人都不相信。这是一份实实在在的全职工作，令人精疲力竭。你就是看守人，你就是监控摄像头，你就是 FBI 探员，你就是该死的夏洛克·福尔摩斯，连睡觉都得睁着一只眼。你就像在电影《记忆碎片》（*Memento*）中一样，大脑飞速运转、乱作一团，你会拼命做笔记、提醒自己当时的情形和你的“发现”，但下一刻你又会变成偏执狂，妄想这些笔记会被人发现，于是又把它们撕碎、涂掉。接着你又写下新的笔记——假笔记——以防有人寻找这些笔记，这样他们会以为你一切正常。可是过了一会儿你又认定这些假笔记会让你看上去更显得病入膏肓，于是你又把它们也扔掉了。

然后你又担心清洁工是不是会把你的垃圾桶交给医护人员，所以最好别往垃圾桶里扔任何东西，可这样一来你又找不到地方丢垃圾。这让人不知所措。最后，你只能什么都不写。

你分辨不出哪些事让你看上去更疯狂，哪些事让你看上去更理智。你不知道他们在找什么。这些事他们都见识过，对不对？想要智斗他们无异于以卵击石。所以，为了安全起见，你只能把一切藏在心底，让这些可怕的念头在你那可怕的小脑袋里一圈一圈地旋转。你不想睡觉，生怕自己忘记这套理论，可你又必须睡觉，因为你现在比以往任何时候都需要大脑“站在你这边”，保持清醒。你必须要好起来。不可否认，你病得很重。然后你会迷上睡眠这件事，因为这能修理你那疲惫不堪、超负荷运转的大脑。你知道自己需要住院，但你并不想待在医院里，因为他们不停地让你吃药，让你病得越发厉害，而且，你会对药物上瘾。药物在吞噬你的大脑，在啃食你的思绪，接着侵蚀你的创造力、你的想象力、你的感情，最后抹去你的记忆。

你觉得有必要为自己的生命而战，但如果你奋起反抗，他们只会认为你病得太重。你完全无能为力。你甚至都出不去。人人都说你疯了，但也许疯的是他们！你以为自己是个虚伪的骗子，是坏人，但他们才是！他们也希望你这么认为！他们想用这种方式把你一点点肢解，一点点降服。这就是世人对待女性的方式，这就是妇女从一开始就不得不忍受的现实。一切都变得清楚了……

哦，上帝啊。现在，我终于看出来了……看出来了……

在我那偏执的、伤心欲绝的脑袋里，想到的是这样一套理论：

药物会让我病情不断加重，让我永远走不出医院。雨果和他的家人打算偷走杰特，独占他的监护权。他们早计划好了！这就是他们给我发照片的原因！等我们对簿公堂的时候，用这些来证明他们有多配合！所以雨果才带杰特来见我。这都是在打马虎眼！他们打算把我从我的生活中抹去。所以他们才不停地来看我，其实是在监视我，在“骗我上钩”，让我接受自己生病的现实，配合他们的计划！他们让护士对他们笑脸相迎，因为他们想扮演英雄角色。我全都想明白了：他们就是想偷走我的宝宝！

但是没人会相信我！他们都认为我疯了。他们可以相互商量，我又能对谁诉说呢？护士会把我的一举一动都告诉我的家人，家里人又会告诉雨果。这完全是个阴谋！

我怎么会这么蠢呢？还有催眠的事。那其实是个定时炸弹。我必须在药物对我造成不可逆的伤害之前离开这里。我必须离开这里，把我的儿子夺回来。但我现在的情况还不够好，还出不去，还无法自己照顾他——我得把这事告诉别人。

我能相信谁呢？

我尽量保持冷静，表现正常。

我打电话给我最好的朋友，但是没有说太久。我焦急万分，完全失控。

“千万别把我的事告诉雨果。什么都别说，什么都别告诉他，一个字都别说。”我说。

她说：“好吧，好吧，到底怎么回事？”

“我不想让他知道我吃药和治疗的事。他打算夺走杰特。我都知道。我现在还不能告诉你细节，因为我要去参加小组治疗，一节课都不能错过。答应我，千万别告诉他。答应我，好吗？”

“我答应你。”她说。

你猜怎么着？她真的信守了诺言。

康复计划

一切开始加速。我有了一个计划，我得成为一股不容他们小觑的“力量”（哈哈哈哈）。

我打电话给妹妹：“你能给我带点东西来吗？”

我让她送来了我的跑步鞋、一些要看的书、一个笔记本和一支笔。

然后，我让“迪士尼卡通公主”护士和我一起四肢伏地蹲在床后，把我这番可怕的顿悟悄悄告诉她，生怕有人听到。

“我知道我以前说的其他事都不是真的，我知道我是个极度的妄想、偏执狂，但我说的这些都是真的，你相信我好吗？我知道这听起来很疯狂，但是雨果和他的家人，他们想把孩子偷走。我现在好多了，能把一切都看清楚了。你千万不能让他得逞，明白吗？我要你把他从探视名单上删除。我不想让你们给他打电话说关于我治疗的事。什么都别告诉他。我现在甚至都无法确认，我家里人有谁值得信任，明白吗？”

她点了点头：“明白。”

“很抱歉让你陷入这种境地，但还是谢谢你。我在这里实在是有点无能为力，所以我必须速战速决。但我得出去，我要把我的儿子夺回来。”

“那你希望我们把谁作为联系人呢？”“迪士尼卡通公主”护士问。

“就写我妹妹，只写黛西一个人。”

我认定是腿毛让我晚上睡不着觉，于是我给妹妹发了短信，让她再带一把剃毛刀来，还不忘补充说：“别担心，我不会用它来自杀的。我用的时候你可以看着我。”

接着我又发了一条短信：“再带些零食，多带些零食……老天，我现在真是胃口大开呀！”

才过了一个小时，我就从一个身患产后抑郁症/产后精神病、困惑不已的新晋妈妈变成了一个彻头彻尾的疯婆子。我在医院的走廊里昂首阔步，就像个坏蛋杀手（而不是原来那个穿着粉红套头衫、抓绒紧身裤，脚蹬阿迪达斯拖鞋、搭配妹妹的条纹蓬松袜，一脸惊恐无助的三十一岁妇女）。我断定我是这家医院有史以来情况最严重的病人，完全无法治愈。除非我做点什么，否则就会被关上一辈子。

我得把我的孩子夺回来。但唯一的出口就是入口。没错，就是那个防护严密，有警卫、电子锁和安全监控的大门。而且，他们能放我出去的唯一可能就是：我的病好了（不管你怎么定义这个“好”）。我回到自己的房间，制订出了计划。

我的计划——

- 我会吃下所有的药。

- 我会把欧倍麦片和草莓酸奶都吃光，一口都不浪费。
- 我必须参加所有的课程，一节课都不能迟到。我必须要保证签到本上是100%的出勤率，这样才能确保在法庭上赢得杰特的监护权。
- 我必须变成一个成绩全A的完美学生，直到顺利出院。我会哭会笑，完全能交流。
- 我会和其他病人交朋友，吃饭时和他们坐在一起。
- 我会完成所有的作业和讲义笔记。
- 我会每天在户外散步，锻炼身体。
- 我不再天天泡电话，会用所有空闲时间复习小组治疗的内容。

即使上面的事我一件都不想做，我也会强迫自己去做。我可以假装那么做。

我为雨果的来访做好了准备。

若要描述我和雨果见面时的互动景象，不妨想象侦探电影里的某个场景：两个角色面前都有一杯酒，其中一杯里掺了毒药，两人都在不停地换着杯子。一方已经知道另一方试图毒死自己，但是下毒的人又料到对方（“中毒者”）会起疑心，于是先于中毒者一步调换了杯子。我深信雨果说的每句话都是有预谋的，是他和他的家人精心安排好的。我必须尝试让他偏离既定轨道，让他猝不及防，被迫见招拆招。我确信，就连我们的育婴护士也参与了他们的计划。

他说等我回家后，我们应该带杰特一起到怀特岛玩上一个星期。

哦，你是不是觉得我特傻？你认为这么说会激励我尽快离开这里，其实你只是因为没法在我住院的时候采取法律行动而已。你只是想让自己看上去是个一等一的好男友，但实际上是个叛徒。再说，就好像我会放任你带我去怀特岛似的！那里可是四面环水好吗？你以为我是白痴吗？你就是想让我束手无策！

雨果张开双臂想要拥抱我。我原本身子紧绷，但随后改变了策略。我必须迁就他，软化他，所以我十分配合。我逼着自己态度热情，说这主意听上去真不错。

哼，我知道你的把戏。

他给我看了他手机上的一张照片，照片里杰特躺在我那只特别的、印着橘子和柠檬图案的丝绸枕头上，蓝色的大眼睛殷殷望着我，乞求我的爱。我无动于衷，趁这个机会翻看雨果的手机，忽然发现一张照片，拍的是一份手写的名单。

“这是什么？”我问道，就好像刚刚发现了一份他打算今后与之发生婚外情的候选人名单似的。

“什么？”

“这张列表。”

“是护士的名字。”

“为什么要记下护士的名字？”

“因为我想知道是谁在照顾你。”

“你为什么要让她们把名字都写下来呢？为什么还要专门拍

下来？”

“我只是想知道她们都是谁，想确保你得到了妥善的照顾。”

他在撒谎。

“你背着我和护士们说话。”

他抹了一把脸。他的样子似乎很真诚，但我却觉得大有蹊跷。

“嗯，你说得对。我的确经常和她们谈话，我们都这样，但并不是背着你，我们只想让你好起来。”

你只是想让我变成药罐子，这样我就再也出不来了。你就是想告诉他们，我的病情比看上去更严重，所以他们就会不停地让我吃抗精神病药，最后把我变成那个坐在公共大厅里整天瞪着天花板发呆的女人。

“你撒谎。”

“我没有。”

“你有。”

“劳拉，我真的没有撒谎。我发誓。你妈妈也有这样一张单子。”

“哦，我猜她就有。”

她就是这一切的幕后操盘手。她就是个“代理性做作性障碍症候群”！我这辈子都在被她操纵，是她精心策划了这一切。真是难以置信。他们真的以为能轻易让我丧失行动能力，以便偷走我的儿子吗？他们到底想怎么样？就想让我住在这里，每天吃苹果酥、蛋奶冻，而他们却过着没有我的灿烂新生活？

"我知道你在干些什么，你心里都清楚。"

"我在干什么？"

"我知道你在干什么，我知道。我只想弄明白你们的具体计划，但我知道你们的企图，没关系。我也知道你为什么这么做。但是你不会得逞的。"

雨果看上去又惊恐又悲伤。

"得逞什么呢？劳拉。我爱你。我不明白你的意思。"他一头雾水、心烦意乱，但我却笑了，不是在心里冷笑，而是真的狂笑。

他倒在我的床上，双手捂着头，筋疲力尽。有那么一刻，我也产生了怀疑。也许他真的在竭尽全力让我好起来，也许这真的只是我的妄想？

不，当然不是！这只是你的母性本能在作祟罢了。

他再一次对我说他爱我，但我没有回应。然后，他离开了。我服下了唑吡酮助眠剂。我和我那些恐怖的念头终于——至少是片刻——被睡意征服了。

ECT治疗

第二天，在我参加小组治疗的间歇时间，雨果打来电话，说我也许回家后可以继续哺乳，育婴护士会帮我让一切回到正轨。他建议我和护士谈谈，看看在喂奶时服用抗精神病药是否安全。

哦，万岁！鼓掌！撒花！（上帝，精神病真的能让你那样自鸣得意，那样咄咄逼人，那样不真实。）干得好……聪明啊，真是一个妙招。干得好啊，雨果。你就是想给我额外增加压力，为什么不呢？

这又是一个测试。再没有什么比让我放弃母乳喂养的念头更让他开心的了。

好吧，哈！我有奶，有的是！我会喂给你看看，让大家都给我睁大眼睛看看。

我完全忘记了杰特，完全沉迷于自己的幻觉之中无法自拔。现在成了我和雨果的对决。我冲到医护站，要求和"迪士尼卡通公主"护士谈谈，打算问问她如果继续服用奥氮平，是否可以母乳喂养。

不。不能母乳喂养。这样不安全。

哈！他早知道这不安全。他这是在耍我呢。这样一来，当我们为争夺监护权对簿公堂的时候，他就可以说，我出于自私的目的接受药物治疗，没有把哺乳杰特放在第一位。很好，很好。真是个妙招！

我立刻给他回了电话说，毫无疑问我非常想继续母乳喂养（以防电话被录音），但我在服用奥氮平，不能给杰特哺乳（当然，毫无疑问，他早就知道了，他一直在用谷歌搜索我吃的这些药有什么作用），不过，我会跟医生谈谈，看看还有没有什么其他替代方案。同时，我问他是不是愿意把吸奶泵给我带来，这样能保证我一直有奶，只要停了药，我就能重新开始哺乳了。我必须明确表现出我的意图和意愿。

我让值得信赖的“迪士尼卡通公主”护士帮我打电话联系 P 医生。时间一分一秒地过去，我的下一个小组治疗课程就要开始了，但我绝不会错过上课时间的。雨果听了会“爱死”这一切的，对不对？

P 医生给我回了电话。我接过电话，走进公共起居室，蹲在房间一角，不想有人偷听到谈话，这样就没人泄露我的计划了。我说话的口气就好像我们在一起破案似的。

我问他是不是能停止服用奥氮平，以便进行母乳喂养，但 P 医生再次告诉我，母乳喂养并不重要，重要的是我必须康复。我告诉他，我不信任雨果，他们打算偷走杰特。我说他不了解雨果，但我知道雨果正在策划些什么。我必须出院，这样才能阻止他。

P 医生平静地说，我弄错了。雨果非常爱我，事实上，他正打算带家人一起去见 P 医生，讨论如何能让我得到最好的照顾。

这消息让我抓狂，我恳求他别去见他们，说他们只是想监视我，想弄清楚我吃了什么药。他再次安慰我，说大家是真心爱我。

全都是谎言。

“劳拉，相信我，你会完全恢复正常的。你现在做得很好。所以你不需要 ECT（电休克治疗）。你会好起来的。”他说。

什么？ ECT ？我本能地用电话捂住了嘴，脑海里浮现出一幕惨状：女人的牙齿紧咬着皮带，痛苦地尖叫，旁边的医生在狰狞地奸笑。哦，上帝。哦，上帝。哦，上帝。这一切正在变成现实。我活在了《楚门的世界》里。我就是《黑镜》里的人物。从没有人和我提过 ECT 治疗。我被困在这里了，我永远也出不去了，我会死在这里。

“你会好起来的。”他重复道。我挂断了电话。

好嘛。这么说，就连我的医生也被雨果愚弄了！为什么就没人看出来他是条狡猾的蛇呢？他甚至说都不说一声就想让我做 ECT 治疗！他们想直接炸了我的脑袋！

我把电话送回医护站，还不忘开口致谢，然后飞速赶去参加小组治疗。

我决定在小组治疗里说说抚养权争夺的两难困境。小组治疗就是为这个设置的，对不对？大家认为我下一步该怎么走？我是不是该换一种药物？我是不是该和雨果一拍两散，还是该继续和他维持亲密关系？借此好好清理清理我的思绪肯定很不错。不过当然了，我必须非常小心，要轻描淡写，以免引起怀疑。这里人人都爱八卦，我可不能把这些闲话传到护士耳朵里。

我一股脑和盘托出。小组成员默然不语，大家只是用他们那嗑了药的大眼睛回望着我。很好。谢谢你们什么都不说，伙计们。治疗师们显得不偏不倚，扮演着魔鬼代言人的角色。看着这帮人坐在那里，戴着大耳环和丝巾，试图摆出公正的姿态，真是令人沮丧。我起身朝我的房间走去。

我甚至都不记得自己到底想说什么，到底说了什么。我有没有……哦，是的，我只是……等等，我想到哪儿了？我当时有些害怕，但怕的是什么来着？

我来回踱步，完全没了主意，困惑不已。

如果我爸爸正在我的房间里等我，真不知道我该不该把对雨果的怀疑告诉他。要是他告诉了雨果怎么办？

不——我下定决心，什么也不说。我不得不装出微笑。

那天晚上，雨果带着杰特来了。他带来了宝宝洗浴用品，几个杰特的玩具和吸奶泵。我真不想把婴儿用品放在我的房间里，但我知道我需要和杰特建立联系，和他一起玩。而且，这种行为也会让护士认为我在努力做个好妈妈，这样我就可以离——开——这——里了！

即使在状态最好的时候，我也不擅长玩心理游戏。现在我正在吃药，根本信不过我的大脑，就更是难上加难。这简直是无法摆脱的困境。既要顺从、吃药，又要让我的大脑不因为药物可能的作用而变得一团糟。

我对雨果摇了摇头，含混不清、恶毒地笑了。

"我知道你在干什么。"我说。

"我在干什么？"他反问。

"哦……别担心。"我故意说。

"我完全不明白你的意思，劳拉。"他低头看着我们那瘦小的儿子，"我真没想到你会针对我。"

针对你？那你把矛头指向我的事又怎么说?!

他试图拉住我，又从衣服内袋里掏出了我的金手链。这个手链我们各有一条，那两条细链子是从一条长长的古董项链上截下来的。我的那条分娩前断了，我显然把那件事解读成了我们关系破裂的坏兆头。

他找人修好了手链。“我爱你。”他朝我露出了微笑。我的心头一软，动摇了一毫秒。

别上当，劳拉！那只是个骗局！

我心念一转，又气得几乎无法控制怒火。他特意修好我的手链，还带着宝宝来，就是想向我证明他有多想把杰特从我身边夺走。雨果只是想让我好起来，这样我就不会自杀，这样杰特以后就会知道是雨果救了我。这样，等杰特长大之后，就不会怨恨他。他要假装他仍然爱我，等我好转了，出院了，再彻底把我击垮。真恶心。

我的心头一阵狂怒，但我还是控制住了情绪，继续保持冷漠。

“我想，要是让我只见杰特，不用见你，那样会更好些。”我说。

“这是什么意思？”他很受伤。

哦，哈哈，真聪明。

“也许可以让我爸爸或者黛西带他来？”

“为什么？这么说你只想见杰特，不想见我？你为什么要那样做呢？”

“你知道为什么。”

“不，劳拉，我真的不知道。”

哦，是啊，是啊。可怜的小雨果。我知道你会做什么。人人都认为你是那么——友好，那么——可爱，但你就是一条诡计多端的蛇。你就是想夺走我的小可爱，占领我们的家，把我留在这儿。别跟我说什么你爱我，因为我都知道，你根本不爱我。晚安！

我转过身去，透过窗户银色的反光，目送他的背影默默离去。

外面人来人往，他的身影在窗户上渐渐消失，再也看不清。

我只剩下一个轮廓。

我真该开口说，请别离开我，对不起，真的对不起。我是那么爱你。雨果……求你了……

我听到房门在我身后轻轻关上。

那是我心碎的声音。

可怜的丈夫

雨果会有个新名字：英雄爸爸。

我以前那些朋友们会同情他。他们会给他送去食物，帮他做饭，打扫卫生。他们会因为都领教过我那些卑鄙的把戏而走到一起，会彼此交流我那些滑稽可笑、令人作呕的往事。他会带着杰特去托儿所，那里的女人会看着他含辛茹苦、忍辱负重地带着配方奶粉和湿毛巾陪护孩子。她们会私下嘀咕："这不明摆着嘛，他的女朋友疯了，正在疯人院接受大脑电击呢。现在她就是个脑子一团糨糊的丧尸。"

"听说呀，她用刀捅肚子自杀啦。"

"不是吧！她哪儿有那个胆量呀，肯定是吸毒过量导致的。"

"你说，一个人怎么能那么自私，把宝贝儿子扔下不管？怎么能就那么把家人丢下呢？她可真恶心！"

“真是个胆小鬼。”

“感谢上帝，我们还有配方奶，真是个可怜的孩子。”

“他可真帅呀，你不觉得吗？那个英雄爸爸雨果，真帅对不对？”

她们会盯着杰特和雨果，盯着我那美丽的、被抛下的珍宝。

她们会邀请“英雄爸爸”雨果一起喝茶，约好带上彼此的孩子们一起玩耍。不知不觉，四点的下午茶就变成了一杯葡萄酒，然后是两杯，然后是五杯。然后，雨果会继续扮演受害者的身份，听她们感慨：“哎呀，可怜、可怜的雨果。他可真不该受这些罪。哎呀，可怜的杰特。可怜、可怜、可怜的杰特。”

真相比幻觉更可怕

小组治疗结束后，我召集妈妈、黛西、赫克托来开会。

我收到赫克托的一条短信：“对不起，不能再这样下去了。劳拉的情况越来越糟了，我们必须去医院。”

接着又收到另一条：“对不起，劳拉，我不想说谎，不过刚才那条短信不是发给你的。一会儿见。”

我当时正处于高度偏执的状态，觉得这可不是当弟弟的该做的事。我觉得自己暴露了，觉得大家都在背后谈论我。我变得狂躁不安。这条短信成了我通往焦虑中心的通行证。

可怜的赫克托。不过我们现在可以尽情笑话那段往事了。

他们到了医院后，我把我对雨果的怀疑和未来可能有监护权之争的事都告诉了他们，说雨果告诉护士我的病比实际情况更严重，所以医院给我加大了药物治疗。这些药快要我的命了，但我必须服药来表明我在合作。

我妈妈哭了："你病得很重，劳拉，你病得非常、非常重。"

我的矛头又指向她，说她就是"代理性做作性障碍症候群"，就是想让我这么病着才如她的意。妈妈本来捂着脸正在痛哭，听我这么说，木然地放下手，擦干了眼泪："好吧，劳拉，好吧。"

我崩溃了，开始哭泣。"我再也受不了了，"我哭诉道，"我心里乱成一团，什么人都信不过。我觉得好孤单，我成了囚犯，大脑的囚犯。最惨的是，这还是我亲自打造的监狱。他们就是不停地给我吃药，我不知道那都是什么药，那些药让我觉得越来越糟。我受不了了，真的受不了了。我真想死。"

妈妈想拥抱我，但我却甩开了她的手，哭个不停："我真想死，求你了，让我一个人待着吧。你们都走开。我不能再这么活着了，实在太痛苦了。"

妈妈和弟弟离开了，只留下黛西单独陪着我。我告诉黛西，除了她，我不想任何人来看望我、联系我。我谁都不信任。

然后，我们俩下楼和妈妈、弟弟会合，一起吃午饭。我主持了会议：我们的计划是赢得杰特的监护权，我说话的口气就像个黑手党头目。

"这是我们多克里尔家和怀特家的对决，明白吗？"

他们点了点头。

我说出了计划：叫雨果立刻来这里碰面，单刀直入。通常这个时候是小组治疗时间，所以能打他个措手不及。我甚至都能想象他的朋友在背后笑不可仰。他们都参与了。我打赌他们这会儿正把我的东西打包装箱呢。“我需要谈谈我的药物治疗事宜。你能来一趟吗？”我说。

“是带上杰特还是不带？”他的语气有些紧张。

“怎么方便怎么来。”

“好的，我就来。”

他一到医院，我就直接说了：

“听着，我知道你不再爱我了，你打算把杰特带走。对此我很理解。但是，请不要再干扰我的药物治疗了，因为现在要说的是我自己的脑袋。我现在又害怕又混乱。你可以不爱我，也可以不和我在一起。但是，求你了，请不要再干涉我的用药了。”

他试图安抚我，但我一个字也听不进去。可怜的雨果。我们的谈话再次半途而废，没有处理，没有解决。一切都乱了套。我们俩之间变得冷漠疏离，这可真致命。我们之间的爱意曾经如烈火般熊熊燃烧，现在却都熄灭了。

一个护士走了进来。也许她听见我在哭。

“例行检查。一切都好吗？”

我点了点头。我涂上睫毛膏，试图让自己看起来很正常，然后去参加小组治疗。我不想让医院认为我的病情在恶化。

护士看见我，竖起大拇指说：“看呀，你刚刚还很沮丧，但还是振作起来加入小组治疗啦。做得很好！”

下楼的时候，我看见电梯旁边我卧室隔壁的那扇门开着。那里通常是锁着的，所以我想都没想就往里瞥了一眼。里面有个东西，看起来像牙医的椅子，但后来我想，这是他们做ECT的地方吗？不。这一定是牙医的椅子——他们怎么会在入口处设置这么一个电击休克治疗室呢，还紧挨着电梯？紧挨着大家沏茶的公共茶水间？

在小组治疗中，有个德国女人告诉我们她是如何听到电的声音的。电视机的嗡嗡声，电冰箱的嘶嘶声，微波炉的转动声，甚至连Wi-Fi都有声音，连人们发送短信和电子邮件都有声音。她能听到这些声音，听到它们在空气中飘动。这让她快要疯了。

我只是呆坐在那里，如陷泥沼，悲苦莫名。我非常爱雨果，对他和他家人的遭遇感到非常难过。我想到了杰特，不知道他此刻在做什么。我不知道这件事之后还有哪些朋友会支持我——一旦他们了解到事情的真相，我想不会有很多。尤其是涉及到孩子，更是如此。

两腿之间传来一股温暖潮湿的感觉。我又流血了，而且从衣服里渗透出来。我不得不起身告退，跑到最近的厕所，冲进隔间时，身后的地面留下一长串血滴。我刚脱下打底裤，大腿间又涌出一团浓稠的猩红。我低头看向马桶，那简直就是一场血腥的恐怖秀。我的短裤全湿了，卫生巾也浸透了。我完全不记得上一次换卫生巾是什么时候。

不管是谁，求求你饶了我吧！你全是对的，你已经证明了。求你了！够了，别再加码了。我什么都愿意做，做什么都行。请住手吧，我再也受不了了。

我停了下来。闭上眼睛，用力深吸了一口气。

劳拉，你还在这里。你能办到。

我尽我所能擦拭干净，又用卫生纸折叠成应急卫生巾垫上，向我的房间走去。来到我病房的那一层，我看到了医护站的护士们。

“没事吧，劳拉？”

求求你们，别管我好吗？请给我一点儿空间，让我离开这个大脑，离开这具躯体，哪怕一秒钟也好。

也许我流产了？也许这是分娩时剩在肚子里的“残留物”？是胎盘吗？

我感到我的下腹传来脉动，像痛经，但没有那么剧烈。只是阵阵悸动，像跳动的静脉，一下一下往外泵血。也许是……有什么东西踢了一下？

这时，我的大脑认为我又怀孕了，肚子里有了一个虚幻的婴儿。大脑立刻紧紧抓住这个念头。哦，很好。再也没有比这更让人“开心”的了。无论我多么努力地想摆脱这个念头，可就是甩不掉。上帝，真是避无可避：不是这个错觉，就会是另一个。我的脑袋不再属于我了。有人在控制它，就像在换电视频道——每个频道都是为我量身定做的恐怖节目。

我不能告诉别人幻想怀了宝宝的事。那样他们就再也不会让我出院了。

我洗了个澡，从肿胀的乳房挤出了更多的奶水，无助地望着天花板。在世界上其他没有健全医疗保健系统的地方，女性又该如何应对这种情况呢？没有人帮扶怎么办？在没人重视精神健康的地方怎么办？在过去怎么办？在荒野里怎么办？要是配方奶根本不存在怎么办？遇到这些情况，女性该如何应对呢？

有人来敲我的门，是护士："你还好吗，劳拉？"

"挺好。"

我在啜泣。不！

把幽灵宝宝的事告诉她。告诉她。告诉她。

嘘……这是我们的秘密。

我只记得自己坐在床上。双臂搂着膝盖，仿佛要被发射进太空。我紧闭着双眼，尽我所能不去想杰特可能遭遇的麻烦。我的大脑在戏弄我：嘿，想想杰特会遭遇什么麻烦，是不是很酷？不！不！不！住手！各种念头在我的脑海里猛烈撞击，仿佛弹子球一般，如此迅猛、如此强烈，以至于我都能感觉到实实在在被撞击的痛意。

我能吞下爸爸给我的金属彼得兔吗？可这太荒谬了，根本办不到。我会窒息，会缺氧，造成终生的脑损伤。爸爸永远也不会原谅自己。

我打算泵奶，这样我就能在法庭上说我尽了力。我跳了起来，开始用吸奶泵疯狂地按压。护士又来检查了。灰色的母乳滴入中空的容器中。她同情地看着我，转过身去。

我给妹妹打了电话："黛西，我的大脑又在戏弄我，它想让我想出什么伤害杰特的事。"

"不。劳拉，别让它得逞。"

“真疼。我的头好疼。我累极了。”

我必须自杀。

我冲回治疗小组，心里认定那个想象中的婴儿正在我体内成长。谁是这孩子的父亲？魔鬼吗？还是说这只是我扭曲的想法？我曾经在电视上看到一个退役女军人，她在一次爆炸中失去了一条腿。以后只要碰到雷电天气，就会引发爆炸造成的心理创伤，她就会感到截肢的疼痛。那是疼痛的幻觉。

那天的某个时候，我爸爸到医院看我。我只记得自己像个僵尸一样坐在他面前，痴迷地给自己泵奶，不停喃喃自语，说必须这么做才有可能再次给杰特哺乳。他肯定知道我不可能再喂杰特母乳了。这一切一定让他感到无比悲伤和彷徨，他就那么看着我袒露着乳房，毫无意义地泵着奶（我想，没有哪个正常女人愿意被爸爸看到自己的乳房）。这真是最最不堪回首的记忆。

还有，我总是忍不住想：我就睡在电击休克治疗室的隔壁。

雨果突然来访，想带我出去散步。我到医护站去请示，却被告知不许离开。我又回到了每隔十五分钟一次例行检查的待遇。

“但这是为什么呢？我做得很好呀！”（是啊，我只有精神性假孕、大出血、严重妄想、思绪纷乱、头脑困惑、对 ECT 牙科治疗椅莫名恐惧、超级偏执狂和假设怀了魔鬼的孩子这几种问题啊。）

也许他们把我和另一个劳拉搞混了？而另一个劳拉从没走出过她的房间。她的头发被剃光了，浑身满是刮痕、抓痕，好像用菜刀对自己这么做过似的。而且，她不照镜子，不知道自己眼睛周围是又大又黑的眼圈。如果你在走廊上看她一眼，她会立刻像头公牛似的向你冲来。请千万别把我和另一个劳拉混淆了。

如果他们搞混了我们的药怎么办？如果他们囚禁的是我而不是她，却不相信我说的话该怎么办？或者，那不是我，因为我有精神分裂症，又该怎么办？如果有人把杰特交给了她而不是我，她杀了杰特怎么办？

站在雨果面前，我十分尴尬。我不知道自己怎么又回到了每十五分钟一次例行检查的地步。

现在我才知道，那是因为雨果告诉护士他很担心我，因为我妈妈告诉他我又有自杀的念头了，例行检查才会变成这样。但当时他并没有告诉我。为了保护我的感情，他任凭我相信医院把我和另一个劳拉搞混了。

在这个时候，真相比我的幻觉更可怕，更伤人。

加大用药剂量

我开始怀疑卧室的窗户后面藏着东西。

是谁在听我说话？谁能听见我说话？是谁告发了我？是谁在向护士告密？他们是不是在偷拍我，记录我的一举一动？

我唯一拥有自由的地方就是我的大脑。那也是这个星球上最糟糕的地方。

我在和时间赛跑，试图利用小组治疗的休息时间泵奶，把那些可怜的、没用的奶倒进水池里。我给育婴护士发了短信，请她替我留意杰特，并向她致谢。我做这一切只是为了让我看起来像个有爱心的母亲，将来在法庭上争夺监护权时可以用来做辩护。

敲门声响起，进来的是“迪士尼卡通公主”护士和那个行色匆匆、一身正装的男病房医生。他们增加了我的奥氮平剂量，因为据说我正处于强烈的情绪扰动和错觉状态，严重到引起了他们的注意。

是谁引来了他们的“注意”？我就像遭遇背叛的恺撒大帝！谁又是叛徒布鲁特斯[①]呢？我大喊大叫，要知道答案。我看着“迪士尼卡通公主”，她却帮不了我。如果这把我彻底击垮，让我记忆全无怎么办？那台电击休克治疗机，啊，就要发生了。他们打算把我放上电椅，烧毁我的大脑，还有……我的脑袋。我会不停抽搐……咔咔咔咔咔咔……

“劳拉，别小题大做。”病房医生说。

“你跟我的家人谈过吗？是谁让你这么做的？”我很清楚这是谁干的，是雨果。“你能和我丈夫谈谈吗？求你了！”

“没什么可说的。我们准备把你的药增加到最大剂量，你会发现体重明显增加，可能还会有晕眩感。”

最大剂量？如果那都不起作用，下一步就是ECT了，对不对？这太过分了。

“请和我丈夫谈谈。”我说。

---

① 实行独裁统治的恺撒大帝被刺身亡，参与刺杀的布鲁特斯是恺撒的好友。——译者注

"好吧。就说两句。"他总算同意了，就像我占用了他宝贵的时间似的。

我拿起手机，手指飞快地在屏幕上滑动试图解锁。我在最近通话列表中拼命翻找，挣扎着想要找到雨果的名字……

不要再耍什么把戏了。不要再让我吃药了。他们会杀了我的。我的大脑会变成一锅粥。那样我就永远出不去了。

雨果接了电话。"雨果，雨果，医生来了，是这层楼的全科医生，他们要给我增加抗精神病药的剂量！为什么？他们为什么要这么做？你能和医生谈谈吗？ P 医生知道这件事吗？"

雨果答："劳拉，这就是 P 医生的医嘱。"

悖论

最近，我和我妹妹的男朋友拉姆塞谈了这一切。他说："这真是个奇怪的悖论。因为你非常偏执，疑心重重，认为我们都在背后议论你，但同时你又是对的。我们不得不这样。你对我们每个人说的都不一样，所以我们必须互相沟通。这其中的区别就在于，你以为我们是在密谋对付你，但我们只是在保护你的安全。"

我明白了。这就像一个惊喜派对。你以为所有的朋友都把你撇在一边，在背后议论你。的确，只不过，他们是在为你着想。

爱是治愈良药

那天晚上，在和医生谈过之后，雨果带着杰特来见我。我哭着跪倒在地上说："雨果，我知道你不再爱我了。我知道你要离开我了。我也理解这是为什么，但是，请别把我的孩子从我身边带走。求你了。"

雨果在我旁边跪下，直视着我的眼睛。这是我有生以来最真实的经历。他的大眼睛里布满了血丝，满含着疲惫、困惑和迷茫。他的双眸专注地看着我。我现在知道为什么人们总说"眼睛是心灵的窗户"了，因为我觉得在那一刻，我看到了真正的雨果。

他握着我的手说："不是这样。我不会带他离开你的。我不会离开你的。我发誓。你能做到的。"

"我做不到。这都是我的错。"我哭着说。

雨果哭了，他用力忍住了泪水。我紧紧抱着杰特。

"你可以的。这不是你的错。生病不是你造成的。劳拉，你以为这是你的错，就像其他生病的人喜欢说这都是自作自受一样，就好像在说当年我妈妈是自己想得多发性硬化症一样。不是。这不是你造成的。而且，你会与病魔作斗争，你会坚持下去的。我哪儿也不去，哪儿都不去。我会和你在一起，我会一直陪着你坚持下去。"

我们俩抱在一起，哭个不停。事实证明，爱就是治愈我的良药。

妄想咒语

由于服用了更大剂量的抗精神病药，我常常感觉精神错乱，身体沉重。光是简单度过一天，对我而言也像奋力解开一个谋杀之谜那么艰难。我的食欲大增，整天都在吃妹妹带给我的各种零食——涂了酸奶的蔓越莓、芒果干、黑巧克力、坚果和奶昔。午餐的烤土豆和水果沙拉我吃得满脸都是，晚饭则是肉酱意大利面。老实说，我已经不知道自己还算不算个忠实的素食主义者了。只要是吃的就行。

我一整天都不停地去我们那一层的小茶水间里烤面包吃，没错，就是 ECT 治疗室隔壁的小茶水间。那个房间大部分时间都是锁着的。有时候，偶尔能从里面传来钻孔的声音。

那肯定是牙医。

我继续参加小组治疗。以斯拉那天晚上要回家吃晚饭，他不停地说自己有多激动。我们都祝他好运。

我的家人获准带我去“比萨快递”吃饭，带上杰特一起。我超爱“比萨快递”，但现在这家餐馆被我的病情搞得变了味儿（雨果说我们其实去吃过两次“比萨快递”，但第一次是怎么回事我完全不记得了）。我当然很高兴能和大家一起出去，但却感觉像是被迫的。每个人都试图保持乐观，我却感到很羞愧。不过，我还是很高兴能吃到一整张比萨。

我想起了我们小组的以斯拉，他正在家里，与他的家人一起，他也在试着做个正常人。我可以想象他此刻的感受，仿佛他的家人都在看着他，在解读他的一举一动。我们都在试用期里，在接受别人的观察。

奇怪的是，生活似乎不再和我玩那些卑鄙的游戏了。一个高个子女人突然冲进了餐馆，想偷东西。一名工作人员抓住了她，把她抵在门上。她的脸像条鼻涕虫似的死死压在了玻璃上。她朝墙上扔了什么东西，接着尖叫起来。我记得自己本能地扑向躺在汽车座椅里睡觉的杰特，试图护住他。

但我不知道这是真诚的反应，还是在作秀。

自从他们增加了我的药量后，我就不再真正信任护士了。我觉得，“迪士尼卡通公主”护士并不怎么喜欢我，似乎总和我保持着距离（后来我才得知，那是因为妈妈责备她，没有及时告诉她我的尿道感染检测结果——那其实是我最不担心的事）。我觉得，雨果之所以还和我在一起，是因为我是杰特的妈妈，而黛西和赫克托害怕我，觉得我不再是他们的大姐了。我觉得，爸爸认为我很恶心，喜欢小题大做。他还看到了我的乳房，这更让我尴尬。我还觉得，妈妈就喜欢我这可怜巴巴的样子，要是可能的话，她恨不得让我永远待在这里。

还有，杰特并不知道我是谁。

我回来参加小组治疗时，“酒吧约会女”萨拉正在前台登记。更确切地说，她在登记离院。当天晚些时候她就要出院了，为此她非常紧张。她说一想到要回家、能看到孩子们，她就兴奋得要命，但她很担心睡眠问题。医生给她开了唑吡酮，但她听说唑吡酮很容易让人产生药物依赖，容易上瘾。

天啊，我也在服用唑吡酮。我也要变成瘾君子了。可没它我又睡不着觉。等等……要是我再次发疯怎么办？

以斯拉从家里回来了。他告诉大家一切顺利，但过了一会儿，又说并不全是如此。他在家庭聚餐时崩溃了，泪流满面，整个晚上都躲在卧室的羽绒被下。他不得不苦苦忍住才没有割伤自己。

“你会好起来的。”治疗师安慰他说。

他说他也知道自己会好起来的，可是，已经过去好几个月了。还要捱多久呢？这个病正在吞噬他的生命。

课间休息时，我无意中卷入了一场关于自杀的谈话——某人已经把自己的财物做了安排，还问我们是不是也有“计划”。谈话演变成了一场竞赛：谁最有自杀倾向？谁真的践行过？这真是可怕的对话，因为我完全理解背后的惨烈。

但我觉得自己没那么疯狂，融不进他们的圈子，也不觉得自己那么有自杀倾向，所以无法“合法地”在他们的帮派中占据一席之地。我太想活下去了。

我一定要在这里交朋友吗？我们能因为自杀而结缘吗？

别人总是告诉我们，“会好起来的”，所有人都会康复的。这些话说了一遍又一遍，简直就像某种古怪的妄想咒语。那些治疗师和心理学家的咒语钻透我们的脑袋，让我们苟延残喘、不至于自杀。这就是一句病态的口号，我们被迫天天喊着口号苦苦支撑，直到生命的最后一天。我们这些病人就像一群长着蜂窝海绵脑袋的布偶，在这里走来走去，一遍遍重复着“我们会好起来的”。但是，我不会好起来了，对不对？没人会好起来，对不对？

午餐时间，我努力和小组成员们坐在一起。万一我再也不会好转，余生只能在这里度过，这样也算有人陪伴。“酒吧约会女”萨拉把话题引到了出院后的生活上。这是她在餐厅的最后一顿饭，她简直等不及要喝上一杯酒了。她谈到了她的前夫，说自己现在身体康复了，有多么盼望见到他，然后她哭了起来。终于，她说：“只是……他是那么开心。但我并不开心。我再也好不起来了。”

我知道，那句话将永远陪伴着我，阴魂不散。她完全崩溃了。我紧紧握着她的手，这一刻，对我来说非常重要。

然后，我像其他人那样安慰道：“你会好起来的。”

因为我觉得，这样做是对的。

回访

离开精神病医院一年多后，我再次造访了那里。这一次，我带上了雨果和杰特陪我，做我的精神支持。

我和“迪士尼卡通公主”护士安排了约谈。她在我生病期间对我关怀备至，所以，我打电话告诉她我写这本书的事，问她愿不愿意跟我谈谈我在病房里度过的那两周。

我穿回了自己平时的着装——粉色天鹅绒紧身衣和豹纹喇叭

裤。我还涂了粉色口红，戴了雨果给我买的木制手绘“猫和鱼”耳环。

医院看上去和一年前一模一样，候诊室还在那里。还记得那个午夜，我就坐在那里，彷徨无措地等候着未知的未来。我的脑海中闪过一个场景：“迪士尼卡通公主”护士穿着便服站在我床前，告诉我她那个周末不上班，但她特地嘱咐了一位靠得住的好护士关照我。我记得她是那么和蔼可亲，那么竭尽全力地让我感到安全。

我走过那间上锁的ECT治疗室，看到了她。我们拥抱在了一起。

“我一直记得你，不过，你现在更迷人了！”“迪士尼卡通公主”护士说（这倒没什么大不了的，毕竟她以前只见过我穿着脏兮兮的打底裤的样子），“我在电话里得知是你，真是精神一振。听到你完全康复的消息，真是太好了！很多人再也不想回到这里来了。”

“你知道吗？你是我照顾的第一个产后精神病患者。”她坦白道，“那段经历对你而言真是太可怕了。我都能从你的脸上看到恐惧。”

我说，虽然只有两个星期（“哈！只有两个星期！”她开玩笑道），但当时我觉得就像过了一辈子。即使是现在，这一切在我的记忆中仍旧那么鲜活。这次回来，勾起了我的许多回忆和情感。

我说，我知道自己特别幸运，能得到这么好的照顾和治疗。有些女性的产后精神病患病期要长得多，住院的时间也长得多。

她说：“知道吗？你之所以这么快康复，是因为你有个了不起的家庭。他们不间断地来医院，把你的房间布置得既舒适又温馨。”（可对我而言，那间病房毫无舒适、温馨可言！）

“不是所有人的家庭都像你的那样。很多人完全得不到支持。这是精神疾病治疗面临的一大问题。人们总以为在医院各方面的治疗和扶持都很到位，可这往往不是真的。”“迪士尼卡通公主”护士叹了口气。

几个病人从医护站前面走过。我感觉自己和他们有某种联系。他们似乎并不可怕，也不狂躁，甚至不像我记忆中那种被药物和镇静剂麻醉的样子。他们看上去就像我们在任何地方看到的健康人一样，就像在超市里和你聊天、在街上为你指路的人一样。他们可能是老师、警察、售票处的工作人员、政客、音乐家、厨师。这也正好说明，精神疾病有多么难以发现。

我把杰特放在地毯上，他穿着带有羊角面包图案的弹力裤在地上爬来爬去，咯咯笑着，露出几颗像河马似的豁牙，逗得众人哈哈大笑。他上一次来这里时，还只有几周大。

这里的一切都让我感到我被关爱着、被保护着——这里的设施、这里的人、这里的房间。我在这里有一种奇怪的安全感。

我问她当初为什么把我分到了第二组。她说其实并没有什么不可言说的理由，总共就这几个组，我只是碰巧被分到第二组而已。我又询问治疗师的事，问他们是否会把我们说的每句话都记录在案。她说不是，只有在有问题的时候，他们才会报告。

好笑的是，当我处于精神错乱的状态时，所有这些不足挂齿的小事都被我看得比天还大，而且助长了我的偏执，这足以说明我在医院的时候有多么警觉和多疑。我当时的大脑一定工作得很辛苦。现在，恐惧退去，创伤也减轻了。

杰特沿着走廊爬进了某人的房间。哦，上帝。我想起这种事要是放在一年前，得让我多么情绪失控。想想看，在一个精神错乱的人眼里，突然看到一个婴儿爬进了自己的房间，那是什么滋味?! 雨果急忙追了上去。

“好消息就是，他还太小，不会记得在这里发生的事。”“迪士尼卡通公主”护士安慰我说。

“是啊，但我一定要提醒他！”我开玩笑道，“每个母亲节都不放过！”

我们都笑了。

我们又去看了食堂和治疗室。当我们往电梯走时，经过了我以前住过的病房，我看到了那间锁着的“ECT 治疗室”，房门上挂着“治疗进行中”的标识牌。雨果和我都听到了，房间里传来一种嘈杂、高频、刺耳如钻孔般的噪声。我差点忘了，原本想问问这个房间到底是做什么的。

“那是实施电休克疗法的地方吗？”我问护士。

“是的。”但她解释说，那并不是什么 ECT 疗法或者休克疗法。他们用的是重复经颅磁刺激治疗法，效果很类似。她说治疗装置就像一把椅子，上方有一盏灯。

“它看起来像牙医的椅子。”我说。

当我们从那扇门前经过时，钻孔声又响起来了。

“难怪你那么害怕！”雨果说，“换作谁听了都会害怕的，更何况这声音就在你隔壁。”

我们又去看了食堂，那里员工的面孔让我们觉得十分熟悉，感到暖意融融，很有人情味儿，十分舒适。我觉得很安全。普通人可能会觉得这里像是《飞越疯人院》里的场景。但并不是这样。

我看见一群人站在雨中抽烟。治疗室里坐满了参加小组治疗的人。我也曾坐在那些屋子里，感觉被剥夺了人性。我想起自己无数次在走廊里来回踱步，苦苦思考该怎么解决所有问题，结果我的理论却像沙滩上的城堡一样，潮水一来就垮掉了。

那段记忆如此鲜活、强烈，感觉就像发生在昨天。

如今，我为自己知道有这种机构存在而由衷地感到高兴。在这里，精神健康问题受到了重视，同时也被正常对待。这里的人理解你。让我感到欣慰的是，如果再次遇到这种事，我知道，它就在这里……

我由衷感谢在这里照顾我的护士和治疗师们。我几乎为自己的这段经历心怀感恩。

不过，我更高兴的是，今天我是以访客身份来到这里，只需说声再见，然后签名就可以离开了。

最后的治疗

在我最后的几次小组治疗中，有一次我永远无法忘怀。一个非常年轻的女孩告诉我们，她第二天早上要接受休克治疗。她要离开医院接受治疗，那将是她几个月来第一次离开监护区。我为她深感不安，为她即将面临的外界感到紧张。那是一种奇怪的保护欲。

她是那么痛苦，我感到她的能量在房间里四处辐射，恐怕只能这样描述她的情绪。她有一头长长的黑色卷发、苍白到半透明的皮肤，看上去像个精致的瓷娃娃。我记得她哪怕开口说话，都要费很大力气，甚至连一句完整的话都说不出来。她脑子里的声音完全占据了她的躯体，那声音大得似乎连我们都听得见。她的双手死死箍着脑袋，好像头骨随时要裂开一般。我能感觉到治疗师的反应——他暗暗心惊，但努力保持镇静。那场景能让人记一辈子，感觉就像被人鞭打了一顿。

那是我一生中最紧张的时刻之一。为什么人的精神健康问题就不能像身体健康那样得到重视呢？这都是健康问题啊！这个女孩的健康状况这么差，连基本的交流都办不到，又怎么可能找到工作呢？怎么可能上大学呢？怎么可能在大脑明显崩溃的时候交到朋友呢？那些瑜伽、填色书、正念思维或积极思考，都不可能治愈她。和我自己的疾病一样，这种事根本无法“摆脱”，正如一个人不能轻轻松松地“摆脱”癌症一样。

事后证明，那一刻也是我治疗过程的关键转折点。就在那一刻，我暗暗决定：我必须离开这里，在医院之外，我还有自己的人生。

我在笔记本上写下了一行超大的字：我唯一想见到的人就是

杰特。

这是我第一次，发自肺腑地这么说。

第二周快结束的时候，我和P医生见了面，他说我第二天早上可以回家过周末，然后在星期天晚上回到病房。如果一切进展顺利，回病房第二天我就可以出院了。不过，还有一个条件：我不能单独和杰特待在一起。

“我知道这很难。”他说，“但是我希望你至少一周后再和他单独相处。”

我回答说我很理解。

P医生问我是否还有什么阴暗的念头，于是我告诉他我对“幻觉怀孕”一事的担心。当他问我是不是可能真的再次怀孕了时，我吓坏了。我再也不想经历那种事了。但我没有这么说，只是回答说不。我认为完全没有可能。

“那么，你知道你并没有怀孕，对不对？”他说。

“哦，是的。当然。”我脱口而出，“当然没有。”

“好吧，让我们看看后面的发展吧。你可以离开这里，但恐怕今年之内你还得再来见我。”他说着和我握手道别。

那天晚些时候，凯瑟琳邀请我去她的房间，说要给我做背部按摩。我实在想不出借口拒绝。说真的，这几周的确相当难捱（呵呵），而且，我也没有其他地方可以去。那次按摩体验其实相当不错。她一边为我肌肉僵硬的肩头做放松，一边给我讲述她的生活。

病房医生的来访打断了我们的交谈。“凯瑟琳，我已经和你的精神科医生谈过了，我有一些关于你药物治疗方面的信息。”他说。

“说吧，当着劳拉的面，没什么可保留的。”她说，情绪微微有些激动。

他用他那不动声色、完美的正式语气告诉凯瑟琳，她的用药安排短期内是不会停的。凯瑟琳生气了，开始用空手道的力道狠劈我的后背。

“不！不！不！”她喊道，火气越来越大，最后干脆像“绿巨人浩克”那样用拳头大力捶打我。奇怪的是，病房医生对这种“按摩”只字未评。对他来说，这种行为几乎司空见惯。而且我倒是挺庆幸医生没有拦住她，因为，突然发现恐惧的并非我一人，那种感觉真好。这种疼痛并不是我自己造成的，并不是我的大脑臆想的。这是实实在在的疼痛，并没有被药物蒙蔽或麻痹。这就好像凯瑟琳把那股想活下去的愿望，结结实实地捶在了我的身上。

我太想好好活着了。

回家的那个周末平静地过去了。育婴护士周末回家，所以我们只能靠自己了。我不怎么记得具体的细节了，我想这样也好。但我记得那种感觉，那种再次回到家里，大部分时间都是假装很开心的感觉，那种被羞耻、内疚和歉意包裹着，拼命想要习惯有杰特的感觉，那种艰难地想追上进度、掌握育儿要领的感觉。我奋力试着去理解他，试着去爱他，但这就像一场认亲会，我们只是试图让这一切行得通，我们之间的羁绊仿佛外人的强行撮合，完全擦不出火花。

我清楚地记得雨果刚推开公寓前门时，房间里扑面而来的新生儿的味道，还有我为这个“安乐窝”特地买的、愚蠢无比的竹床，发出令人作呕的味道。

我知道，我现在真想回家，真想待在家里。

有一种状态，被称为“歇斯底里般的力量”。最常见的例子是，女人能够举起一辆压住她孩子的汽车。通常情况下，女人根本举不起汽车，但在极端紧急、极端恐怖或生死攸关的情况下，人类可以焕发出近乎超级英雄的潜质，变得无比强大。在某种程度上，精神病就可以诱发类似的状态。它把你变成一台机器，让你不再需要睡觉、吃饭，甚至感觉不到身体的疼痛。这也许是肾上腺素分泌过量的缘故。

我确信，当时的我就是产生了某种心理上的歇斯底里般的力量。我不知道这算不算一种“精神脑动力”，但为了能回家见到我的儿子，我在精神上逼着自己出院。

出院

在成功度过那个周末之后，星期一，我终于出院了。那是一个三月下雪的早晨，妈妈亲自来接我。我有很多东西要带回家：我的信、照片、朋友们送的礼物、书、我的毯子、我的小夜灯。我迫不及待地想把那间病房抛在脑后。但同时，我也害怕离开。

回家的路上，妈妈带我去了车库市场，我给育婴护士买了一株盆栽玫瑰，给雨果买了些蜂蜜烤腰果。

再次刷卡付钱的滋味感觉怪怪的。

“可以了吗？”妈妈问。

我点了点头。

我就要回家了。

回家后的第一周

我真想说：我回家了，我的病好了，万岁！终于结束了！然而，并不是这样。这只是一次惊险的紧急迫降。我的期望很高：我试图变得积极，我“打算”好起来。然而，事与愿违。

第一周，我从未和杰特单独待过，这段过渡期可怕极了。育婴护士也在，她尽力为大家缓和情绪，但是整个房间内都充满了山雨欲来般的紧张感。我明白为什么要这样，也明白最好是这样，但这并没有减轻所有人的不适和别扭，我们就那样笨拙、尴尬地交流着，彼此抛出信息，却不知如何接招。

说句公道话，我的家人和育婴护士从未因此抱有微词。并没有人时时刻刻监视着我，但我知道，每当他们信任我、让我陪着杰特时，他们其实都在把我们俩置于“危险”之中。我时时刻刻担惊受怕、紧张万分，生怕我把杰特意外弄哭了。可要是太安静，杰特没有哭，我也怕得要命，生怕大家以为发生了什么可怕的事，会惊慌失措地冲过来。于是，我只是坐在那里，让自己置身事外，以免一不小心把事情搞砸。

我的脑海中不断闪过各种灾难性的念头：要是我把他从窗子丢出去怎么办？要是我把他闷死了怎么办？要是我勒死他了怎么办？要是我把他淹死了怎么办？

我连拔出浴缸里的塞子时，都怕会把他冲下去。

我认定，我有这么多消极的侵入性思维，正说明我的病肯定还没好……几乎就在一瞬间，我又陷入深度抑郁之中。

这不是那种“看完退伍军人纪录片之后有些抑郁”的抑郁，这是一种深度的、可怕的临床型抑郁症，是一种令人衰弱的空虚感，一种与世隔绝的恐惧，面对四周的婴儿用品、各种哄宝宝睡着的白噪声、各种令人毛骨悚然的摇篮曲、白色的婴儿背心……我的家对我而言充满了恐惧。

这是一种完全麻痹的瘫痪状态（我永远也弄不懂，这么多年来，人们是如何从这种疾病中幸存下来的）。精神疾病常常与“软弱”二字联系在一起，但事实恰恰相反——在我的脑海里，每天都像在举重，每天都像生活在地狱里。

我艰难地熬过这段漫长的时光（如果你照顾过新生儿，你就会明白，什么叫作一日三秋，度日如年），苦苦祈祷康复。我觉得自己被困在了一间恐怖屋里，没人知道我去了哪里。

我浑身起鸡皮疙瘩，感到毛骨悚然。我完全没有了自尊，自信心成了负数。我甚至受不了自己。我彻底将自己的人性调成了“静音模式”，变成了木头人。

我想回医院，我想远远地跑开。我想死。

朋友和家人会鼓励我说："都结束了，把那些事抛在脑后吧。"

变得开心这件事成了天大的压力，因为我在家，我的病好了！我还有个可爱的宝宝。万岁！欢迎回家！

因为杰特，时间变得至关重要，刻不容缓。我肩负着责任。我需要照顾一个两个月大、体重不足的婴儿，而我却觉得自己不够格去爱他。

医生让我的病情合法化

P 医生位于哈利街的办公室又气派又豪华：古董大木门、锃亮的大理石地板；绕过入口的拐角就是宽阔的楼梯间，细长的黑色雨伞插在货真价实的伞架上——没错，就是那种高档的地方。

每次就诊时，我总会看到身穿浅粉色衬衫、条纹吊带裤的 P 医生站在楼梯顶端，准备伸手热情地欢迎我。他见到我总是很高兴，同时也表现得非常谨慎，似乎在试图理解我。他的办公室就像你想象中的那种老式律师办公室：华丽、厚实的巨大壁炉架内闪动着亮黄色的火焰，还有各种艺术品（没错，甚至还挂着一幅自画像），一张体面的黑木桌子，特别适合铺开地图和其他将领们运筹帷幄、挥斥方遒，或是伏案撰写犯罪小说。还有他的笔——他用的是一支高级自来水笔，写出来的字符就像乐谱一样美妙。

他总是热情地和雨果闲聊，他语言风趣，彬彬有礼，善解人意。他总是询问雨果过得怎么样，询问杰特近况如何，但我看得出来，他问这些只是在寻找答案：他为了观察我，在寻找某些蛛丝马迹。而我总觉得自己是在努力给一位男子寄宿学校的校长留下好印象，等他点头，等他把事情记下来。

P 医生，你究竟在写什么呢？

而且，他会像记者一样，用你这辈子见过的最老式的录音机录下病情诊断记录。录下来以后怎么办？是让他的助手打成文字吗？

他对着那台砖头大小的录音机说话时，会直盯着我的眼睛，仿佛是要再次核查我们对形势的判断是否准确，我对他的看法如何回应。不过，我也很愿意把这看成是善意的目光，是安抚、深情的目光，仿佛在说："会好起来的。我会照顾你，你不用独自一人面对这些。"

每次从 P 医生那里告辞出来，我都会感觉好了一点。就好像我的病情被合法化了，好像那些病症并不是我脑子里凭空捏造的一样。口袋里那张他手写的处方纸让我感到十分安心。他就是你想象中的那种人：会为你定制人生的第一套正装，会为你在法庭上做辩护，会为你开支票，当然，也可能卖给你一根魔杖。

药物的杀伤力

很快我就发现，如果不照顾杰特，我只会感觉更糟。我渴望被宝宝的脏尿布或吐出的奶水黏住头发，我渴望变成天天抱怨带孩子累得要命的人，因为在我看来，这才是真正的父母该有的样子。这些再正常不过的事我却无可抱怨：我没有正常分娩；我不能母乳喂养宝宝。我甚至根本不出现，我就是个僵尸妈妈。

我是那样渴望做杰特的妈妈，但我却觉得自己没那个资格。我会一遍遍地对雨果说："他不知道我是他妈妈。""他知道我是他妈妈吗？"他总是一遍遍地安慰我："他当然知道。"

杰特像只无家可归、被遗弃的小猫，四处游荡，等着有人收留。但有的时候，我又希望他消失，我甚至暗自查过托儿所或全日托服务。孩子最早什么时候能送去全日托中心照顾呢？

我是不是已经为他留下了终生无法抚平的创伤？我是否已经为他将来愤怒的青春期诗歌提供了素材？

雨果是我的依靠，他的力量强大到令人难以置信。他带领我们前进，但从不专横跋扈。杰特哭的时候，他让我去照料。所有抱宝宝的事他都让我来干，但在内心深处，我知道杰特只把雨果看成他的"父母"，他的目光总是追随着雨果。我也想让他那样看着我。可他总是想让雨果抱，打嗝时总想让雨果拍，尿布总想让雨果换。

如今，我认为雨果和杰特在这段特殊的日子里产生了感情纽带这件事挺好的。许多当父亲的都认为他们在孩子出生的头几个月里完全没有头绪；很多新晋爸爸在这段日子里觉得自己就像个多余的人。但雨果和杰特的关系却是水乳交融，十分和睦。这真是非常积极的现象。我由衷感恩杰特有雨果这样一个爸爸，并非每个家庭都是这样。

我们决定，是时候让一切回到正轨了，是时候请育婴护士走人了。至少，我们可以让杰特的卧室恢复原样，让这幢公寓再次感觉是我们自己的家。

每天白天，我都痛苦不堪。我装作没事，其实却感觉快要溺毙。我会躲在公寓的一角，捂着毯子默默哭泣或是在心里尖叫。我不停地啃咬指甲，像个疯狂的食人族似的，啃到指尖露出鲜肉、流血不止。我还会咬嘴唇。所有的衣服都不再合身——药物让我的体重迅速增加，似乎在花了大半年时间孕育了一个宝宝之后，我就对自己的身体再也没有了信心。我觉得自己作为一个人，太占地方了。我仍然不敢看我的手术伤疤，我的乳房仍然在渗奶（显然仍在试图哺育不需要我喂奶的“幽灵宝宝”）。我不想让杰特或雨果看到我。

在公园里散步的时候，我想过直接跳进泰晤士河，一了百了。我还想过冲到疾驰的汽车前面。有一次，雨果和我一起带着杰特开车兜风，我隔着车窗望着外面，思考着要不要猛地推开副驾驶座的车门，像个特技替身演员似的翻身打滚下车，一路跑远，但我知道，我根本办不到。接着，我扭过头，突然看到雨果的脸颊上默默地滚落两行热泪。

似乎，他都知道。

晚上，我得服用抗精神病药和两片唑吡酮（助眠），但我不肯让雨果负责夜里喂奶，因为我太想履行做妈妈的职责了。即使在健康状况最好的情况下，半夜里从床上爬起来去照顾哭闹的婴儿也不好受。在服用了最大剂量的抗精神病药和两片强力安眠药之后，我简直就成了行尸走肉。我瘫坐在卧室的椅子上，拿着奶瓶喂宝宝，在瞌睡和痛苦之间来回徘徊。

因为药片的杀伤力太大，会直接把我“打蒙”，到了早上，那种宿醉后的感觉让我越发犯懒、迟钝、疲惫，好似油尽灯枯一般，完全无力，焦躁易怒，所以雨果会让我继续睡觉。以前，我总是最先醒来，精力充沛，跟着收音机一边哼歌一边煎蛋。现在，当我拖着沉重的身子来到起居室，看到雨果和杰特对着电视吃早餐时——我真痛恨自己这个样子。

雨果为我们安排去怀特岛一周游，去皇家植物园玩，去餐馆吃饭。我却认为雨果安排的每一件事都是因为同情，出于良心，所以才不得不做。“带我出去”，就像当孙子的陪奶奶去海滩散步时说的那样。我拖着自己那具可怜的身体，跟着雨果去这儿去那儿，但我的抑郁症却仿佛鞋子里的石子，挥之不去，如影随形，蚕食着一切。没错，它就像条“黑狗”——一条希腊神话中长着三只头的冥府看门狗……

我成了惊弓之鸟，任何风吹草动都会吓到我，大到那头真人大小的泰迪熊（别担心，它已经不在了——显然变成了某个儿童慈善商店橱窗里的主角），小到杰特的衣服——他有一条弹力裤子，上面印着五颜六色的小怪物，我每次看到它都会吓得倒吸一口凉气。勺子掉在地上的叮当声——恐怖！雨果把我留在家，自己出去开会——可怕！我一个人去超市——吓死人！

我不敢去超出我家街区以外的地方。我不敢乘坐公共交通工具。我甚至不敢去我妈妈家。只要听到关于分娩的故事，我就会崩溃；只要看到关于精神疾病的纪录片，我就会不寒而栗。就连在公园里看到妈妈们推着婴儿车，我都想躲到灌木丛后面呕吐。

某些词就像触发器，只要听到，就可能毁了我这一天。我会呆坐在那儿，看着电视上的每个人，心里在想：他们也有心理健康问题吗？他们的睡眠正常吗？他们也会什么都怕吗？

还是说，只有我一个人这样？

只要听到任何地方、任何人（大部分是女性）发生失去理智的事，我就会头晕目眩，觉得这些都和自己有关，接着身体产生反应，也开始变得焦虑。

和朋友们在一起时，我麻木又迟钝，非常焦虑不安。我疑心重重，态度冷淡，害羞内向，举止怪异，总是闷闷不乐，浑浑噩噩，畏首畏尾，保护欲极强。我觉得自己想说的每句话都愚蠢透顶，毫无意义。我的声音变低了，肢体语言也少了。我总觉得自己很丢脸，总觉得在被人审视，好像被放在显微镜下。每个人都在猜测我是不是还没好，都在试探我。我仍然十分偏执，认为每个人都在背后议论我；认为大家觉得我这是“自作自受”的“现世报”；认为我不可避免、早晚有一天会彻底“疯掉”；认为我就是个喜欢小题大做、哗众取宠的心机女人。

有一个时刻，我感到自己人格丧失，整个人支离破碎（我也不知道怎么形容那种感觉，这个词是 P 医生告诉我的）。那基本上就像，你觉得自己灵魂出窍了，像是在做梦，你和自己的身体彻底分离了一样。这种感觉十分可怖，通常会带来心灵创伤。你的内心仍然有一个真正的“你”，在挣扎尖叫，却怎么都无法浮出水面。如今我理解，所有这些可怕的症状都是身体对恐惧做出的反应。那是身体的一种自我保护的方式，实际上非常聪明——只不过在当时并没有什么用，对不对？我想是的，没什么用。

所有人看上去都比我更喜欢杰特。在房间里，他总是被人抱来抱去，被人从我身边带走，被轻声哄着换尿布，被人亲吻、呵护，被人抱着，摇来摇去哄睡着。而我只是坐在那里，心里在想：嗨，等等。那是我的宝宝。求你了，别碰我的宝宝。

但我没有说出来。我被“锁在了”自己的思绪里，说不出一句话。

对心理治疗师倾诉

我的心理治疗医师留着一头明媚的金发，模样光鲜漂亮，雪白的牙齿和闪亮的眼睛令人印象深刻。她的房间里有壁炉，还有蜡烛和天鹅绒沙发的味道。一条小白狗抬头看着我——我真希望能和那条狗交换一下生活。治疗师坐在我对面，问我感觉如何。我突然打开了话匣子。

这是差不多一年来，我第一次感觉到轻松：没有被护士催促，没有被监控，没有做“人工剥膜”，没有被抽血、监测血压，没有被人擦擦刮刮、戳戳弄弄、称称量量，没有被人用手指捅我的私处，没有被人照相、扫描，肚子里不再有个宝宝不停地挤我，踢我的肋骨，压我的内脏，拖慢我的脚步，让我瘙痒无比，睡不着觉，害我便秘。我的私处不用暴露在所有人面前，我不用往杯子里小便，不用被人工打破羊水，不用被十英寸的针头做脊椎注射麻醉后再被切开肚皮，不用弓着腰，下身流血不止，不用被迫吃饭，被迫给孩子不停喂奶。我的鼻子上不用插着管子，小便不用导尿管，不用浑身痒得抓出血。我不用面对医生、护士、助产士、手术大夫、访客、其他产妇、其他号哭不止的婴儿。杰特不用抓着我的乳房吸个没完，助产士不用挤压我的乳房。我不用每天早上打针，不用哭泣，不用面对身边的雨果，不用一个接一个地看医生，不用面对家人。我不用被人监视，以防自杀，不用睡觉、洗澡、上厕所都有人看着；不用看着外人在我的家里进进出出，共用我们的浴室，看我们的电视；不用住进精神科病房，每隔十五分钟就有护士进来例行检查——连睡觉都不例外；不用管什么访客的事、小组治疗的事、精神科医生的事、病人的事，还有回家后从哪里开始的事——杰特、雨果、育婴护士、我的家人、健康随访员……这一切，对我而言都太过沉重了。

现在，有个人，就坐在我对面，只是就事论事地问我："你感觉怎么样？"

她不会报告我的病情，不会记录在案，不会给我更换药品，不会把谈话内容告诉我妈妈、妹妹或雨果，更不会把这些作为呈堂证供，用来对付我。在这里，我可以畅所欲言，我很安全。

自我治疗

日子一周一周地过去了。我会在夜里勇敢地擦净脸，只为第二天再次以泪洗面。雨果总是不厌其烦地支持我、鼓励我，他总是搂着我，亲吻我，告诉我他爱我。我只是不明白他怎么会爱我，更别说那么迷恋我了。我觉得自己毫无可爱之处。我欲求太多，欠债无数。我为我们俩的关系感到悲伤。我再也体会不到那种幸福了。

我去了那家我最喜欢的老式服装店，买了些大码的衣服。然而，所有这些地方，只要让我联想到往昔的那个我，我就会苦恼万分。

每次有人提到杰特将来会怎样怎样——“不知不觉他就会走路啦！”——我的心头总有个声音在说：哈！到时候你早死了。

洗碗的时候，那个声音会跟着我；烧水的时候，那个声音会跟着我；晾衣服的时候，那个声音还跟着我：不等他长出第一颗牙，你就死了。不等他上学，你就死了。不等他长大，你就死了。这完全是浪费时间。不如现在就动手吧。现在就结束这一切。别再假装会好起来了。他讨厌你，你自己的儿子讨厌你。

不！坚持住！劳拉！

我开始认为自己对唑吡酮上瘾了，药效就快不灵了，以后我就得吃下更多的安眠药。等到我五十岁的时候，每天晚上就得吞下一整瓶安眠药，再加上一针强效海洛因才能睡着。

哦，好嘛。这么说，你现在还成了海洛因的瘾君子啦。

我决心戒掉安眠药。两周内，我就停了唑吡酮，只吃奥氮平。

也许我可以想象自己好起来？

我再一次被睡眠的念头完全占据了，满脑子想的都是这个。

但是，我心里明白：欲速则不达。

我大脑中的思考轨迹就像这样：

如果我不睡觉，

我就会再发疯，

我要么会回到医院，要么会自杀；

所以我必须睡觉。

我曾经为自己有本事在任何时间、任何地点迅速入睡这件事颇感自豪。有一次在格拉斯顿伯里音乐节上，我居然靠着朋友的肩膀、站着就睡着了。

每天，都有一个荒谬、消极的声音在干扰我的一举一动，在我的背后指指点点，它低声细语：嘿，要是你今天晚上睡不着怎么办？

我越想这件事，就越觉得焦虑。为什么就不能不去想睡觉的事呢？它简直要把我逼疯了。

不管有多少人跟我说他们也有睡眠问题，我都听不进去。我深信失眠是我所有这些疾病的根源，是我会再次犯病的第一条线索。我的大脑不得不从那些失眠的夜晚中恢复过来。大脑会再次损伤。如果我能睡着——那就万事大吉了。如果我睡不着——那我只能继续深陷疯狂之城。

这给了我很大的压力。当然，担心睡不着只会让人……更睡不着，时间又开始追着我跑。

接下来就是我的若干“神奇想法”。我开始迷信：如果我用这只杯子喝水，今晚就会睡得好。如果我让杰特穿那件连体衣，今晚就能睡着。如果我给杰特在睡前读了《野兽国》，我就不会再生病了。如果我今天穿这件衣服，我就不会再生病了。这些想法不断积累，让我觉得像是陷入了某个可怕的游戏节目之中。

一个陷阱，接着又是一个陷阱。

我记得当自己还是个孩子的时候，我常常“挑战”自己。一开始都是些蠢念头，比如，“如果我在马桶冲水结束前没下楼，我就会被怪物吃掉”“如果广播里的这首歌进入合唱时我还没喝下这杯水，我明天就会死去”。不知不觉中，我在人行道上开始加速，就为了在车辆从我身边经过之前超过它们。我计算着步数，闪躲路面的人群、跃过排水沟、躲过人行道上的裂缝。如果我没做到，我的考试就会不及格，我的弟弟就会被人杀死，我的猫咪就会死去。

我记得有一次我向妈妈哭诉，因为我就是忍不住要这么做，好像被困在了“他爱我 / 他不爱我”的游戏中，而且这个游戏似乎永远也不会停下。我就那么不停地“挑战”自己，直到终于获得上天的眷顾，这样就不会有人会死，不会有人考试不及格，不会有怪物吃掉某个人。

我不记得那个坏习惯是怎么改掉的，但的确是改掉了。我想，这种事大概在长大后，自然而然就不会再有了。

我没有意识到，这其实就是一种焦虑行为，它可以演变成强迫症倾向，现在它又杀回来了，而且杀气腾腾。有些衣服杰特就是不能穿；我必须在水壶烧开前洗完所有的瓶子；我必须跟着每首歌的节拍把衣服晾在晾衣竿上。我每天的生活就是刚完成一个挑战，后面还有一大堆挑战排队等着我。这实在令人身心憔悴。

还有另一件事：我开始喝酒。这算是自我治疗，只是为了让自己不再一惊一乍，为了应对生活，为了淹没怪诞的滋味，为了雨果，为了重新点燃我们失去的激情，为了感到轻松、无忧无虑，为了平息我的焦虑。当我把宝宝放到床上的时候，我会觉得需要某种奖励，象征着我又征服了一天。但同时，我也在借助酒精来帮助自己入睡，因为到了晚上，我的大脑会像被龙卷风卷起的锡罐一般不停地旋转，试图解决所有问题。我迫切需要把脑子里的噪声关上。

每天早上醒来时，我都感到沮丧、迟钝、昏昏欲睡，再加上酒精带来的疲乏，更让我产生一种光阴荏苒、日月如梭的恍惚感：我不知道什么是真实的、什么是梦，那种时光逝去的滋味越强烈，我就越发神志不清、头昏脑胀、不知所措。我的脑袋简直成了一锅炒鸡蛋，成了一本遗失在暴风雨中的手写日记，全都被扯成了碎片。

并非所有人都见过服用抗精神病药物的人，但我们大概都见过喝醉酒的人。有一次，我强撑着自己去托儿所时，曾和其他妈妈们开玩笑谈论过这件事。

“我也等不及想喝一杯酒了。”一个妈妈说，“我是说，地球上总有个地方现在到了下午五点了吧？”

“而且，还得是有伏特加的地方吧？”当我一边喝着水一边咕哝着回应时，她们都咯咯地笑了起来。

"我大概也成了酒鬼啦。"一位妈妈咯咯地笑着说。我还记得当时我心里想："这主意真不错。"就好像这真是一种选择似的。

在一次去P医生那里看病的时候，我告诉他，我觉得自己喝得太多了。他看我的眼神，远比我们讨论其他处方药，甚至是在倾听我精神失常时的那些疯狂念头时露出的眼神更担忧。

"你为什么喝酒呢？"他问。

我回答："为了能睡觉。"

P医生说为什么不吃唑吡酮呢——开这个药就是为了睡觉啊。但我告诉他我害怕自己会上瘾，或者产生药物依赖。

"我倒宁愿你对安眠药上瘾，而不是酒精。和别的相比，我现在最担心的是酒精问题。"他回答说。

一个人承认酗酒很难，停止酗酒更是难上加难。

就像"鼓击乐团"的主唱朱利安·卡萨布兰卡斯所写的那样："我无时无刻不盼着能喝上两杯。"

但酒精对我也无济于事，反而是火上浇油。我妈妈也很喜欢喝酒，但她却对我说："劳拉，这不是你的做派。"我终于不喝了。

我回来了！

对一个母亲而言，疾病康复的过程可能会漫长而艰难，因为这牵涉到家庭中所有的成员。在我生病之后，我花了很长时间去反复思考，试图让一切说得通。我总是半夜里躺在床上翻来覆去，试图解决一切问题，但我的思绪混乱不堪。我会想出一套理论，先告诉黛西或者雨果，只是为了让他们把我驳得体无完肤。我意识到，当我的精神出现问题时，我的所作所为并不总是与我的大脑活动相关联。我还会掩盖这些思路，隐藏我的怀疑，对不同的人讲述不同的感受，之后又全都弄混。而所有这一切的背后都没有任何真实性，这就让事情变得越发困难。

每周我都去看心理治疗师。此外，每个月我还会见P医生，慢慢地，他开始让我摆脱对抗精神病药奥氮平的依赖。

每一次减小服药剂量，我都能感觉到好处。这让我有了更多的精力，也感觉更加轻松。我的衣服渐渐合身了。杰特渐渐长大，反应渐渐灵敏，我们开始越来越亲近。慢慢地，我在家里安顿下来。

到了夏天，杰特五个月大时，我吃完了最后一剂奥氮平。我和雨果——我最好的伴侣、搭档——一起出去大吃了一顿。我们买了款式最怪诞疯狂的冰激凌，上面缀满了彩色的棉花糖花环。

我决定举办一场大型的"告别药品，不再疯狂"庆祝派对，就好像我过去一年去了一个叫作"精神病"的异国他乡，终于回归了一样。没错，我回来了，我康复了！

我的"生命回归派对"！

不过，我也向朋友坦诚相告，我在P医生的表格上撒了一点谎：我并不是完全没有消极念头了，多多少少还有一点。我仍然能感觉到有个幽灵宝宝在踢我的肚子。我仍然不时会冒出自杀的念头。我刚摆出一副英勇无畏、敢于直面一切的架势，下一刻又老调重弹——我再次一夜未眠。这真让人信心全无。我会想：哦，天哪！又来了。我又病了。恐惧再次呼啸而至。

没关系。吃一片唑吡酮就会睡着的。

我躺在那里等着睡意降临，但睡意并没有降临。而且，躺得越久，精神就越紧张，入睡的机会就越小。就连雨果和杰特的呼吸声、我自己的心跳声都让我烦躁不已。我开始倾听外面的世界，猜想这个时候还有谁醒着。我听到关门的声音、汽车驶过的声音、邻居的脚步声、马桶的冲水声、电视机的声音、洗衣机的声音……终于，这一切都停下了，世界陷入寂静。

宇宙中的每个人都睡着了，只有我除外。凌晨两点，凌晨三点……

我不能再生病了。每个人为了帮我都出了那么大力。能不能好起来全都在我。我会让大家失望的。我绝不能再病了。康复不是一天两天的事，需要很长时间。加油，劳拉。睡吧。睡吧。睡吧。

凌晨四点……

我又服了一片唑吡酮（这是最大剂量）。然后，我睡着了。

第二天，我觉得自己像个失败者。我紧张不安，心烦意乱，思绪涣散，无法集中精力照顾杰特。我变得十分偏执，高度焦虑，高度警惕。此外，还有服下强效镇静剂后的宿醉感后遗症。

一个不眠之夜变成了三个。我发现，不让自己数日子简直不可能。唑吡酮失去了魔力，我会躺在床上辗转难眠，思绪在飞奔、翱翔。然后，我会从床边走到沙发，再回到床边，再下地，再绕到床另一边。我的额头发皱，下巴紧绷，身体脱水，每隔五分钟就想爬起来小便。我的双腿也不停地悸动，不是太热就是太冷。枕头也总是不舒服。我起床，喝杯牛奶或水，接着又要小便。我不敢看闹钟，因为我知道很快又得起来了，我有个不讲理的小宝宝需要我打起精神去照顾。

我又要疯了。我受不了了。我必须得自杀。我没法再活下去了。我太不适合活下去了。我怕得要命，不知道接下来会发生什么。

于是，我又开始服用抗精神病药。我感到很难过。我们全家都很泄气。在我的想象中，雨果走了，冷若冰霜。我觉得我让他失望了，这一切都是我的错。我的“生命回归派对”（无论是真实还是比喻，这名字都很恰当）取消了。

我又复发了。康复的过程并不总是线性的。我在心中对自己承认：很可能，我的后半辈子都会处在康复之中。

分享病史

2018 年 8 月，我鼓起勇气，在克莱米·特尔福德的“妈妈清单”（Mother of All Lists）网站上分享了我的经历。我用手机写下这些，只是想诚实地记录这种可怕的疾病。我写这些，就是想结束沉默，成为这类疾病的“吹哨人”。

一夜之间，我的博客仿佛病毒一般迅速地传播开来。第二天早上，各种消息纷至沓来，我一下子被媒体的采访邀约，以及闺密、老朋友、校友、父母的朋友、邻居、老师和各种陌生人的回复淹没了。大家的反响热烈得出乎意料。

人们的反应让我不知所措，我立刻后悔分享了这篇文章。这反应太强烈了。是我放松了警惕，现在每个人都知道我得了病。会有人用这个来对付我。我感到脆弱不堪，十分害怕。我再也好不了了。让这一切都结束吧，让这一切都停止吧。我立刻噤声，不见朋友，避开所有的社交媒体。

这真是太讽刺了——疾病再次找上了门。哦，哈哈哈，万岁！干得好。多年来，我一直希望自己的作品能产生影响，万万没想到，等它终于产生影响时，我甚至连家门都出不去了。

薰衣草浴、甘菊茶、热牛奶、瑜伽、锻炼、冥想、睡前阅读、各类酊剂，这些都不管用。我不能照顾我的宝宝了，我再也睡不着了。

停下！停下！停下！

终于……终于，病魔停下了脚步。我好起来了。药物治疗加上时间（当然，还有一个奇迹：杰特）帮我渐渐康复，然而，这并不是简单的躺着等待药物起作用的过程。要想康复，你需要的远不止这些。

他人的支持、对症的治疗和沟通交谈，这些都是至关重要的。不过，就像我的治疗师说的那样：“劳拉，你能做到，但是得在这上面多花点工夫才行。”

我的的确确是这样做的。如果我做其他事时也能像我对待身体康复这件事那么尽心尽力，那么这世上大概没有我做不成的事——甚至连当运动员、当首相也不在话下。

为了能好起来，我真是尝试了各种方法（雨果对下面分享的每一种方法都毫无异议，全力支持——当然，我抽烟、喝酒，他也没反对过）。以下只是其中一部分：

果汁减肥法：愚蠢又可笑，反而让我高度焦虑、头昏眼花，甚至更累。

针灸疗法：治疗过程很尴尬，因为我穿着连衣裙，而治疗师想在我的大腿和腹部放针。在经历过剖宫产后，这种治疗越发让我觉得身体暴露、被人戳弄、被人刺探。我本想放松，结果却适得其反。

买了一台慢跑婴儿车[①]（它现在住在我家壁橱里，已经好几个月没人动了）。

买了新的跑步鞋，新的运动内衣，还有新的跑步帽……这是要做什么？

抽烟——好吧，一天六支，但对我来说实在太多了。

电子烟？不开玩笑。我的朋友给我买了一支彩虹电子烟，居然还配了棉花糖口味的烟弹。

为我的家人准备一顿古怪的“感恩”早餐。大家尴尬地吃了一个小时。

---

① 一种可以当作婴儿车，也可以推着跑步健身的车子。——译者注

某种奇怪的黄芩草药酊剂。

晕船药片。

拳击。

1000 片的拼图。

一种彩色灯：据说盯着看的时候会让人睡着（十分惊悚，而且一点用都没有）。

一套索尼的 PS 游戏机——这到底是什么鬼东西？开什么玩笑！我是说，种种迹象表明，我实在是个“边缘女人”！

一张呼吸 CD（你没看错，就是 CD：这是 P 医生的礼物。雨果跑遍了伦敦南部的每家商店，总算为我买到了一台 CD 播放机）。

冥想（哦，上帝，不，我脑子里并不是只有我一个人在思考）。

知道吗？一直以来，有一样东西自始至终对我真的有帮助，而且就在我眼皮底下。

这就是：书。

我并不是想用那种恼人的儿童教育电视节目的方式说“书中——有你——所需要的——一切”，但我阅读了很多人关于抑郁、焦虑和精神病的经历，阅读了我的心理治疗师和精神科专家推荐给我的每一本书。

读书就是一种对话。书是一个沉默的伙伴。老实说，我想——这就是我写这本书的原因。

我由衷感恩克莱尔·威克斯医生写的那本《神经自助指南》（*Self-Help for your Nerves*）。我差不多是坐在那里贪婪地囫囵读完了整本书，之后又把它压在枕头下陪伴了我整整一个星期。

这本书中有一段话，对我而言极其重要，如今已经变成了我的口头禅，变成了我的手机屏保（自那以后，这也成了我好几个朋友的手机屏保）：

紧张和恐惧，不必挂怀
恼人的建议，不必挂怀
不必挂怀，从容应对
坦然接受，岁月流逝

如今，我总爱在房间里贴各种便利贴，提醒我“从容应对”。当我早上起床困难时，我选择从床上从容地坐起来。当我不想离开家门时，我会从容地来到前门。我会推着婴儿车从容地在公园里散步，不必计较，不必纠结，只需要不疾不徐，任凭岁月流逝。

我花了那么长时间愤愤不平：“真是难以置信，这种事会发生在我们身上！”这让我产生一种苦涩、自怜的感觉，由衷地感到难过。我觉得我们不该“摊上”这种事。

我记得曾对我的治疗师说：“我真不知该怎么处理心里那些想法，也不知道哪些想法更有益健康。我是不是该直接无视？我是不是该让这些念头走开？还是说，我该和它们和平共处，任由这些不安的记忆和念头占据我的大脑？”

她答：“你为什么需要处理这些想法呢？你为什么不按照克

莱尔·威克斯建议的那样，直接无视它们呢？让它们从你身边飘过好了。它们最终会离开，然后会变得越来越少。”

的确如此。你脑子里产生过焦虑的念头，并不一定就会让你真的焦虑。

我们生病的时候，别人总告诉我们要“与之抗争”。大到绝症，小到感冒，医生和朋友们都会说：“你必须要与病魔做斗争。”

但是，“抗争”并不是产后抑郁症这类精神疾病的正确康复方法。我们并不需要去“抗争”什么。这个词只会引起更多紧张和焦虑，只会让肾上腺素迅速充斥全身，引发拼命挣扎或是企图逃跑的反应，而这些正是我们应该避免的感觉。

有人担忧（我能理解，我也曾经担忧过），如果你没有与疾病“抗争”，那你就是在鼓励它征服你，那就是自动缴械投降，你就成了病魔的受害者。但在这里恰恰相反——你不可能改变你无法控制的事，但你能决定如何应对这些问题，如何面对你的疾病，那就是：平静地、优雅地坦然接受。

能帮你的只有自己

没有人能做到百毒不侵。世界上也没有一条法则规定我（或者其他任何人）一定不会受苦，规定我不该遇上某种事——不管是好事还是坏事。

正是这份认知真正帮助我克服了创伤。是的，这的确很可怕，很难受，很不幸，但它已经发生了。如今，它成了我生活的一部分，是它给我带来了焦虑和悲伤。但每当我想到，我差点因此丢掉了性命，这一点点代价就不算什么了。所以，我坦然接受，并为自己如今变得更好、更强而深感欣慰。

时间会治愈一切。这话听上去老生常谈，却是真知灼见。如果你深陷病痛之中，我知道这话对你来说毫无道理，但是……请等一等，保持耐心。你可能会因为没有人对你的疾病给出确切“答案”而感到像是受了骗，但我想说，不妨敞开怀抱，让血液流遍全身，相信自己的身体，它知道该如何自我修复。顺其自然，这就是你要掌握的诀窍。

真相就是——如果你在受苦，真正能帮你的只有你自己，以及陪伴着你的他、她、它（顺序不分先后）：

家人。

朋友。

空气。

空间。

食物。

睡眠。

阳光。

水。

温暖。

爱。

时间。

坦白说，如果你得到的比上面更多，都可以视为——意外的红利。

你的身体具有求生的本能，你天生就能应对和忍受痛苦。你会做到，也能做到。你现在读这本书，就是在自救、自助——哪怕你今天做到的只有这些。我想说：你做得很好。

借用尼克·凯夫[①]的那句歌词："如果你想流血，就流血吧。"

任热血奔流，直到最后一滴。你可以崩溃、跌倒、哭号、失落、尖叫、奔跑、狂怒，为了能感受世界，尽情去做吧！就是不要屈服。永远、永远不要屈服。

在精神病医院，他们总是说："走出地狱的唯一通途就是痛苦之路。"我记得当时听到这话时，我心里在想，这是什么骗人的鬼话？这有什么用……其实这是逆耳忠言、苦口良药。

这是一场痛苦而漫长的等待游戏。但你不会永远这样痛苦下去的。

你会重新快乐起来，会再次学会爱。

你会再次仰头大笑，会再次与爱人牵手。你会再次安然入睡。

你会再次在看到电影情深之处时流下热泪，你会再次和朋友们在艳阳下的啤酒花园里畅饮。

你会去度假，会享受季节变化。你会去剪头发、去购物。你会去和朋友见面，一起开派对。你会去工作。你会接吻。你会创意连连。你会跑步，会去商店买三明治，会自己填写表格。你会在餐馆里安然享受美食，会毫无理由地感到快乐。你会感到安

---

① 尼克·凯夫（Nick Cave），一位来自澳大利亚的天才级人物，摇滚艺人、词曲作者、诗人，同时还是演员、编剧。——译者注

全。你会想到除了疾病和恐惧之外的其他事，你会重新与他人建立友谊、构建关系。你会重新感觉到真实的自己。

那个真实的自我，就在街角等着你。

我知道你不相信这一切。我知道你不相信我。但你会的，会等来那一天的。

产后精神病康复后那些会吓到我的事

没有。

因为，担心某件尚未发生的事又有什么意义呢？（老天爷，这是不是在说，我现在变得理性了？我想是吧。）

我就是一头母狮子。无所畏惧。

有斜坡？滑过去。是大斜坡？那就滚过去。你是人猿，我是泰山。怪兽来袭？打回去。僵尸屠城？杀回去。恶灵压顶？赶回去！

兵来将挡，水来土掩。

我无所畏惧。

后记

杰特一岁了。对任何父母而言，这都是一个里程碑。就像是奇迹——宝宝活着。而且，我也活着。

在他一岁生日前的那些日子里，我常常感到焦虑，总是担心这个日期会触发什么意外，让我的生活再次偏离轨道。这一天不光是他的生日，也是我把原来的人生抛在身后的日子。我发现，只要在电视上看到任何关于当妈妈或是带宝宝的情景，我就会哭。不是那种抽抽鼻子的呜咽，而是涕泗横流、捶胸顿足，像动物一般的鬼哭狼嚎……

我是个很棒的妈妈。不，我是个超棒的妈妈。我没有失败，一点也没有；我成功了。正如喜剧演员兼社会活动家汉娜·加兹比说的那样："再没有什么比一度被击倒，又重新振作的女人更坚强的了。"我已经向自己证明，我坚强、凶猛、勇敢，我就是自己一直想要成为的那种人。只要看看我为我的宝宝所做的一切，就足以证明这一点。我会一直如此，直到白发苍苍、垂垂老矣，还有太多的工作等着我去做。而且，知道自己绝不会自杀，这更让我惊讶。我就是不会那么做——这真让人兴奋！我们终其一生都在寻找极致的幸福……但那到底是什么呢？我们如何才能得知，自己终于找到了呢？

我简直不敢相信自己竟然写下了这些，同样不敢相信这么做能起到那么大的作用。在写这本书的每一章时，我的耳边总是响着《玩具总动员》的配乐，我总是在果汁、牛奶、小便的循环中徘徊。杰特趴在我的脚边，不断用打瞌睡和换尿布这类事打断我的思绪。我的脚趾上甚至沾着烂香蕉，但写作却让我感到越来越轻快。当我在写作中追忆那些痛苦的往事时，我知道我可以随时停下来，抱起杰特，把他搂在怀里。现在，他一岁了，他甚至会反过来拥抱我，而不是像原来那样，像一坨土豆泥或是一袋沙子那样坐在那里。

杰特一天天在成长，我也跟着他一天天成长。有那样一张胖乎乎、可爱、滑稽的小脸蛋整天盯着你，光是这个就值得你努力活下去。他需要我，我也需要他。

出血终于停止了。然后，它刚停止，我的月经又来了，就好像在说："嗨！大姨妈来问候！我可是你的好朋友哦！"

我犒劳自己去做了按摩，蜷缩在按摩台上默默地哭泣。我不敢相信我的身体对我这般忠诚，陪着我经历了这么多。从我怀孕，到把杰特带到这个世界之后发生的一切，我的身体从未让我失望。我从未像现在这样爱我的身体。

有一段时间我见到刀子就害怕，但现在我也能像其他人那样，若无其事地切洋葱了。

走在公园里，我遇到了我第一次去看病时见到的那位全科医生。她正在和朋友一起喝咖啡，我走上前去，拍了拍她的肩膀，忙不迭地说抱歉打扰。她睁大眼睛瞪着我。

“不知道你是不是还记得我，只不过……”我说。

“记得你？我怎么可能忘了你，我永远也忘不了那一天。老天呀，当然啦！你好吗？你看上去气色不错！”她回答。

“我挺好的。我只是想对你说声谢谢，谢谢你特地打电话来询问我的情况，谢谢你把工作做得那么细致。”

有一天，我需要给杰特买些药品，于是我鼓起勇气，从容来到了那家我一度非常害怕的药店。推开店门，往日的记忆一幕幕涌上心头。各种病患和恐怖的味道直窜进鼻孔。要是那位总爱品头论足的女药剂师也在这里怎么办？

还好，她并不在。店里站着一位新来的女药剂师。这个药剂师非常友好，不问理由就给我打了折扣。

我们还去了巴黎度假。阳光灿烂，我们走进一个美丽的广场，那里的人们围坐在一起，喝着咖啡和葡萄酒。我们住进了一家漂亮得离谱的酒店，所有的酒店都毫无理由地把我们的房间升级到了套房。雨果、杰特和我在床上开心地跳上跳下。我们去了一家完美的当地餐馆，餐馆的墙壁摇摇欲坠，菜单就潦草地写在黑板上。那一晚，服务生简直把我们宠上了天，还带着杰特去厨房见大厨，大厨特地为他做了一大盘煎土豆，还捏了捏他的小脸蛋。

我剪短了头发——其实，我想这么做好久了。但我实在不敢在精神病刚刚康复的时候突然像这样剪短头发，生怕人们以为我又疯了。理发师说："你真勇敢。这个发型很符合你的个性。"

突然之间，理发——就我的尺度而言——成了微不足道的小考验。

我的母性本能终于开始发挥作用。杰特和我成了配合默契的团队，我们彼此理解。我看着杰特，直视他的眼睛，对他说："我对所有这一切感到抱歉。以前我没有说过，但现在我真心实意地说，我爱你，非常、非常、非常爱你。了解你的过程，就像一场和陌生人的邂逅。我很抱歉用了这么长时间。不过，现在，我来了，我就在这里。"

杰特会说的第一个词是"妈妈"。

有一天，他撞到了脑袋，第一个找的人是我。现在，他差不多完全迷上了我。

黛西怀孕了。尽管我再生一个孩子的可能性很低——那样我有一半的概率会再次患上产后精神病，不过看起来，我的事并没有把黛西吓得这辈子都不想要孩子，而且我知道，我会像爱她一样爱她的宝宝。如今，我也知道该如何帮扶我的妹妹度过这一切——不管她会不会得产后精神病！

如果你读到了这些，那就意味着我已经鼓起勇气，把写下的这些文字交给了我的出版商。其实，写这本书对我而言，恐怕是最好的治疗。这本身就成了一个有意义的故事。

人们总是问雨果：“你什么时候回去工作？”可却没有人这么问我。我和雨果一样努力工作，我们挣的钱也一样多。事实上，即使在我生病的时候，我们俩仍然在挣钱养家！

爸爸们也有权享受育儿假，也应该休息。感谢上帝，如今不是二十世纪五十年代了好吗？如今也有“爸爸时间”啦！爸爸持家，妈妈出去工作，没问题，只要他们愿意。妈妈想赚钱养家，没问题。胸怀大志，想要获得自我满足，希望充实大脑，获得独立，这些都没有问题。同样，不想待在家里也很正常。只要你做的事对自己、对你的家人都有利，就是好的。

总的来说，我们需要对心理健康问题提供更多的支持、展开更深的讨论。男性也同样会遭受抑郁症、产后压力和创伤后压力的困扰。孩子可能会成为发病的导火索。女人去见全科医生，说自己可能患上了产后抑郁症，医生往往不会大惊小怪，而是说：“只是产后抑郁症而已，别担心。为什么不试着坐下来，给自己一些时间调整调整呢？”但是，你能想象吗，要是换成男人说“我觉得自己可能患上了产后抑郁症”，你觉得医生会怎么看呢？

雨果读了我读过的每一本书，和我一起参加了每一次和医生的会面，让我完完全全按照自己的心意去做事。他听凭我责怪他、咒骂他、依赖他。他看着我一次次像飞蛾扑火一般，从四面八方向病魔发起攻击，又一次次把跌倒的我重新扶起来。他陪着我一起在雨中奔跑，陪着我一起哀伤痛哭，陪着我一起整夜不眠，陪着我一起把那些联想到病痛的东西丢了出去，倾听我一遍一遍地诉说。他完全不介意我半夜哭着把他叫醒。他给予我那么大的空间、那么多的时间，他给了我那么多的关心和疼爱。

有很长一段时间，每当他出去跑步，我的心里都会想：哇，他可能这一去就再也不会回来了。他可能真的打算离开我了。想想吧，他要是就这么一走了之，会怎么样？但每一次，他都回家了。他从未怀疑过我。他就是奇迹。

扪心自问，如果事情颠倒过来，我真的说不好自己是不是也会像雨果对我那样做得那么出色。我一度成了杰特的威胁，但他从来没有让我为此尴尬、痛苦过。他无比自信地挥手告别了只有我们二人世界的日子，深信我们会一起在这个家里，安然无恙。

在我忙着编辑这本书的时候，雨果刚刚从一次创伤后应激障碍中恢复过来。这次恐慌持续发作了二十四小时。我猜，他长久以来充当着这个家的“守护者”角色，在我患产后精神病期间全程保护着我们；现在，我的病好了，他也安下心来——但在经历了这一切之后，他的精神和身体承受了长时间疯狂的肾上腺素亢进。突然，轮到我来照顾他了。

“嘿……”雨果一边读着这篇文章，一边吃着杰特的薯片说，“你一定要告诉读者，我现在好多啦。”

所以，FYI[①]：他现在好多啦。

事实上，他比以往任何时候都要好——他在搞音乐创作，在当一个又笨拙又出色的好爸爸，还报名参加了伦敦马拉松！我记

① FYI（For Your Information）是“供你参考”的意思，网络常用缩写用语，常出现在各种网络、消息，特别是电子邮件用语中。——译者注

得他生病时曾问我："要是我永远都是这种感觉怎么办？"他问我的样子，就和我当初像条金鱼似的绕着公寓转来转去，无数次问他这个问题时一模一样。记得吗？抑郁症 / 焦虑症就会这样耍你，让你觉得自己这辈子都会一直这样。

我的心理治疗师给了我一份带有十一个问题的日志，让我每天回答这上面的问题。其中第九个问题是："在当前情况下，你心中最大的愿望是什么？"

起初，当我刚开始回答日志上的问题时，我每天的回答都是"希望我不再焦虑"、"希望我没有生病"或者"希望这种事从未发生在我身上"。

今天，我的愿望是雨果、杰特和我都健健康康、平平安安、快快乐乐。而我们也的确健健康康、平平安安、快快乐乐。换句话说，我最最珍爱的愿望已经实现。除此之外，我别无他求。

如果你需要帮助

关于产后疾病的一些真相

当你怀孕后出现不适，很多人听说后首先会问这个问题："这是头胎吗？"这个问题听起来就像在说，你只不过是被自己的新角色搞得不知所措，无法驾驭，迷失了方向。其实，产后疾病并不是由无法应付新生儿或不知道怎么做个新晋妈妈造成的。我认识一些母亲，她们在生第二个、第三个甚至是第五个孩子时，才遭遇了产后精神疾病。

产后疾病不是因为发现有宝宝的现实生活与你期望的好莱坞式的粉色人生不符而发生的，也不是由嫉妒"社交媒体"上那些万能妈妈而导致的。没错，社交媒体会加剧你的焦虑、压力和自卑感，但你不会因为嫉妒而患上严重、罕见的精神疾病。

产后疾病也不是由怀孕期间的压力和忙碌造成的。任何人都有可能出于任何原因患上产后疾病。是的，得病并不是因为压力。不过，过多的压力什么时候不会让事情雪上加霜呢？

这并不意味着你失败了。

这也并不会让你变成坏妈妈。

如果我们保持交流，彼此扶持，用正常的心态看待这些奇怪的情感，提前对准妈妈、准爸爸们加强教育，对患病有所准备，那我们就可以在产后抑郁症和产后精神病的恐惧深渊中照进一束光，就可以帮助有病患的家庭认清这个原因不明的影子，不再对这个恶名昭著的疾病感到害怕和羞耻。

我的全科医生把我引荐给了卡迪夫大学的精神病学家伊恩·琼斯教授，他专门研究双相谱系障碍（bipolar spectrum disorders），特别专注于研究情绪紊乱与分娩这二者之间的关系。我很想和他深入地谈一谈我的个案以及发生在我身上的事。

人们对产后精神病知之甚少。这种疾病非常凶险，使人异常衰弱。它可能会在分娩时、分娩后或是产后的任何时期突然发病，然而，我们并不知道为什么有些女性会受到这种疾病的折磨（有些女性甚至在怀孕期间突发精神病）。对许多女性而言，这种疾病完全是突然发生的，而且她们并没有任何精神疾病患病史，不过，曾有过双相情感障碍的女性患病的概率会更高。有些女性在面对压力时能回顾自己的生活，看到以前遭遇这种“插曲”或类似行为的例子，但还有很多女性（比如我）做不到这一点。

一些研究表明，某些特定因素（例如分娩创伤）可能会导致产后精神病。但是，许多女性经历了极度痛苦的分娩过程，却没有任何不良的精神疾病影响。相反，那些顺利分娩的女性也会患上这种疾病。

另一个可能的因素是，许多产后精神病患者在分娩时或分娩后发现自己的孩子出了“问题”，从而诱发了疾病。但同样地，相当多有过类似经历的女性并不会患精神病。

怀孕或分娩期间经受的压力是另一个导致发病的诱因，比如睡眠不足。但失眠并不会导致你精神错乱，如果真是这样，全世界就到处都是精神病患者了。同样，许多女性的经历也表明，不需要睡觉或不想睡觉也是这种疾病的症状之一。

这些都不会产生必然的因果关系，关于病因，一直没有明确的答案。这是一种神秘莫测的疾病。

在我和琼斯博士交谈之前，我一直在思考，自己是不是在内心深处或是童年经历过什么痛苦，但多年来从没有正视、应对过这些创伤。我过去是不是一直处于崩溃的边缘？会不会不管有没有孩子，我都会突发精神病，而杰特的出生不过是触发了病情？如果我经历了另一种创伤，比如丧亲，我是不是也会患上精神病？如果我在分娩时没有遭遇那些创伤，是不是仍会得产后精神病？我有没有可能提前加以预防，不让这种疾病发生呢？

我问伊恩·琼斯博士：“为什么是我？”

他给了我一个最好的回答：“只是因为运气不好。”

这个回答，我完全可以接受。

我把这一切都写下来，只想理清事件的始末，把这一切看成发生过的事，而不是仍在发生的事。同时我也意识到，对我来说最好的方式就是向前看，不要再去分析我崩溃背后的原因，因为我永远也弄不清事情的真相。

我告诉我的心理治疗师，现在，整件事对我而言就像做了一场噩梦，她则提示说这也并非完全是件坏事。也许，我真的可以只把它看成一场噩梦？这倒挺管用，非常管用。

但我还有一层新的担忧：它会不会卷土重来。这就像我经常用舌头试探口腔溃疡的位置，检查那里是不是还疼一样，我也经常进行一系列自我破坏式的故障排除实验，以确保我绝对不会再发疯：我能听到声音吗？如果我认真听，还能让声音重现吗？如果我认真想，还会产生幻觉吗？这么做时，有人可能会觉得，这简直就像在召唤某个精灵或是某个恶魔，是在玩火。我想说，并不是这样，我只是在应对、处理。我在逐渐恢复。

我听说过这样的故事：有些女性不得不搬家，因为她们对自己的疾病感到羞愧难当。很多女性不得不独自面对那些痛苦不堪、有时甚至是悲惨难忍的时刻。开口承认自己曾试图伤害自己或伤害宝宝并不容易。那种把自己孤立起来、远离他人的念头十分诱人。你的自信心一度破碎，这需要相当长的时间才能恢复到往日的状态，尤其是当你还在努力扮演新妈妈的角色时。

我发现，坦承这一切对减低羞愧、内疚和尴尬的情绪非常有帮助。这些情绪都是没有用处的负面情感。这些情绪对我没有好处，对杰特更没有好处。

我还发现，敞开心扉，开诚布公地谈论我的产后精神病经历，轻松面对，分享经验，也是一种非常有效的解药。一旦你开始谈论它，你很快就会发现，不管怎么说，你都不是一个人在战斗。人们爱你。你并不需要请求获得原谅，你并没做错什么。然后，你对生活产生了新的看法。这就叫作洞察力。

我意识到，在医院里大家说的是实话：你的确会好起来的，会的。

事实就是，如果你去问任何一位新晋妈妈分娩之后的情绪，大多数人都会说她们感觉怪怪的（这个“怪”，有时候是好的，有时候是坏的）。所以，要想诊断某人的问题是不是更严重，真是很难呢。

哈！他们说我会变得容光焕发（有些人的确如此，有的人甚至感到无比幸福和快乐——那可真是人人渴望的梦想，但有些人并不会这样）。

如果你去问问老一辈的女性，她们中许多人会说：“我们那时候不谈这种事。”瞧瞧！好吧，如今我们可是会谈论这种事呢！

在我分娩完出院回家后，一个雪后的春日早晨，邻居撞见了我。下面这条短信就是她发给我的：

嘿，亲爱的，

我想，我能体会你现在的处境。

我还记得我家埃莉诺出生后，我觉得自己好像得了“创伤后应激障碍症”。

我严重缺乏睡眠；宝宝给我的生活带来了巨大的冲击；

还有压倒一切的恐惧……这些让我如临深渊。

我的建议是，想办法找人帮忙负责夜间喂奶。凡事退后一步想……杰特会有人照顾的，不会受伤的。

还有，如果你需要吃药，就吃药吧！

我为了抵制吃药，结果苦苦忍受了将近一年！

如果我这是反应过度，请你原谅。如果你想过来和我聊聊天，随时发短信。

由衷爱你。朱迪。

她没必要告诉我这些，但她却告诉了我。现在我要做的就是：像她那样，把我的经历分享出去。

知道吗，我们需要彼此照顾？

人们都说妊娠期分为三个阶段[①]，并不是这样。其实有四个阶段：产后，就是第四个阶段。

① 通常来讲，妊娠分为三个阶段：妊娠早期（孕12周前）、妊娠中期（孕13周至27周末）和妊娠晚期（孕28周至分娩）。——译者注

关于抑郁

抑郁很痛苦，但你的感觉会太过麻木，以至于不怎么感到疼痛。

你会认为你这个人很可怕，一文不值，粗鄙不堪，不值得爱，你就是个负担。

你甚至都提不起精神去做诸如起床、穿衣、洗澡、换衣服、刷牙、洗头或吃饭这类最基本的日常琐事。

你完全失去了食欲，尝不出任何味道。食物对你而言就是浪费。

你知道自己应该“写点东西”“读些东西”“见见朋友”“赴个约”“跑跑步”“做做瑜伽”“买几件新衣服”“听听音乐”“做做烘焙”“化化妆”，做这些事就是为了提醒自己是谁，就是为了让自己感觉更好。但是，也恰恰是这些事会在你身上产生完全相反的效果，因为你完全做不来。所有这些快乐都失去了魔力，它们不像往日那样让你感觉更好，反过来却只会让你感觉更糟。

这让你左右为难。

是的，你知道你应该进行自我救助，但是，你最不想帮助的就是自己。

你只想一个人待着，与此同时，一想到只能独自待着，这念头简直要让你当场石化。

你用光了所有的友情“赞助”，再也找不来任何帮助。

你相信每个人都在背后谈论你，你对此不胜其烦。

你只记得生活中那些不好的事，只记得那些离你而去的人，却不记得那些仍然陪伴着你的人；只记得自己做错的事，却不记得自己做对的事。

你会把自己那绝望透顶、凄凄惨惨的生活，和其他人的美好生活加以比较，恨不得付出一切来和他人的生活交换。你变得固执己见、自私自利、自怨自艾。然后，因为心中充满怨恨，你又陷入恶性循环，感觉越发糟糕。

你会呆坐在那里，想起自己这辈子所有身体不适的时候，而且会一万次地想到恨不得付出一切，只为不再有这种感觉。

你还深信，在这个星球上，在人类历史上，从来、从来、从来没有人像你这样，感觉这么难受；没有人会理解，也不会有人想理解。

事实上，那种感觉糟糕到，你几乎可以肯定这会要了你的命。

医生可能给你开了处方药，但你会认定，吃药只会让病情加重，吃药可能会麻痹你，让你变得迟钝，让你感觉不到快乐和痛苦，会破坏你的创造力、智力，甚至会让你看上去更加虚弱。你会认定人们在背后谈论你，八卦你在“吃药”的事，因为一旦吃药，就说明你真的疯了、真的很可悲、真的情绪不稳定。药物还会夺去你的激情（因为——是啊，老天爷，你那原本闪亮的个性，如今完全变成了熊熊烈火），而且，你认为一旦求助于药物，人们就会对你失去信心，认为你连自己的本职工作都完成不了，不会再想肯定你、亲吻你、拥抱你。你还听说吃药会带来体重增加等副作用，所以你更不想吃药，因为你实在害怕吃药会让你感觉更糟。于是，你只能苦苦坚持，继续艰难前行。

这一刻，你特别在乎别人对你的看法。

下一刻，你根本不在乎别人对你怎么看。

这一刻，你什么都感觉不到。

下一刻，你又能感觉到一切，而且一切都太过吵闹，太过逼近，太过、太过、太过……

你完全活在了对过去的悔恨中，活在了对未来的恐惧中。至于当前，你不是没完没了地琢磨一件又一件事，就是没完没了地想着怎么避免去琢磨这件事或是那件事。

你变成了缩头乌龟，先是屏蔽所有来电，再往后干脆拒接一切电话。

你变得只想整天赖在床上，希望能忘掉一切，坠入幸福的梦乡，哪怕只有片刻也好。

可是，你就是睡不着，就是无法找到片刻平静。

你会感到抑郁症是一种实实在在的疼痛。你那可怜的、生病的大脑疼痛难忍，有时候你甚至觉得再也无法忍受这种精神上的痛苦了。病痛完完全全击倒了你。它令你麻痹，使你瘫痪，把你绑在了床上。真的，太痛苦了。

你开始酗酒，甚至吸毒——只要是能让疼痛暂时消失的东西，都会用上。

你可能会自残，甚至考虑自杀。

而且，你不会开口寻求帮助。

还有其他很多不愉快的症状，包括：偏执、多疑、疲劳、妄想、低自尊、对什么都没兴趣、自我怀疑、愤怒、自怜、厌烦一切、嫉妒、消极思考、总是幻想各种灾难、胡思乱想、失眠、狂躁、长期疲劳、严重焦虑、恐慌发作……这些，只是一部分症状。

但是，我向你保证，就像一切事物那样，抑郁症也有弱点。

我差不多遭遇过抑郁症和焦虑症的每一个“特色症状”。

你可以好起来的。你也会好起来的。这需要时间，而药物治疗将有助于加快这一过程，但这种病不会永远持续下去。没有一个病例是永远持续下去的。我保证，都会好起来的。

你有这个能力，你非常坚强，你可以忍受疾病。你能办到！看看你自己，你已经在前进……

关于焦虑症

我上中学的时候，学校有一位护士，叫韦伯修女。她人非常好，但我们却常常拿她开玩笑，因为不管你出现什么症状，她给你的处方总是润喉片，然后她会让你像没事人似的回去上课。我们总是开玩笑说，就算你一条胳膊断了，去见韦伯修女，她大概也会给你开一剂她最最信任的柠檬蜂蜜润喉片。

但是，就像某些短效身心治疗法那样，润喉片也能起到基本作用。我们吃了以后确实感觉好多了。也许这就是她给我们开这种药的原因？因为我们大部分人只是在经历青少年的焦虑期？

我至今仍记得，孩童时期，我在某个平常的日子醒来，会认定自己那天会死掉，没别的理由，只是在心里那么认定。我会在星期天晚上，一想到第二天要上学，就感到“完蛋了”。我会害怕和爸爸一起开车驶过伦敦的那些桥梁，生怕大桥坍塌，我们跌进泰晤士河。我还经常担心家里的钱用光了。我会在晚上彻夜不眠，担心万一被警察开了停车罚单，我们家要怎么才负担得起。那样一来，这个家就会垮掉，黛西、赫克托和我就会被送进福利院。

当我收到生日礼物时，脑子里的第一个念头会是：“哦，上帝，我真是太喜欢它了。要是我不小心弄丢了怎么办？”这简直太荒谬了。

我的担心真是无处不在。我担心的小事诸如：要是我们明天早上的牛奶不够泡麦片怎么办？我担心的大事则包括："呛辣妹"杰瑞要是离开"辣妹合唱团"，还能做什么工作呢？

也许这是因为我的成长环境有点混乱？因为我父母都是自主创业？事实上，他们的确没有普通人眼中的"正常"工作和稳定收入。我也知道，他们没有退休金，没有退路。我觉得自己担心这些，他们就不用担心了。

公平地说，我的父母都经历过高度焦虑的童年，他们各自的父母都来自信仰虔诚的家庭，同样常常焦虑。这里自然有代代相传的焦虑和创伤，这种焦虑和忧心的精神内核已经写进了我们的遗传代码中。不过，这并不是某个人的错。

（我们总喜欢把一切根源都归咎于童年，不是吗？）

像许多孩子那样，我一到学生集体大会的时候就会咬指甲，一做数学题就会啃手指，我这么做的时候甚至想都没想过。而且，为了克服这个坏习惯，我改为啃咬更隐秘、更邪恶的地方：我咬口腔内侧、咬嘴唇，偷偷抠脚底板，或者挠头皮，直到挠出血痂、挠烂皮肤。我还磨牙，磨到需要戴橡胶保护套的地步。最近，每当我担心无法入睡时，就会抓挠关节，甚至会抓出血来。

我以前从来没把这些理解为焦虑行为。但如今，我甚至可以把这种行为归入自残一类。

既然我的脑袋因为焦虑的折磨而疯狂过，那我就不得不把这些妖精、食尸鬼以及各种恐惧从脑袋里取出来。我必须把这些理解成化学物质、荷尔蒙、情感和感觉作祟的结果。我必须把这些看成是科学，而不是任由我的想象力去应对那些肮脏的工作。

我必须学习并接受这样一个事实：对于很多事情，困扰我们的不是事情本身，而是看待事情的方式。我必须学着了解我的焦虑，了解它对我造成的影响，它带给我的感觉，它能够激发的后果，以及最重要的一点，我该如何应对。

在本书的后面，我会详细列出读者们可以寻求帮助的地方。但首先，你需要明白：

如果你患有焦虑症，并不意味着你是个“令人烦恼的人”。你只是有些控制欲过强；你只是太过紧张，有些神经兮兮，有些过于羞涩，害怕结识新朋友。这并不是弱点，也不会让你变成怪人。你可能仍然是这世上说话最响亮、最自信、最富有活力、最勇敢、最善于交际的人。与此同时，你也会饱受令你瘫痪麻痹、生活崩塌的焦虑症之苦。

焦虑症表现出的症状千奇百怪。焦虑症发作时，你会觉得自己可能就要死了，以为自己突发了冠心病，而实际上，你的心脏很健康，并没有任何生理上的问题。然而，让人哭笑不得的是，焦虑症对身体和心灵的冲击可以非常剧烈。

正如上帝创造了易怒的黄蜂一样，我们很自然会问自己：上帝创造重度焦虑到底是为什么？这滋味让人极为不愉快，感到十分衰弱。人类作为一个物种，天生就要活下去，我们的本能就是保护自己。总体而言，焦虑就是大脑的警报系统，会导致身体对恐惧做出反应。一旦触发，它会激活我们“应战或者逃跑”的本能反应，以便在遭受严重攻击时保护自己；它会关闭身体的无关机能，以便让主要器官迅速、有效地行动，从而避免伤害。

所以你会看到，人在遭受巨大创伤时，通常不会意识到自己受了伤，因为他们在那一刻感觉不到疼痛。大脑会屏蔽这种痛苦，好让人能够先逃命，然后再处理伤口。

你可能已经注意到，当你感觉到焦虑症状出现时，你会想要呕吐或者排便。这种感觉实际上可以追溯到我们的蜥蜴时代（你没看错，我说的就是“蜥蜴时代”——抱歉我这么表达）。当蜥蜴遇到危险时，会将肠子排出，使身体尽可能轻盈，从而加速逃离。真是聪明之举。不过呢，要是你上班时正要做演讲，或者只是想给自己买个三明治的时候遇到这种情况，恐怕就不需要那么聪明啦。

如何应对抑郁和焦虑

我认识一些人，会把抑郁或焦虑当成朋友，有些人甚至为它们取了名字。我认为这种想法很不错，因为这样可以使你的负面情绪变得人性化，减少对它们的恐惧。不过，由于我的恐惧恰恰源于我那些思绪的个性化表达（比如听到声音、人格分裂障碍、精神分裂和各种幻觉），我宁愿不这样做。我觉得这样似乎给了焦虑过多的力量。

还有人建议让头脑中“焦虑/抑郁的声音”听起来像是自己喜欢的人，而不是欺负自己的人——医院里有个女孩就选择了贝拉克·奥巴马的声音。如果这么想对你有帮助，我认为也很好（不过就我个人而言，也是出于上述原因，我同样不希望贝拉克·奥巴马或其他任何人的声音在我的脑海里喋喋不休）。

除非你理解了自己的焦虑，否则你是治不好它的。因为这种疾病对我们每个人而言都是非常个人化的、非常具体的，需要因人而异，区别对待。具体到我，下面的这些疗法对我和我的大脑很有帮助。

认知行为疗法 / 理情行为疗法

认知行为疗法（CBT）是亚伦·贝克（Aaron Beck）创造的一种哲学和思维方式。理情行为疗法（REBT）是阿尔伯特·艾利斯（Albert Ellis）在二十世纪五十年代开发和不断改进而成的方法。为了康复，这两种方法我都使用了。

这两种疗法基于斯多葛哲学。消除所有不合理和荒谬的可能，只保留真实、存在于当下的事物。这种方法非常实用，可以应用到各种场景。幸运的是，它在治疗焦虑方面的效果特别好。

你可以参加一个疗程的治疗。英国国家医疗服务系统（NHS）提供这方面的咨询服务，不过，我是通过播客和书籍自学的 [温蒂·屈莱顿博士（Dr.Windy Dryden）所著的《积极生活的十个步骤》（*Ten Steps to Positive Living*）、《克服焦虑》（*Overcoming Anxiety*），以及阿尔伯特·艾利斯博士所著的《如何抵御对一切事物感到痛苦绝望的念头：是的，一切事物！》（*How to Stubbornly Refuse to Make Yourself Miserable about Anything: Yes, Anything!*），这本书对我格外有帮助，还有，达伦·布朗（Derren Brown）的那本《快乐》（*Happy*）也非常有用]。将 CBT 融入我的日常生活，这改变了我的人生。现在，我简直无法想象，要是离开它，生活会变成什么样。这不是开玩笑，虽然听起来有点怪，但的确是这样：我和朋友们会一起吃晚餐、品酒和讨论 CBT 治疗。我们彼此照顾，彼此关爱，这真的很棒。

通过 CBT/ REBT 疗法，你相信吗，我现在的行为表现就像科学家，而不是爱讲故事，爱夸大其词、小题大做的人？

这两种疗法看上去都需要投入大量的工作。不过，这很像是在你的头脑中开拓出一条新的思维路径，而原有的旧路径会随着时间的推移，因为长期遭到废弃而变得杂草丛生。这就像在学习一门新的语言，没错，这需要不断地练习、训练，需要大量的时间，但忽然有一天，所有的要点都连接起来了，新的路径终于创造完成。

举例说明，我以前有一种迷信的念头："如果我没有让杰特穿这件连体衣，那我今晚就会睡不着觉，我就会再次发疯。"接着，不等我反应过来，我已经在想象自己困在一间充满了缓冲垫的小房间里度过余生……

但通过认知行为疗法，这种念头就变成了："无论杰特穿哪件连体衣，都不可能决定我晚上能不能睡着觉。这不过是一种奇幻思维，可以看作一种非理性的焦虑念头。我最近一直睡得不错，失眠的可能性很低，但是，即便我真的再次经历一个不眠之夜，也并不意味着我会再次疯掉。因为，失眠和疾病的关系并不是这样，而且现在和我以前生病的情况也不一样了。另外，即使我再次生病，我也能忍受、能应付。不妨回首看看，我已经顺利承受到了今天呀。"

没错，刚开始这么做的时候会觉得有点装模作样，但你会慢慢习惯的。

你能够与恐惧完美地共生共存，你能做到。这虽然不会在一夜之间发生，但早晚会发生。

如何帮助新手妈妈

人们乐意施以援手，但往往不知道该怎么做。我非常幸运，有这么多朋友和家人陪伴在身边。但即便如此，有时候周围的人——甚至是至亲——也可能会无意中为你制造障碍，让你的日子越发举步维艰。这看起来就好像，同在一片屋檐下，某个人只是想喝杯茶，却让你觉得无处躲藏，无法敞开怀抱，放声哭泣。

在继续往下阅读之前，请先体会一下，这是妈妈带着宝宝的日子。她正试图站稳脚跟，慢慢找回昔日的自己。她正在试图建立一种联系，让自己立刻爱上孩子，和孩子亲密起来，然而这种爱意的到来也许需要一段时间。她正在努力适应家里的新环境。她不知所措，不堪重负，兴奋又疲惫。她变得极度脆弱，她的身体可能仍处于疼痛之中，但却像个陀螺似的转个不停。她正在努力适应，努力理解自己作为女人、如今还是母亲的身份。她可能会大喊大叫，恶语相加，甚至哭个不停。那是因为，她不堪重负。

首先，除非受到邀请，否则不要提供往往不请自来的帮助，这些都是无益的。

其次，除非对方问起，否则不要根据自己抚养孩子的过往经历，提出任何带有焦虑诱导倾向的、高高在上的、评判性的、不必要的建议 / 评论 / 趣闻，这些也都是无益的。例如这样的话：

“当年我生孩子的时候可不是像你那样，而是这样的。”

是啊，你说的也许有理。但是，那是你的宝宝，这是我的宝宝；你是你，我是我。如果我需要你的建议，我会开口问的。

如果你以前经历过所有这一切（但你并没有，因为每个人的情况都不一样），而且也了解关于做母亲的一切（这更不可能），那么你就应该能理解，这是一项多么艰苦的工作。

但是，你的确能帮上忙，你的帮助非常重要。所以，请随着新手妈妈的直觉，让她告诉你该如何帮助她，让自己成为她最好的后盾。记住，她一直在追随着宝宝的需要行动，那么你可以追随着她的需要行动。

她需要空间，需要支持。她需要呼吸，需要吃东西，需要补充水分，需要洗澡，需要休息。

所以，你可以帮她去超市购物；帮她泡一杯茶；帮她洗洗衣服；帮她给手机充电；帮她打扫客厅；帮她烤一张馅饼；帮她倒一下垃圾。还有，随时提醒她，天哪，她是个多么了不起的妈妈！

但是，不要操之过急，不要把你的意见强加于人，不要让她怀疑自己，退后一步，不要贸然插手。

你可能会发现，看着某人第一次做某件你已经做过上千遍的事，你会感到着急。我就是这样——我觉得站在雨果身后看他做饭，要是不告诉他该怎么做实在难以忍受，那种想指手画脚的欲望真的很难抗拒。但是，我不会那么做，我会走出厨房，干点儿别的。我会在附近，但绝不会像阴云一样跟在他身后，让他挥之不去。知道结果怎么样吗？他的厨艺大有长进！

所以，要支持她，关心她，但是千万不要控制她。她知道你的电话号码，知道你乐意随时准备回答问题，但是，请给她空间，让她喘口气。

如何照顾你的宝宝

要相信自己的直觉。你不必任何人的建议都听，任何未经查证的建议都照做。即便在你开口寻求建议的时候，也不必全部遵循。

如何照顾饱受疾病困扰的人

精神疾病通常是隐形的，可能很难识别，甚至很难给予同情——你能理解对方痛苦的最好方式就是，坐在他们身边，握着他们的手，告诉他们：这一切都会过去的。

- 如果需要的话，鼓励他们去看全科医生。
- 专心聆听他们的想法，理解他们的感受，对他们好言安抚。

- 不要问问题。
- 要有耐心。想象一下你自己生病后希望别人如何对待你，那么，就请这样对待他们、鼓励他们，在协助对方洗洗涮涮、呼吸新鲜空气、吃饭喝水时，要态度温和，不要自视高人一等。行事简洁，不要大惊小怪。
- 尽可能让做决策变得容易——不要施加压力。
- 只要可能，尽量接管日常管理和家务工作。
- 勤换床上用品，随时通风换气。
- 在向朋友和家人解释事情经过时，语气要轻柔。
- 不要让他们（或是迫使他们）感到内疚。
- 不要说“振作起来”。
- 不要指手画脚，告诉他们该如何感受。
- 要随时提醒他们——你做得很好。
- 告诉他们你爱他们——提醒他们，有人爱他们。
- 提醒他们避开拥挤的地方 / 难相处的人 / 紧张的电视节目 / 各种新闻。
- 提醒他们慢慢来，如有必要，花多长时间恢复都没问题，他们没有让任何人失望。
- 不忘庆祝每一个小小的进步和胜利。
- 让他们告诉你他们的感受，如果你有所担心，就去寻求专业的帮助和支持，不要犹豫。

自我治愈关键词

接受（Acceptance）——不要因为我无法控制的事而感到沮丧。不要生自己的气。接受我生病的事实。

承认（Acknowledging）——承认某些特定的事情会让我焦虑：宿醉、咖啡因和脱水；饥饿；憋尿太久；来月经；看恐怖电影或是怪异的电视真人秀节目；在互联网上大海捞针地搜索；社交媒体垃圾；某些新闻报道；报税；账单；和某些人相处。我会尽可能避开（只要能办到），从而避免产生不良情绪。这并不是逃避，这只是自我保护的方法。同样，对于烤箱上的定时器、洗衣机的提示音，我会把它们关掉，以防听到之后感到沮丧。

无醇啤酒（Alcohol-free beer）——有时候，无醇啤酒非常有用，既能让我觉得方便交际，袒露真我，同时也能在一定程度上控制我的恐惧。不管怎么说，要避免将酒精与抗精神病药物一起服用。此外，酒精与安眠药一起服用会非常危险。

产后精神病防治行动（Action on Postpartum Psychosis, APP）——

我曾看到一张真实的传单，上面实实在在罗列着我的症状。这真不是我瞎编的，不是只“存在于我的脑子里”的，这就是真实的。去聆听其他产后精神病康复者的故事，得到其他女性的支持，然后在自己有能力的时候去支持其他的女性。要知道，我并不孤单，并不是我一个人在面对这个残酷的疾病，并不是我一个人康复了。我们虽然是“稀有物种”，但我们是存在的。

图书（Books）——读一读关于 CBT 的书、关于心理健康的书、关于精神疾病康复的书、关于精神疾病康复者的故事，还有各种传记。通过这些我会知道，即便是众人眼中的英雄也免不了生病！

认知行为疗法（CBT）——具体见前文。

改变（Changing）——改变观点，不要试图不吃药，逞英雄。要在心中明白，我是个负责任的人，是个负责任的家长，我要照顾好自己，倾听医生和专家的意见。我肯定不会让任何人在没有药物辅助的情况下，在牙医诊所拔掉四颗牙——为什么不用止疼药呢？发明止疼药就是为了避免痛苦呀。

同情心（Compassion）——把注意力放在他人身上，多关心他人，这也有助于治愈自己，这会给自己目标，体现自己的价值。我只需要站在公交站，去感受周围每个人的故事、每个人的创伤，看看他们从哪里来、到哪里去。我们中的大多数人都是普通人，都在尽力做好自己。所以，要与人为善。

建立联系（Connecting）——同那些和我有类似经历、类似创伤的人建立联系。这就是说，要阅读各种康复过程的故事。但我会尽量不把自己的康复过程与别人的进行比较。因为，康复的方法没有好坏之分。

坦然面对全世界（Confronting the universe）——我已经“揭开面纱”，坦然相告了，挺好，我恢复了，回来了。我知道，我不过是这偌大地球上微不足道的一小点，并没有什么事会像它看上去那么沉重不堪，难以承受。

烹饪（Cooking）——我在各种菜谱书中找到了极大的慰藉，总喜欢在睡前翻翻它们。最终，烹饪给了我一个新目标：让杰特体验各种食物。雨果和我都吃得很好，营养均衡，身体健康。后来，我开始邀请朋友们来做客，我亲自下厨给他们做大餐。烹饪为我建立了自信，肯定了我的创造力，鼓励我走出去、与他人交往。同时，它还纠正了我的过度思考，总是提醒我做真实的自己。

勇气（Courage）——鼓起勇气，放手去做某些事，写下这个故事，并分享出去。我从来没想过要写一本回忆录。可是你看……我真的写出来了。

哭泣（Crying）——敞开怀抱，让自己去感受情绪的起起伏伏，而不是阻止或逃避。为自己的敏感而自豪吧。

行动（Doing）——不问理由，不求回报，为他人做好事。拿起电话，努力联系所有的朋友（是的，就连那些看上去总是“一切都好”的朋友也不例外），倾听他们的诉说，慷慨分享我所拥有的一切。

吃（Eating）——一日三餐吃得好，就能避免“因饿生怒”的焦虑。

教育（Educating）——教育自己和杰特，照顾好自己非常重要。

同理心（Empathy）——那个暴脾气的浑蛋，不可能总是那么蛮不讲理吧……现在，我试着思考，为什么会是这样？生活往往很残酷。有时，它会改变人的个性，改变人们对世界的看法。与其无视这些看上去不可理喻的人，为什么不去多多了解他们呢？

锻炼（Exercise）——去感受我的心跳并非因为焦虑在加速、在剧烈地跳动。听到自己急促的喘息，这让我感觉充满活力，像是听到了自己的心声：我想活下去。还有举重运动！它让我感受到身体的强壮，有助于让我精神更强大。有一次，当我从健身房出来时，一位八十二岁高龄的邻居拉住我说："劳拉，举重运动对女人可不好。"她显然没有意识到，我们每天其实都在举重：我们要举起沉甸甸的宝宝，甚至还要举起精神病！（但是，不要因为觉得"应该"去锻炼，就强迫自己去锻炼。我知道抬起屁股去健身房有多么难，特别是当你刚生完孩子和当你在服用导致体重增加、容易瞌睡的药物时更是如此……慢慢来就好——走路也算是一种锻炼。出去走走，你也会感觉好很多。）

家庭（Family）——家庭的力量超乎想象。那是我可以依赖的港湾。总有一天，我也可以照顾他们，并回报他们的善意。

从容应对（Floating）——不疾不徐，从容应对，去工作、去睡觉、去沙发、去海滩、去餐馆……

原谅（Forgiveness）——原谅所有的过错，原谅我的疾病，原谅我自己。

朋友（Friends）——朋友，就是那些忠于你的人。他们会在你需要的时候出现，会陪着你度过艰难的时光，永远不评价你，永远不放弃，不管怎样都会爱你。

成长（Growing up）——在恐惧中逐渐成长。如何才能不再害怕床底下的怪物？是去正视这个怪物，还是让自己变成怪物？

幽默（Humour）——我必须允许自己大笑。发掘自身经历中的幽默点对我帮助很大。这并不会冲淡我的体验，但的确能让我更容易吞咽、消化那段过去。当我回想起自己在生病期间做过的一些疯狂举动时，我必须要看到事情搞笑、有趣的一面。我不想让我儿子出生的第一年变成可怕、黑暗、痛苦的回忆，谈都不能谈。大笑很有感染力，大笑能缓解紧张、缓解焦虑。朋友们可以谈论我的病情，问各种问题，这能让这段记忆变得人性化、变得充满温情。笑是最好的药！

仁慈（Kindness）——对自己仁慈，耐心一些，放松一些。不要总是逼着自己，不要因为取消了计划、喝醉了酒、需要帮助、总是哭泣、没法工作而责备自己。不要因为做一些让自己感觉良好的事而自责；不要因为吃想吃的东西而自责；不要因为不肯去健身房或者去了健身房而自责。不要因为按自己的心意行事，或是赖在床上而自责。千万不要因为做真实的自己而自责，不要因为过了那么久才恢复而自责。

冥想（Meditation）——冥想对一些人很有效，但对我来说却感觉不自然。我会心跳加速，呼吸紧张，之后反而感觉更糟。这可能对你有用，也可能没用，所以不要担心，即便没法坚持下去，也不要以为这就会影响你的心理健康。对我而言，冥想无非是看看烹饪节目和举重，不过，这仍然很重要。

正念（Mindfulness）——我认为“强迫”自己把注意力集中在当下，也就是所谓的“正念”（各类 App 应用、音频和书籍——这对有些人确实有用，这一点很棒），反而阻碍了我的康复。我变得有些钻牛角尖，总试图找到治疗疾病的方法，结果适得其反。直到后来我了解到，完全没有必要在某个呼吸练习的 App 应用或是某个成人填色书中找到正念，我才真正有所领悟。所谓正念，其实就是活在此刻，活在当下。

音乐（Music）——有些时候（正如此刻），你会发现音乐可以成为真正的朋友。最终，我对音乐的热爱又回来了，甚至比以往更热烈。突然间，我真正听懂了歌曲中的歌词，专心聆听，并将那一刻的体会与歌词关联了起来。我也很喜欢放声歌唱，这对雨果和我的邻居来说都是一种享受。我喜欢这样，而且我一点也不在乎我的声音和溺水的猫发出的声音有多么神似。还有，看到杰特一点点发现音乐的乐趣，那感觉真是太棒了。

负性自动思维（Negative Automatic Thoughts，NATs）——当面对某类事件时，我们的大脑会习惯性地自动“激活”或“触发”某种行为（我对自己不知不觉中做出的许多行为都深感内疚）。

你可以在一有这种惯性的时候，就立刻捕捉到这种行为和情绪，勇敢地承认并挑战它们。你可以借此检测你的“信念”，抵抗这种现实。以下行为均是常见的负性自动思维的例子。

- **灾难化的想象**

你会创造一大堆“如果”，例如：创造各种想象的场景、各种消极想法的“兔子洞”。你会欺骗大脑去相信最坏的可能以及即将到来的现实，例如：失去所爱的人和家人；一辈子被关在精神病院；失去一切；濒临死亡。

不要总用“如果……会怎么样”这种方式思考问题，挑战自己的思维方式，改为思考“现在怎么样”。

现在怎么样？现在一切都好吗？就是现在？是的，一切都好。

换句话说，与其一刻不停地担忧和恐惧最坏的情况，不如专注于现在，等到担心的事件发生时——如果它真的发生了——再去处理它。很有可能，你脑子里设想的那些最坏的情形即便不是完全不可能，发生的概率也很小……如果是这样，那你过度担心只会让自己在毫无意义的想象中备感煎熬。

基本的做法就是，如果这不是既成事实，就不要理睬。

- **寻求保证和安慰**

不停地向朋友、家人和专业人士寻求保证和安慰，这对你和你周围的人来说都是精疲力竭的事，而且这么做毫无意义，他们怎么知道会发生什么呢？

那个提供保证和安慰的人只好妥协让步，不光如此，他永远无法提供你真正想听到的答案。他们并不能提供你真正需要的保证和安慰，因为他们并不知道；而且，就算他们给了答案，你也会觉得不够，也会不满意、不相信，反而更加焦虑。

寻求保证和安慰，可能会让你在短期内松一口气，但这不是长久之计。如果你发现自己正是如此，不妨这样做：不去开口要求保证和安慰，假以时日，你最终会改掉这个习惯！另外，不管怎么说，你其实并不需要保证和安慰——你可以自己给自己保证，自己安慰自己。

- **各种迷信 / 奇幻思维**

这是个诡异的毛病，而且难以撼动。最直接的做法就是：停下。乌鸦叫不叫，和你没有任何关系。如果你患有强迫症，最好向精神科医生寻求建议（CBT 也可以协助治疗强迫症）。

- **消极的分析和自责**

这包括不停地梳理过去，不断梳理自己的个性，然后得出结论：我的确有错，该受到责备。

不要这样做，而是要质疑这些发现：支持这些发现的证据在哪里？为什么我会忘记生活中所有美好的、诚实的、健康的思考方式、解决方法和行为模式呢？就算那些不好的事真的发生了又如何？并没有导致精神疾病或者什么灾难后果呀。

- **非黑即白的思考方式**

如果你感到这一天偏离了轨道，过得很糟，那就不要沿着这条路继续想下去，觉得自己所有的努力都只是徒劳。不要有非黑即白的思想。今天过得很糟，没关系。日子本来就是有好有坏，这并不意味着人生就是好的或者坏的，更不意味着你就是好的或者坏的。

- **易受挫，忍耐力低**

当我们高估了威胁的规模，却低估了自己应对威胁的能力时，麻烦也就来了。任何事都是这样。要不断地提醒自己：我是个坚强、充满韧性的人，我可以应付。

- **顾影自怜**

为什么不把自己看成一个无坚不摧的英雄呢？

不妨把自己的故事看成是九死一生的壮举，而不是看成被病魔蹂躏的凄惨经历。我能从中收获什么感悟？吸取什么经验？（事实上，这种想法对我来说非常积极，它真的让我拭干了泪水。）

- **过于积极的思考**

积极思考有时会放大焦虑的行为。这是因为，光是告诉自己一切都会好起来并不能确保一切真的会好起来。更有可能，你会为自己设一个陷阱，认为自己触到了什么霉头。相反，试着理性一些，做你自己能控制的事，尽自己所能。试着灵活、变通一些，心胸开阔一些。

学会说“不”（No）——要学会拒绝，而且要大声说出来！消除一切额外的压力、最后期限、各种紧张和不安、各种承诺和不必要的责任。要充分授权。除非不得已或是你想这么做，否则，拒绝额外的工作。提醒自己：迟到、取消或是改期都没关系。除了对雨果、对杰特和对我自己而言是正确的事之外，推迟其他所有事情都没什么不好意思的。要慢一点，放松一些，守住自己的地盘。这就够了。你要弄清楚对自己而言“足够”是多少，要对超出的部分说“不”。你需要明白自己的极限，并守住这个底线。任何事都可以等一等。

坦承（Owning）——坦承我生过病。承认我在康复。

氧气面罩（Oxygen masking）——把自己的健康放在首位并不是自私的行为，这不会让你成为一个坏家长。想想飞机上的氧气面罩吧：飞机上要求你在帮助孩子之前，必须先自己戴好氧气面罩。这是因为，如果你连帮助自己都做不到，又如何帮助他人呢？

耐心（Patience）——恢复的过程不是一场比赛，而是一个过程，这个过程也不是线性的。要慢慢来，稳步前行。

视角（Perspective）——一切都变了，变得更好了。我变成了更好的妈妈，更好的女友，更好的朋友、女儿、姐姐。我更擅长我的工作了。我能应对每天的生活。这一切，多亏了我的这场病。我重新懂得了欣赏和感恩，变得更加睿智。我感激生活；生活中的一切都可能会变得更好，或是更糟……我只想守护已有的一切，仅此而已。而且，我深信，在年轻时或是在为人父母的早期懂得这一点，是上天给予的无上恩赐。

P. J. 哈维（P. J. Harvey）[①]——哈维的那首歌《从容应对》（*We Float*）。

玩（Playing）——和我的宝宝一起玩！没有几个人能有机会像我这样，从创伤中走出来后，身边有个可笑的小傻瓜正等着和我一起玩。于是我就这样玩啊、玩啊、玩啊。

播客（Podcasts）——去倾听他人的生活，意识到每个人在

---

① P. J. 哈维，出生于 1969 年，英国国籍，多才多艺的音乐人。——译者注

生活中都经历过、正在经历或者将要经历一些改变他们的事，从中寻找到安慰和希望。盲人男孩（Blind Boy）的 CBT 播客对我而言非常有用，他的播客十分真诚，谈话内容有趣而坦率，是我的好伙伴，我总是一边戴着耳机听他的播客，一边在晚上独自一人在公园里跑步。

放松（Pottering）——有那么一天无所事事，完全没问题。并不需要让每一天都匆匆忙忙，用各种活动、邮件和任务清单塞满一天的时光。我们一家三口待在家里，自得其乐，在彼此的陪伴下做自己的事。我们都喜欢这样，这让人感到踏实，非常平和安详。

分清轻重缓急（Prioritise）——当你对事情分清轻重缓急时，你就会意识到什么才是真正重要的。你真的在乎房子里乱七八糟吗？并不。

伸出联络之手（Reaching out to others）——在这次生病的经历中，我结交了一些新朋友。这些朋友很愿意回顾过去，谈论这些真实发生过的事。

分享（Sharing）——分享我生病的故事，分享我康复的故事。

简化（Simplifying）——过去，我有一个习惯，就是喜欢把事情弄得比需要的更复杂。我不需要成为女超人，我只需要做我自己，做我能做的事，在适当的时候做事。如果我做不到，也没有关系。

慢下来（Slowing down）——有时候，走在街上，我不得不停下来，只是为了呼吸，因为我发现自己像个拿着斧头的连环杀手似的冲进超市，只不过是为了给杰特买一个苹果。

谈论（Talking）——当我开口谈论自己的精神疾病时，我就彻底曝光了它的真面目：化学物质、神经、情绪、思想、感觉、习惯、行为、规律、周期、荷尔蒙。你知道它让我和朋友、家人的关系变得有多亲密吗？我可以谈论这些事，别人也可以和我谈论。我的生活变得欣欣向荣，生病的经历教育了我，丰富了我的认知。我在聚会上再也不用聊那些无聊的事了。我也不需要没话找话了。我病过，我去过治疗精神疾病的医院。现在我可以高调地生活。知道吗？人们就是这样建立起友谊的……你可能永远都没意识到……你可能会喋喋不休地谈到连自己都厌烦——自然而然地，你就会想要朝前看、继续前进，那样一来，生活也会像往常一样，把你带到一条新的道路上去。而且，告诉你吧，抑郁症最恨唠唠叨叨。所以，尽情地说吧、说吧、说吧！

慢慢来（Taking my time）——停药的过程越慢越好。千万不要着急。康复的道路是永无止境的。慢慢来，一步一个脚印。

电视机（TV）——这是我在黑夜中的秘密朋友。

茶（Tea）——是的，我说的是真正的茶！

理解（Understanding）——尽我所能，去理解我的疾病，理解发生在我身上的事，千万不要害怕。

写作（Writing）——从我还是个小女孩的时候起，文字就一直陪伴着我。钢琴是音乐家的第一个知音，对于我，那个知音就是笔。有了它，我才能试着去消化这一堆烂摊子。我相信，它是一个关于“爱”的故事。现在，我又开始工作了，作为一名作家，我重新发现了我的身份。能够再次信任自己的头脑和直觉，这真是一份无上的荣耀。我的想象力是一片快乐、安全的沃土，我喜欢花时间泡在那里，做白日梦，潜心思考，编出一个个新故事。我拥抱这一切，也拥抱黑暗的点点滴滴。正是因为写这本书，才拯救了我的生命。而且我相信，这正是我能够康复得如此迅速的原因。如果在过去，女人写这些东西会不会被人当成女巫？或是被人扔进疯人院？也许会的。所以，我也是在为她们而发声！

勇敢说“是”——对新事物说“是”，对令人兴奋的东西说“是”，对那些曾经让我害怕的东西说“是”。这大概就是差点死过一遭的好处——我一下子敞开了怀抱，变得比以前更懂得享受生活。我由衷地感激自己在地球上占有一席之地。

呼呼大睡——呼呼大睡。多多睡觉。

当我写这些时，雨果正在沏茶。打盹儿的杰特刚刚醒来，那双蓝色的大眼睛殷殷地看着我，我也注视着他。有一天，也许你会读到这本书，杰特。也许你会说：“我爱你。”也许你会说：“我不会为发生的事责怪你，妈妈，这并不是你的错。”

杰特。这本书是送给你的。我仍然难以置信，我造就了你。事实上，当我这么想的时候，我忽然意识到，不，我并没有造就你，完全没有。

是你造就了我。

去哪里寻求帮助

产后精神病被认为是紧急病症，需要看急诊。在这种情况下，如果你感到了迫在眉睫的危险，不要犹豫，立刻去看急诊，或者打急救电话。

如果没有那么紧急，但你或你爱的人正在苦苦挣扎，请联系全科医生。如果你的医生当天不能接诊，而你需要帮助，请致电NHS（英国国家医疗服务系统）111，也可以去非工作时间医疗服务（out of hours service），或者去看急诊。但如果你遇到的是紧急情况，或遇到了迫在眉睫的危险，请一定拨打急救电话叫救护车。

如果健康专家告诉你，你并没有得产后精神病，或者说并没有“更严重的问题”，但你的症状仍然没有缓解或继续恶化，那就去看全科医生，或者从值得信赖的医疗专业人士那里寻求其他意见。要求再次复诊也没问题。因为这种疾病的症状可能很难发现。回想一下，我可能就被自己的假象蒙蔽了！

公众对这种疾病仍然知之甚少，但有些地方可以提供帮助。

“产后精神病防治行动”就是你、你的朋友和家人的坚固后盾。网址是：https：//www.app-network.org/。

你也可以从社交网站上了解“产后精神病防治行动”。这个机构非常、非常乐于助人。这个组织中的很多团队都是由曾经患过病或是曾经近距离接触过这类病患的人组成的。他们渴望提供帮助。我自己也为许多父母提供了协助。他们的网站上有一个“相关链接”页面（不仅是产后疾病，还有很多帮助热线和协会的访问地址）。

如果你发现自己或身边的人也出现了本书中提到的症状，但和分娩并没有关系，你也许可以访问这里进一步了解：www.mind.org.uk/。

记住，你并没有在浪费任何人的时间。

没错，很可能什么问题也没有，但虚惊一场总比追悔莫及好。

这并不是你的错。

这并不是你自找的。

你不是失败者。

没有人讨厌你。

不必羞耻，不必内疚，这可能会发生在任何人身上。

寻求帮助不是软弱，是一个人能做出的最勇敢的举动。

总有一天，就像别人曾经帮助你一样，你也可能会帮助到别人。

致谢

感谢我的小团队：

阿蕊拉（Ariella）、罗文（Rowan）。谢谢你们。朱迪（Jodie）、莫利（Molly）、埃米莉（Emily）、丹（Dan）、联合公司（United）的所有成员、露西（Lucie）、凯特（Kate）、罗西（Rosie）、米雷耶（Mireille）、罗斯玛丽（Rosemary）、贾斯汀（Justine）。还有，企鹅兰登（Square Peg）的工作团队、英特吉（Vintage）、伊西（Issy）、产后精神病防治行动；埃莉（Ellie）、杰斯（Jess）、杰西（Jessie）、海伦（Helen）、凯瑟琳（Kathryn）、菲奥纳（Fiona）、露丝（Ruth）、艾泽鲁（Azerou）、拉希达（Rashieda）、凯伦（Karen）、杰瑞米（Jeremy）、琪琪（Chi Chi）、亨利（Henri）、艾玛（Emma）、伊恩（Ian）、卡洛琳（Caroline）、布赖尼（Bryony）、朱迪（Jude）、谢林（Shereen）、玛丽亚（Maria）。谢谢你们。

感谢雨果的家人。

谢谢我的朋友们。你们都知道我说的是谁，你们当中的某个人可能此刻正坐在我身旁，与我一起在外面吃饭——正像我喜欢的那样，我爱你们。谢谢你们，没有让我从此关上了心门。

谢谢我的邻居们。是的，我说的就是我的左邻右舍。

感谢早期曾为我提供帮助的女性朋友和母亲们：帕梅拉（Pamela）、利亚（Leah）、英迪亚（India）、珍妮（Jenny）、夏洛特（Charlotte）、帕洛玛（Paloma）、露西（Lucy）、杰西（Jessie）。

感谢所有在杰特出生时送来贺卡和礼物的人。当时我可能病得太重，没有及时向你们道谢。

感谢所有照顾我们的国家医疗服务系统的助产士。

感谢两家医院的工作人员，你们为我做饭、清扫，和我热心交谈。

感谢所有帮助过我的专业人士，感谢你们允许我讲述了这个故事。

感谢所有与我分享自己故事的女性。

谢谢你，克莱米。

感谢那些在各种场合拦住我的路人，从活动到派对，从超市到操场、酒吧、托儿所、健身房——甚至在辣妹合唱团的演唱会现场，他们和我分享了他们自己在心理健康、疾病或创伤中的遭遇和经历。这些人从新晋妈妈到演唱会的大块头保安，应有尽有。由此可见，这种疾病从不因人而异，区分对待。

谢谢我的家人（是的，拉姆塞，也包括你），由衷爱你们，很抱歉让大家吓坏了。

黛西，你是所有人心目中最好的姐妹、朋友、女儿和妈妈。我真为你骄傲。

谢谢你，妈妈。我记得你曾经说："劳拉，你就是世界上最最胆小的胆小鬼，就连斜坡、黑暗、幽灵火车都害怕！但我也从来没见过有人比你更努力，想变得更勇敢强大。这就好像在看全世界最好的运动员在努力崛起一样。"

当时，我不知该如何回答……现在，我明白了。

妈妈：每天和你在一起的日子，就像在看运动员奋起直追。正是你教会了我如何摆脱所有的不快。

阿黛尔：我甚至都不知道该说什么了。你就是我的"后援团"，你就是我的蜘蛛侠。谢谢你，我爱你。除了你，我可不想和任何人一起尽情胡闹。

也谢谢我自己，劳拉。对不起，我把这一切弄得一团糟！

谢谢你，雨果。谢谢你，杰特。我是那么爱你们俩。谢谢你们给了我这么多活下去的理由。

最后，我想对那些我以前不了解其心理健康状况的人说声抱歉。我为我的无知道歉，如果我说过什么错话或做过什么错事，请你们原谅。我当时并不知道现在才了解的一切。很抱歉让你们受苦，很抱歉我没有看到这种沉默、隐形的疾病。

如果在那时，我们没有陪伴在你们身边，我很抱歉。

但是，现在，我就在这里。